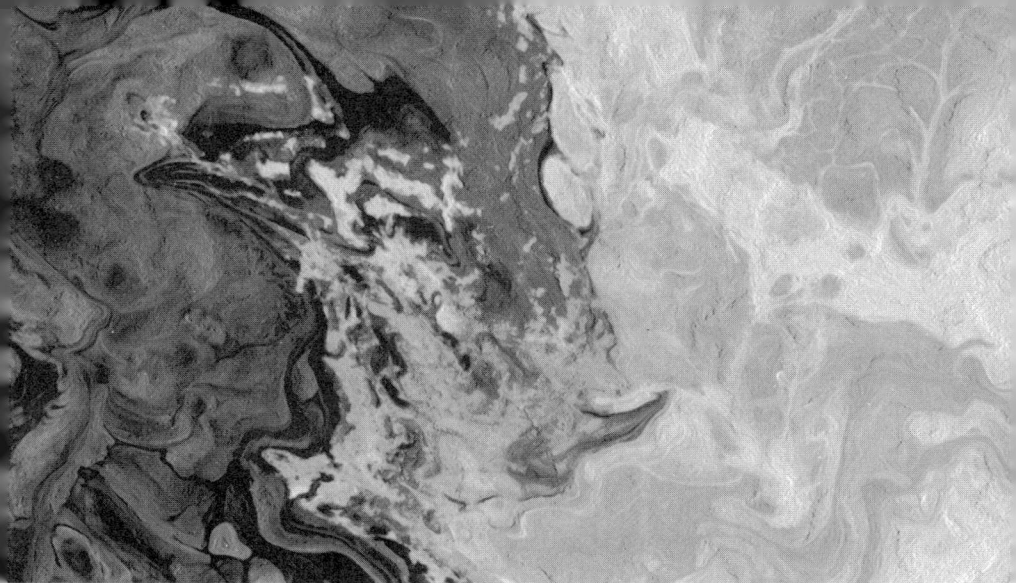

从采桑叶开始

中短篇小说集

严歌平◎著

中国言实出版社

图书在版编目（CIP）数据

从采桑叶开始 / 严歌平著 . -- 北京 : 中国言实出
版社, 2023.8
ISBN 978-7-5171-4578-3

Ⅰ . 从… Ⅱ .①严… Ⅲ .①中篇小说—小说集—中
国—当代②短篇小说—小说集—中国—当代 Ⅳ.①I247.7

中国国家版本馆 CIP 数据核字 (2023) 第 166092 号

从采桑叶开始

责任编辑：王蕙子
责任校对：邱　耿

出版发行：中国言实出版社
　　　　　地　　址：北京市朝阳区北苑路180号加利大厦5号楼105室
　　　　　邮　　编：100101
　　　　　编辑部：北京市海淀区花园路6号院B座6层
　　　　　邮　　编：100088
　　　　　电　　话：010-64924853（总编室）　010-64924716（发行部）
　　　　　网　　址：www.zgyscbs.cn　电子邮箱：zgyscbs@263.net

经　　销：新华书店
印　　刷：北京温林源印刷有限公司
版　　次：2024年1月第1版　2024年1月第1次印刷
规　　格：880毫米×1230毫米　1/32　9.75印张
字　　数：210千字

定　　价：56.00元
书　　号：ISBN 978-7-5171-4578-3

还是米粥最养人（代序）

——论严歌平中短篇小说的"正宗口味"

曹化根

严歌平自 1980 年代之初登上文坛，成为当时小说界的一颗新星。1990 年代后期因忙于办杂志及主要精力转移到当代视觉等原因，小说创作一度中辍。2010 年后重操小说，前几年退休至今，宝刀新硎，小说创作迎来新一轮黄金收获期。三十年河东河西，时移世易，归来的歌是要老歌新唱，还是要新谱词曲，这是作者必须面对的问题。在我看来，严歌平既延续了自己一贯的创作风格，又注入了浓烈的时代元素，但最根本的，是他坚守了中短篇小说的正宗口味，为当下有些疲乏和暧昧的文坛吹进一股熟悉而新鲜的气流。至于怎样才叫正宗口味，我在这里无法给出一个精确定义。正如古语所云"如人饮水，冷暖自知"，如果你是一个资深读者，具有基本的鉴赏力，业已形成某种阅读倾向，并长期跟踪阅读当代中短篇小说，且对理想的小说创作抱有期待，那么，你就会慢慢形成正宗口味的阅读判断。

我国向来有以味论诗的传统。南朝梁钟嵘提出，"五言居文词之要，是众作之有滋味者也。……使味之者无极，闻之者动心，是诗之至也"，将"滋味"作为文学批评的标准。唐代司空图更加明确地认为"辨于味而后可以言诗"，并结合"言不尽意"提出"味外之旨"。"味外之旨"的提出，进一步揭示出了审美的精微性、模糊性，使味与审美得到了更深入的结合。自此，"味"作为一个美学范畴不断得到新的阐发，生发出了"韵味"、"意味"、"趣味"、"情味"、"风味"、"气味"等一系列的概念，以味论诗从此也就蔚然成风。诗是广义的文学。当代，小说接替诗歌成为反映社会生活和人心人性的主要文学体裁、文学样式，以味论诗的传统自然而然也就转移为以味论文、以味评判小说文本的当代实践。但从20世纪70年代后期至今，我国中短篇小说文本形式自身也不断发展变化，不断刷新的文学环境、文学供给也培养出一代代兴趣不同的读者。把严歌平近些年小说创作置于当前文学环境下，其作品受众面不一定很广，但可以肯定也必然拥有不少忠实读者。阅读的分众化是当代每一个作家都会面对的共性问题，严歌平在此共性之中又有个性存在，就是他一直坚持的中短篇小说的正宗口味。

就题材而言，严歌平中短篇小说介于主旋律写作、社会问题写作与个性化写作之间。严格说来，三者并不属于同一写作范畴，不应并列，但好像只有这样说，才能凸显其写作特点。严歌平强烈关注社会现实，小说也多取材于周边生活，有些时候因为故事与生活贴得太近，读者甚至不容易分辨清楚作者到底是在讲述事实还是在艺术创作，但作者总是能敏锐捕捉到现实生活中具有文学因子的热点问题。严歌平写作与通常理解的主旋律写作有很大不同，他可能也不太认同自己是主旋律写作，他的创作不受任何组织机构或工程计划的束缚，完全自觉自愿，出于不可遏制的创作激情，但共同的现实主义创作态度和严肃的社会责任感又拉近了两者的距离。如《去省城钓鱼》，小说题目就很荒诞，但同时又很吸引人。善意的骗局背后，既有几个死党之间的心灵默契，又有各人心中的"小九九"，进而牵连到官场之上秘而不宣的情感交往和私人攀附，最后因想去拜望的省委组织部副部长突然被"双规"而打乱了整个行程。小说揭示了某个时段典型而普遍的社会问题，但既不同于人们印象中的官场小说所谓勾心斗角与层层黑幕，也不同于一般的主旋律小说所谓念兹在兹的弘扬正气与时代精神。作者截取的社会生活的侧面，既让人觉得真实可信，仿佛作品中的人物就生活在自己身边，是熟悉的邻居，每天出入小区都会碰面，并且点头招呼，双方脸上都会泛出淡淡的微笑，但突发事件又让人惊讶莫名，原来看似一弯浅水，实则万丈深渊。这就涉及到严歌平的个性化写作问题，在令人眼花缭乱的当代小说创作实验中，他坚守自己的创作初衷、创作理念、创作技法，像一块坚固的礁石，任凭海浪无情地冲刷。例如，他的多数小说没有把高潮处理为高潮，甚至高潮被轻轻一笔带过，但有心的读者还是能够体会出文字背后的惊心动魄。不是他没有展现高潮的能力，而是他认为没有必要用铺叙高潮的手段来增强小说的吸引力，他不想用激烈夸张的冲突骇人心目，而是注重发掘艺术中的情感与理性中渗透的力量，这种认知构型决定了他的叙述态度和叙述方式，也是他的小说保持正宗口味的重要原因之一。这里还有一个理论问题值得澄清。在当代，许多文学概论教材都反对"理念先行"，认为"理念先行"就是对政策的图解，其实这是一种片面而僵化的看法。不排除少数文学创作的灵感驱动，但我认为绝大多数文学创作都是"理念先行"，表达作家对这个世界、这个时代的基本看法，关键是作家是否具备高超的艺术表现力。完全放逐理念，小说创作将会堕入非理性的泥潭，当然，也可能成为一些作家圆滑处世的遁词。

严歌平的小说叙事角度（或曰态度）值得一提。严歌平关注社会问题，糅合了超然与批判两种态度。说超然，是他多以全知全能的上帝视角或兼顾第一人称视角组织叙事，也就是说他的小说结构是在构思基本成型之后才开始动笔的，因而整部作品始终保持相对匀速的节奏，不急不厉，平衡而稳定，故事耐人咀嚼，体现了作者叙事的耐心与老到。说批判，是他一贯以审视的眼光看待生活、看待社会，倾向于呈现社会生活运行的肌理，他的心中存在一种理想主义的小说模式。他的创作手法是现实主义的，但他深受西方现代小说的影响，研究过西方现当代哲学如何介入社会生活，也就是说他的思想是深受现代主义熏染的，这就给他的小说叙事带来丰富的意蕴。阅读严歌平的小说，无论长短，绝无单薄虚飘之感，多的是沉着、丰富、立体之感，但奇怪的是，他的小说意蕴丰富却并不复杂，自足而完满，没有当代一些小说的开放性和多义性。这个特点一定意义上提高了严歌平小说的当代辨识度。《延期举行的开馆仪式》，通过对洪威学术纪念馆开馆仪式两次延期的叙述，层层剥笋，透过看似庄严的学术文化活动，在揭示学术权威观念陈旧、思想庸俗的同时，也刺破了一些地方文化建设中的形式主义与好大喜功。风起于青萍之末，联系当今愈演愈烈而且越来越多的斯文扫地的现象，不得不感慨严歌平抓取典型文化现象加以批判的敏感性。

生活中的严歌平观点鲜明，易于激动，且富于正义感，但这并没有同步呈现于他的作品中。相反，他的作品叙述冷静，情感在语言的层层包裹中缓慢释放，就像一只经验丰富的猫捉住老鼠之后并不急于马上吃掉，而是反复戏弄，在老鼠肝胆俱裂并精疲力尽之后才慢慢享用一顿美餐。《热带雨林与热带季风》写建委主任夫人借考察之名出游新马泰，而头天晚上建委主任已经接受组织调查，考察小组每个成员都已心知肚明，小说一路写了主任夫人与建委其他几个同行女人之间在整个出游期间的琐屑事务，明争暗斗，明枪暗箭，你来我往，煞是好看，但很少主任夫人的心理活动，仿佛主任接受调查根本未曾发生，主任夫人这种反常表现一直令读者疑惑，甚至对小说情节和人物性格的合理性产生怀疑，直到返回国内的前一夜，主任夫人从在泰国住宿的酒店楼顶纵身一跃。小说结束，读者方能明白作者钝刀割肉的笔法之凌厉，由此可以回溯主任夫人在整个旅游行程中内心所承受的伤痛何等巨大。

语言是小说的肉身。严歌平的叙述干净、纯粹，很少借助景物描写、心理独白来推动情节发展，读者看到的就是人物的行动和对话，这是一种本色叙事。本色叙事是酿就严歌平小说正宗口味的另一重要原因。本色叙事的前提是需要较强的语言驾驭能力。严歌平的小说语言沉着扎实，多为简练的白描，如刀如斧，横劈竖砍，很快就能在荒榛之地垦出一块良田。一般来说，艺术语言讲究精炼、含蓄，有时还强调弹性和模糊性，但目的都是为了最准确地表达人物情感、塑造人物形象。严歌平的小说语言并未严守这个规范，他的小说语言如铺路的砖石，方正、严密，甚至厚重，谈不上含蓄与模糊，但这种语言与小说的整体氛围很是协调，也可以说正是这种语言特点营造了小说的整体氛围。他的多数小说语句清通、简明、爽利，可谓字斟句酌，间或还残留一点欧化长句的痕迹，那既是为了准确表情达意的需要，也是他小说思理细密的体现。本色叙事不抒情、不煽情，更不滥情，摒弃各种勾兑，紧紧围绕故事结构和人物形象塑造而放笔皴染，这种叙事语言背后是需要魄力、雄心与自信作为支撑的。

《从采桑叶开始》虽是一个短篇，却包含巨大的社会容量。男女主人公小学三年级时认识，从采桑叶开始交往，兜兜转转几十年过去，斗转星移，社会结构、经济结构、文化结构发生巨大变化，男女主人公从朦胧依恋－失去联系－再联系－再失联，两人都被现实的激流冲得东倒西歪，尤其是女主从高级知识分子的优渥家境跌落城市底层，目睹沧海桑田，亲人过世、企业改制、下岗、离婚、不断打零工，整个人生被抛到社会的边缘。但难得的是历经坎坷人到中年以后，他们依然保持着善良、平静的人生本色，两人一度相依为命，相互取暖，即使再度失联，也仍然在悬想对方。他们不是夫妻，但给人真真实实的"贫贱夫妻百事哀"的感慨，他们是清醒的被剥夺者，但并没有呼喊与抗争，日子如流水，生活在继续，平淡而坚韧。这个短篇无缝连接社会巨变与人间烟火，除了大巧若拙的结构之外，主要得益于毫无拖泥带水的叙述语言。读完《从采桑叶开始》，我情不自禁地想起杜甫《江南逢李龟年》："岐王宅里寻常见，崔九堂前几度闻。正是江南好风景，落花时节又逢君。"两者尺幅千里、世事沧桑的艺术表达如出一辙。《到天涯海角谈生意》同样短篇，同样大开大合，只是时代背景是市场大潮澎湃初兴的 1990 年代之初，文中浓烈的时代气息扑面而来，为文人下海的尴尬悲喜立此存照。

《绝对记忆》只有 4900 字，是这部集子里最短的一篇。我疑心《绝对记忆》是作者本人的真实经历，只是进行了改头换面的艺术加工而已，因为这篇小说主要靠心理活动、心理独白推动情节发展，迥异于严歌平多数小说写作的常态。即使如此，作者还是惜墨如金，心理活动只作必要的交代，以勾连起上下文本。但在如此短小的篇幅里，作者探讨的主题仍然是白云苍狗世事变幻，小说语言更是刀刀见血，弹无虚发，十分生动地勾勒出前市委书记的儿子在常人和精神病人之间来回切换的独特形象。严歌平把本色叙事纯熟运用于中短篇小说，保证了作品相对的大容量、高质量。但本色叙事运用于长篇小说，就要考虑更多的细节描写和一些略作延宕的虚笔，这也是我读严歌平长篇小说偶尔感到节奏推进稍快的原因之一吧。当然，这是题外话。

严歌平的小说创作从起步时就有明显的家族叙事风格，家族叙事也被他运用得最为纯熟。《豪华是一种装饰》《沦陷》是这本集子中仅有的两个中篇。前者略带家族叙事的影子，从叙述两个背负原罪而发家的民营企业家由辉煌到没落的过程，见出一座临江城市 2010 年代前后的官场生态。在官商勾连的染缸里，不乏与之对峙的清流；在费尽心机的拉拢腐蚀里，时时有洗脚上岸的准备；在男欢女爱的欲望翻滚中，依然残留些许清醒与愧疚。小说准确拿捏现实人性，鲜明刻画出特定时段下的小城众生相。《沦陷》是这本集子里篇幅最长、内容也最为厚重的作品，堪称压轴之作。《沦陷》讲述 1940 年代至 2010 年代 70 年时间里沈家三代人不同的命运走向，是对社会现象冷静的审视与锐利的批判。这种审视与批判，超越政党与政权的分野，超越特定的历史时期，也超越家族与亲情的拘围，既有对抗战前后国民党腐败的深恶痛绝，也有对大陆改革开放后拜金主义社会思潮的痛心疾首；在同情与理解父辈的基础上，既有对老革命传统观念与做派的批判，也有对知识分子精神软弱的不满。严歌平以时代变迁为背景，着重刻画家族人物的性格，揭示家族人物的命运走向，进而呈现中华文化精神的耗散，流露出凝重的精神意义上的"故国之思"。在严歌平的思想深处，评价社会进步的标尺就是一个时代人格的完善与否。作者深重的忧患意识接续了鲁迅的启蒙思想，于无情的解剖、严肃的批判中扛起开启未来的闸门。

当然，严歌平的小说远未抵达"大羹无味"的境界，但他的小说无论选材、叙事、语言都像可以回溯到田间地头和整个生长管理流程的有机大米，不仅富于营养，基本品质也令人放心。在食材来源可疑、配料添加剂五花八门，且大力推广预制菜的今天，喝一碗严歌平用文火慢炖、耐心熬制的有机米粥，也许可以让你重新体会一下什么是已被逐渐淡忘的事关中短篇小说的正宗口味。

（作者为中国李白研究会理事）

目 录

从采桑叶开始

丁潜和李满芳是小学三年级时认识的。

暑假刚过，开学第三天的早晨，班主任陈宝珍老师拉着李满芳的小手走进了教室。在讲台旁，陈老师对全班全神贯注地望着她和李满芳的同学们说：

"从今天起，转学来的李满芳同学就是我们班的新成员啦，大家先鼓掌欢迎一下！"

一阵热烈的掌声响过之后，陈老师又说：

"李满芳是华师附小转到我们学校的。大家都知道，华师附小是实验小学，五年制，因此她现在虽然和我们一起上三年级，但有些课程已经学过了。加上她基础好，成绩优异，同学们今后如果课堂上有些没听懂的问题，课余时间完全可以向她请教。我保证，李满芳同学一定会热心帮助大家的。"

经陈老师这么一说，丁潜和其他同学才明白，李满芳为什么已系上红领巾，并且胳膊上还佩戴着两道杠的中队长标志。

进入三年级，全市并非实验小学的绝大多数普通小学的同学们，最盼望的就是加入少先队。但按照惯例，第一批入队的同学不会超过全班成员的二分之一。有些调皮捣蛋、不遵守纪律、学习成绩差的同学甚至会考验到五年级、六年级时才勉勉强强地系上红领巾。因此当李满芳刚随陈老师走进教室，大家朝李满芳望去的第一眼的目光中，便流露出对她脖子上那条红领巾与胳膊上那块中队长标志的无限羡慕。

而丁潜当时的心情与大家都截然不同。丁潜看见李满芳的第一眼，便被李满芳那种异样的漂亮震慑住了。丁潜当时心头琢磨着：李满芳为什么比班里其他漂亮的女同学更漂亮呢？论皮肤吧，李满芳的皮肤还微黑泛黄，根本不像班里其他漂亮女同学那么皮肤白皙。论身材吧——丁潜那时候年纪尚小，尚不明白女人的身材还有高矮胖瘦与曲线玲珑之比较。但无论如何，丁潜就是觉得李满芳漂亮。李满芳那挺拔的鼻梁，那略微有些凹进去的眼窝里的一双明亮的大眼睛，都给三年级的丁潜留下了深刻的印象。后来，丁潜长大了，丁潜才明白李满芳那种漂亮是属于异域风情。李满芳好像就出生在中亚地区，出生在新疆维吾尔族地区，她那种漂亮肯定是与内地的漂亮女人会有所区别的。

陈宝珍老师将李满芳安排在了丁潜侧面的一个空座位上。这一来，丁潜上课时便常常会开小差，会偷偷地将目光在李满芳侧面的脸庞上驻足片刻。隔着课桌间一条窄窄的走廊，丁潜便有机会将李满芳打量得更加清晰了。便愈发觉得李满芳的鼻梁真是有着一种与众不同的挺拔。

这天上午的语文课，是上新课《吐鲁番的葡萄熟了》。陈老师先把课文中的几个生词写到黑板上，注明拼音，带领大家念熟之后，便请丁潜站起来为全体同学朗读课文的前三个自然段。这时，丁潜又正在悄悄地打量李满芳侧面的脸庞，猛然听见陈老师喊到他的名字，一下子便有些懵了。丁潜平日最害怕在全班同学面前朗读课文，因为他深知自己普通话发音不准确，有些字音读出来常会惹得不少同学掩起嘴窃笑。尤其在说得一口悦耳动听的普通话的陈宝珍老师面前，丁潜无疑会更加自惭形秽。陈老师是暑假结束，这个学期才来当班主任的。开学第一天，同学们才见到陈老师第一面，就被这位普通话说得像播音员一样好听的新来的班主任迷住了。那年，陈老师刚从中等师范学校毕业，才十九岁，在同学们面前就像亲切的大姐姐。而此刻就要在亲切的大姐姐面前出丑了，丁潜真恨不能脚下有个地缝可以一头钻进去。

果然，当丁潜硬着头皮站起来，结结巴巴地朗读完课文之后，还是引起了全班同学一阵轻的笑声。丁潜顿时脸红耳赤，站在座位上竟忘记坐了下来。陈老师并未以批评的语气责备丁潜，只是善意地提醒丁潜赶快坐下。也就在丁潜坐到位子上的那一刻，无意中看见侧面的李满芳扭过了脸。这两天几乎未正式看过丁潜一眼的李满芳，此刻正认真地注视着丁潜，而那种注视的目光里透出的善意，和讲台上陈老师的声音里透出的善意一样，霎那间便让丁潜的心灵感受到了一股浓浓的温暖。

20 世纪六十年代的上海，普通小学的教舍都比较紧张。丁潜所在的学校虽不是那种弄堂里的学校，还有一座完整的教学大楼，但因为班级太多，学校只能实行轮流利用教室的办法。一至三年级的同学上午上课，四至六年级的同学就下午上课。到了夜晚，区职工夜校的老学生们还要在这里充分利用教学场地。到了下午不上课的时间，大家就遵照陈老师的布置，去各个按路段远近组织的同学家庭学习小组写作业，或者共同复习和消化上午学过的功课。丁潜本来是去路较远的一位路同学家里参加学习小组的，但因为新同学李满芳的到来，陈老师便安排丁潜去了较近的重新调整的李满芳家的学习小组。一听到陈老师对自己宣布这个消息，丁潜的心里便立即涌起了一种说不出的兴奋和紧张。

　　李满芳家在一条宽敞得能开进汽车的弄堂里。弄堂两旁，是一幢幢两层楼的有花园的别墅。丁潜后来才知道，新中国成立前这条弄堂住的都是一些资本家，也就是现在靠吃定息过日子的有钱人。还有洋行老板、银行襄理、有地位的大学教授等等，反正都不是一般上海小市民所能望其项背的体面人。当然，也有某些新中国成立前夕逃亡海外的旧官僚的房产，被当年的上海军管会没收之后，成为新政府分配给少数级别比较高的领导干部搬来这条弄堂里居住的住宅。

　　李满芳能迁到这条弄堂里居住，全是因了李满芳的祖父。

　　李满芳的祖父早年是上海滩一位很有名的牙医，开着两家收入不菲的牙科诊所。每次遇到李满芳的同学们来家里学习，李满芳的祖父总是很热情，总会提前把家中所有的桌椅板凳搬到客厅里，让学习小组的每位同学都有一个舒适的写作业的位子。偶尔碰上阴天，李满芳的祖父也不会像别的人家那样的略显小气，总是随时拉开明晃晃的日光灯，使得每一位写作业的孩子都不至于感到客厅里还会有任何一个可以影响视力的角落。

　　丁潜第一次见到李满芳祖父时，便明白了李满芳的漂亮，全是因为祖上的遗传。李满芳的祖父也有像李满芳一样挺拔的鼻梁，一样略微凹进去的眼窝里闪动着一双炯炯有神的大眼睛。他们几乎都是混血人种。丁潜想。不同的只是李满芳的乌发还扎着很好看的辫子时，李满芳的祖父已披着一头飘逸的银发了。后来，到了"文化大革命"抄家的季节，李满芳住的那条弄堂里一位名气很大的教授的家也被抄了。丁潜那天正好从李满芳家的花园里采完桑叶走出来，便不由自主地凑到人群里去看热闹。丁潜看见一群红卫兵正在老教授家门口开批斗会。有两位红卫兵将老教授的两条臂膀扭到了背后，还有一位红卫兵用力地将老教授的头摁得很低，正对被批斗者实行着当时大家熟悉的"喷气式飞机"的惩罚。丁潜便想：这老教授此刻的心情与脸上的表情一定是痛苦极了！同时，丁潜还看到那位教授家的许多书都被造反派散乱地扔到了弄堂的水泥地上。丁潜那时候还没有抽条子，身材不高，便乘着大人们没注意，将自己发现的一本封面上印有像李满芳祖父一样披着飘逸银发的老人画像的图书，悄悄地捡了起来，然后藏进贴身的汗衫里，迅速地奔出弄堂。在马路上奔了很长一截路，才喘着气停下步子，才敢从汗衫中拿出那本书，细细地打量起封面上的那幅画像。那是一本《泰戈尔诗集》。在丁潜后来的回忆里，李满芳的祖父和泰戈尔似乎有几分相像。

有一天下午，大家写完作业，复习完功课，李满芳便领着学习小组的同学们来到花园里，在两棵桑树旁采起了桑叶。采罢桑叶，李满芳转身去楼上的卧室里捧下了一个大纸盒。大家围到大纸盒前一看，立刻惊讶地叫了起来，原来大纸盒里爬满了许多白白胖胖的蚕宝宝。只见李满芳把桑叶大把大把地扔下去，便能隐隐听到蚕宝宝们啃桑叶时发出的轻微的沙沙沙的声音。大家觉得好玩极了，甚至有两位同学伸出小手抓起两条蚕宝宝递到眼前细细端详，李满芳忙急得大声招呼："不能抓！快放下！"丁潜便羡慕地对李满芳说：

"你能送我几条蚕吗？我也想回家养蚕。"

李满芳答应了，说："送你三十条。但你回家一定要好好养。"

丁潜当即高兴得蹦了起来。

此后，丁潜养的三十条蚕结成茧拱出蛾子，蛾子又下了许多籽。没过几天，蚕籽变成许许多多细细的黑黑的小蚕。

丁潜精心伺候了两个多星期后，那些黑黑的小蚕都变成白白的蚕宝宝了。这一来，丁潜再去李满芳家，除参加学习小组之外，又多了项任务，那就是采桑叶。

采桑叶时的丁潜还是很细心的，他总是把桑树下的叶子留给李满芳采，他则会端来暖房边的那架梯子，搬到围墙旁，然后爬上去，专采探出围墙的那些桑树尖上的叶子。丁潜的这一举动，常会使李满芳的祖父如临大敌。那位满头银发老人总是要扶着梯子不厌其烦地叮嘱道：

"当心啊，小囡！站稳了，千万勿要摔下来！……"

还是在李满芳住的那条弄堂里的那位名气很大的教授被抄家后不久，那是个星期天，下午学习小组不举行活动，丁潜去李满芳家是特意为着采桑叶的。那些蚕籽里孵出的小蚕长成一大片白花花的蚕宝宝之后，丁潜养蚕事业的桑叶需要量愈发大了起来。当丁潜摁响李满芳家的门铃，李满芳走出来将门拉开的时候，丁潜发现李满芳那双漂亮的眼睛有些红肿，显然留有刚刚痛哭过的痕迹。丁潜忙问：

"李满芳，你怎么啦？谁惹你伤心啦？"

李满芳哽咽着说："丁潜，我爸爸妈妈在华师大也被批斗，被抄家了。学校里的造反派贴大字报说我爸爸妈妈是反动学术权威。"

丁潜一愣。丁潜早就知道李满芳的父母曾是华师大最年轻的副教授。丁潜想：论年纪李满芳的父母也不该成为权威呵！因为李满芳家弄堂里那位权威教授都六十多岁了，还中过一次风，进出弄堂都要挂着一根拐杖，李满芳的父母怎么也都成为权威了呢？

就在丁潜发愣时，李满芳突然问：

"丁潜，你以后还会理睬我吗？还会来我家采桑叶吗？"

丁潜忙说："你放心，李满芳，不管到任何时候，不管遇到任何事情，我丁潜永远会是你李满芳的好朋友。"

"真的吗？"

"向毛主席保证！"

说罢，丁潜伸出手指，与李满芳拉了拉钩，表示自己绝不反悔。

也就在两人拉勾的那一瞬间，丁潜能意识到李满芳朝自己投来的目光中闪现着一种深深的信任……

随着"文化大革命"的愈发深入，李满芳祖父与其一家人也被造反派赶出了那幢花园别墅，被赶到了一间不再存放汽车的汽车库里。于是，丁潜再也无法到李满芳家的花园里采桑叶了，也无法继续他的养蚕事业了。在学校停课的那段日子里，他只是经常去李满芳家做些力所能及的体力活。或者半夜去菜场排队买鲜带鱼，或者借一部板车去煤球店拉煤球，或者与李满芳一起将阴暗潮湿的汽车库中那两块棕绷床抬到弄堂里晒晒霉。直至丁潜的父亲后来在闸北区分到了较为宽敞的新工房，丁潜搬了家，与李满芳家的距离远了许多，丁潜和李满芳的联系才渐渐少了起来。

丁潜与李满芳都属于 69 届初中毕业生。说是初中毕业生，其实他们都没正儿八经地学过几天初中的课程，在校的大部分时间都被校革委会指派去学工、学农、学军了。也就在丁潜他们学校去滨海农场劳动，大家嘛吭嘛吭地往大堤上挑着土方时，丁潜会忽然心鹜八极地想道：李满芳她们学校此刻正在做什么呢？李满芳也会像自己这样挑土方挑出肩膀上的老茧吗？李满芳学习成绩那么优异，如今却根本看不到将来有考大学的机会，这对于李满芳而言实在是太可惜、太冤枉了……

　　1972 年冬天，丁潜登上学校上山下乡的光荣榜之后，曾专程去了一趟李满芳家。李满芳的祖父那时已被平反。因为李满芳祖父的成分毕竟是"自由职业"，不属于地富反坏右和资本家，所以街道革委会虽没有让李满芳祖父重新住回那幢花园别墅，但还是给李满芳祖父家选定了一处有两居室的老式石库门房子。李满芳因为是家中的独生女，便被学校按政策分配到啤酒厂去上班了。听到丁潜宣布将去安徽农村插队落户这一消息时，李满芳开玩笑地说：

　　"祝贺你，成为贫下中农光荣的一员！"

　　丁潜倒显得满怀真诚地说："祝贺你，李满芳，终于成为领导阶级光荣的一员！"

　　插队落户六年当中，丁潜因为文化课底子薄，两次参加高考都碰得头破血流。1978 年底，丁潜按政策返城了，只得先以待业青年的身份，在一家里弄办的做鞋钉的小厂领一份微薄的工资糊口，以等待日后街道有照顾插队知青的政策兑现，再去待遇更好的某家正招工的大型厂矿跳龙门。六年缺油少荤的农村生活的砥砺，丁潜对世事沧桑的看法渐渐变得现实起来，童年和少年时对李满芳那份懵懵懂懂的情愫也渐渐抛到了脑后。从里弄鞋钉厂到后来被招工进宝钢，丁潜不仅失去了与李满芳的联系，并且和小时候的许多同班同学都不再有任何来往。在工厂度过的这么多年光阴中，他基本上只知道多干活，多挣奖金，多满足老婆和孩子的生活需要。他慢慢地就变成一个收入稳定、吃穿不愁、小肚腩上开始堆起一层不厚不薄的脂肪，已完全适应于徜徉在他那份自得其乐与安定自在生活里的中年人。直至 1993 年春天，恰逢丁潜不惑之年的那个春天，有那么一个下午，丁潜被车间通知去领一季度的满勤奖，丁潜便乐颠颠地穿过一辆辆正吊装着设备的行车，一路小跑地奔进了车间办公室。车间那位女会计让丁潜在领奖金的单子上签了字，又把一封令丁潜觉得笔迹好似熟悉的信递到了丁潜的手里。信是李满芳写来的。李满芳在信中说，她是从陈老师那里得知了丁潜如今工作的地址。李满芳还说：今年"五一"劳动节，是班主任陈宝珍老师五十岁大寿，小时候班里的全体同学决定一起为陈老师做寿，地点就定在刚开张不久的新杭州大酒店。因为陈老师的祖籍是杭州，班里不少同学都细心地考虑到一定要让陈老师吃上一顿使她满意的杭帮菜。李满芳衷心希望丁潜那天能够不错过与陈老师及同学们团聚的机会。看罢李满芳的来信，丁潜的心情立刻变得不平静了……

丁潜万未料到，这么多年过去了，漂亮的李满芳其实还是没有忘记自己的。

李满芳在这么多年中，是否出落得更加漂亮了？丁潜将信塞回口袋时，悄悄地胡思乱想起来。

想着想着，丁潜情不自禁摸出信，把信封上那几行有些熟悉的娟秀的笔迹又仔仔细细地看了一遍。

更让丁潜未想到的是：原来这么多年里，班上那些小时候的同学还是互有来往的，李满芳原来在他们中间还是有号召力的，李满芳不愧是那个戴着两道杠标志的中队长。

在新杭州大酒店聚会那天，班里的同学们未能准时到齐。因为有的要挤公交车，有的要骑自行车穿过一个个红绿灯闪烁的十字路口，还有的要做完手中的家务才能抽时间出门。倒是离酒店驻地近的以李满芳为首的几个中队委员却先到齐了。陈老师见到大家很高兴，拍着他们的肩膀，将大家围拢在一起，说：

"你们还记得吗？丁潜那时候是中队劳动委员。有两次学校平整操场，李满芳和一群女同学抬铺路的炉渣抬不动，都是丁潜带领几位男同学帮助李满芳完成了劳动任务。"

大家忙说："记得记得。"说罢，便不约而同地一起笑了起来。

丁潜在几位同学的笑声中偷偷瞥了李满芳一眼。李满芳脸上的表情倒没有什么不自然，而丁潜的脸则蓦然涨红了。

有了那次和李满芳二十年后的相聚，丁潜便得知了李满芳这些年来生活和工作的状况。李满芳初中毕业后一直在啤酒厂上班，其间虽没有机会上大学，但还是通过电大考试转了干，在厂供销科由业务员被提拔为副科长。李满芳说她现在很忙，经常出差，还要为厂里产品的出路绞尽脑汁，加班加点。丁潜便插嘴说："那你们厂里的奖金肯定很高呵。"李满芳无奈地说："哪里，哪里。比起你们宝钢要差十万八千里。啤酒行业目前的竞争是很激烈的，据说国外一些大的啤酒托拉斯都会相继到上海登陆，所以我们必须抢占市场份额，争取企业生存的权利。但形势很危急，将来别说是奖金，就算能保证一份完整的薪水，我都要开开心心地去城隍庙烧高香啦！……"

因为那次酒席上丁潜向李满芳索要了她供销科办公室的电话号码，于是此后隔个几星期，丁潜心里便痒痒的，便想打电话找李满芳聊聊天。但李满芳的供销科似乎真的很忙，不是没人接，科里人都出差去了，或是推销产品去了，就是李满芳刚接通电话，刚聊上几句，便不好意思地说："抱歉，丁潜，这一刻办公室正有事，还是我下次打给你吧。"但下次，李满芳根本就没来过电话。这天上午，丁潜好不容易拨通了电话，但电话不是李满芳接的，而是一个丁潜不熟悉的女性的声音接的。那个声音告诉丁潜：李满芳今天生病，早晨请了假，没来上班。告知完毕，电话那头便只剩下嗡嗡嗡的电流的声音了。丁潜先是有些丧气，然后又灵机一动：这不正是机会吗？自己不正好乘这个机会可以去探望一下生病中的李满芳吗？

下午三点半，各个车间的工人都早早地来到厂部篮球场，准备观看厂工会组织的分厂之间进行对抗的拔河比赛。丁潜既不是拔河队成员，也不想当助威喝彩的观众，便挤出人群，悄悄地蹬上自行车从工厂溜走了。

将自行车换成通勤班车，丁潜到达老市区后，便熟门熟路地来到了李满芳居住的那条有着不少幢老式石库门房子的弄堂里。因为那次为陈宝珍老师做寿的同学聚会上，李满芳曾告诉过丁潜：她一直没有搬家，还住在老地方。

在李满芳家居住的那条弄堂附近，丁潜看见有一家生意不错的水果店，便特意买了一大网兜很新鲜的香蕉苹果之类的进口水果。

这幢老式石库门房子的楼梯确实老了。丁潜记得二十年之前自己为去外地农村插队落户而专程来这里向李满芳告别时，楼梯板踩上去发出的声音还比较轻微，不像如今踩上去除了有剧烈的咯吱咯吱的响动之外，丁潜甚至担心晃晃颤颤的楼梯随时都会有塌陷的可能。

丁潜敲了敲门，是李满芳正上小学五年级的儿子来开了门。

听见是丁潜的声音，李满芳惊喜地从床上坐了起来，披上衣服，问："丁潜，你怎么来啦？"

丁潜说："打电话到你办公室，你同事说你生病了，就专门来市区看看你。"

李满芳忙有些歉意地说："真是劳你大驾了。"

彼时，李满芳的祖父，那位让丁潜觉得有几分像泰戈尔的老人，那位丁潜在李满芳家围墙上采桑叶时，他会在底下紧张地扶着梯子，并不住地叮咛"当心啊，小囡，站稳了，千万勿要摔下来"的老人已经与世长辞了。李满芳的祖母正病快快地躺在有着红木雕饰的床上。听见李满芳与陌生人谈话的声音，李满芳的祖母便在她的房间里问道：

"满芳啊，是哪个客人来啦？"

丁潜便闻声主动走进了李满芳祖母的房间。

那还是很久以前，丁潜来李满芳家参加学习小组，做完作业时，李满芳祖母常会端上一盘她亲手烤制的香喷喷的水果布丁给孩子们当点心。丁潜那时第一次明白了水果布丁其实就是水果蛋糕。品尝着李满芳祖母做的蛋糕，丁潜觉得其味道真是美妙极了。以至于丁潜长大成人之后，都一直没有忘记李满芳祖母烤制水果布丁的那种不一般的手艺。

丁潜俯下身，对垫高着枕头半卧在床上的李满芳祖母说："奶奶，你身体好些了吗？"

李满芳祖母说："还好还好。托你小朋友的福。"

李满芳也跟了进来。她附和着丁潜的话，有意开玩笑地向她祖母问道："奶奶，你还记得我这位同学的名字吗？他小时候是来过我们那个有花园的家参加学习小组的。"

李满芳祖母说："记得记得。"说罢，还认真地关照了丁潜一句：

"回去别忘记问你爸爸妈妈好。"

这一来，丁潜完全懵了。丁潜的父母什么时候认识李满芳祖母啦？或者说，李满芳祖母怎么会认识丁潜的父母呢？丁潜想：难道是李满芳祖母误把自己当作另一个她熟悉的关系更为亲密的晚辈了？

丁潜转身望了李满芳一眼，脸上的表情有些尴尬。李满芳朝丁潜眨眨眼睛，略显调皮地一笑，那意思好像是对丁潜说：你别把老人家的话当真。

离开李满芳祖母房间，来到客厅里后，丁潜才从李满芳压低声音的谈话中得知：李满芳祖母好几年前就得了老年痴呆症，所以如今脑子经常一会儿糊涂，一会儿清醒。丁潜听罢，甚为唏嘘，深表同情地说："李满芳，你真不容易，工作那么忙，这几年你还要花好多心思照顾你的祖母。"

那天晚上，丁潜是主动留在李满芳家吃晚饭的。因为看到李满芳高烧刚退，身体还很虚弱，所以李满芳仅客气地挽留了一下，丁潜便顺水推舟地答应了。然后走进李满芳家厨房，挽起衣袖，打开刚买不久的冰箱，将那些能利用的荤菜蔬菜洗洗切切，蒸煮煎炒，手艺娴熟的丁潜没花多少工夫，就为李满芳一家老小做好了一顿热气腾腾的晚餐。

就在那天黄昏至傍晚，丁潜与生病的李满芳有了较长时间的接触之后，丁潜离开市区，偶尔在厂里再想用电话找李满芳聊天时，李满芳又变得极其难以寻找了。李满芳忙是肯定的。丁潜曾在一次打通的电话中听李满芳对他说过：自己所在的啤酒厂可能有被同行的大企业兼并的危险。这也正如李满芳早先预料到的：百威、喜立、贝克、嘉士伯等世界知名啤酒企业如今已向中国市场大举进军了，因此像李满芳所在工厂那样尚未成为行业巨头的啤酒企业，往后在商业的海洋里，简直就如同一艘缺了发动机的小舢板，时刻都会被吞噬到恶浪滔天的漩涡中。丁潜想，李满芳的日子肯定更加难过了。上有老、下有小，再加上那么一份让她撕心裂肺的工作……

再后来，丁潜自己也变得忙碌起来。他先是被组织上派到南京附近的梅山钢铁公司，参加冶金部在那里举办的为期三个月的全国炉长集训班，接着又作为宝钢的援助力量，开赴遥远的西北酒泉钢铁厂，培养出了酒钢一批才从技校分配来的新的炉前工。这一年多时间里，丁潜已开始忘记了再给李满芳打电话。甚至他觉得即使不给李满芳打电话，也并非是件十分熬不过去的事情。

一年多之后，丁潜回到了上海。秋季里某个星期天的下午，丁潜受父母之托，专程来老市区看望从苏州乡下回到上海的舅舅和舅妈。结束了在舅舅家的拜访，穿过两条马路，丁潜不知不觉地走到了李满芳家那条石库门房子林立的弄堂。丁潜想：今天是星期天，李满芳可能会在家，不如乘这机会去看看她。于是丁潜怀着侥幸的心理踩动了嘎吱嘎吱作响的楼板，来到楼上，轻轻敲了敲李满芳家的房门。很巧，李满芳在家，来开门的正是李满芳。

"哎哟哟，哪阵风把你吹来啦？"李满芳高兴地说。

"我去陕西北路舅舅家，那里离这里不远，就顺路走了过来，想死马当活马医，看看你是不是正好在家？"丁潜回答说。

"怎么能不在家？"李满芳的表情顿然变得有些沮丧了，微微叹息一声，说："三月份，工厂被外资企业兼并了，超过四十岁的女工都要下岗，这不，我不就是被赶回家了吗？"

"那你重新找到工作没有？"丁潜关切地问。

"找是找了，但都干不长。"李满芳说："你想呵，我在电大时是学中文的，如今机关里的文秘对正规院校的毕业生都可以挑挑拣拣，怎么还会轮到我去坐机关呢？再说做推销工作吧，我只懂自己工厂啤酒品牌的推销，对于目前正时兴的收入也很高的化妆品的推销，那都是些年轻漂亮的小姑娘的职业，我如果去应聘了，还不是一张老阿姨的脸去贴人家客户的冷屁股吗？"

丁潜便乘机半开玩笑半认真地说："其实，李满芳你现在还是蛮漂亮的。你假如去推销化妆品，你是完全有资格对那些客户做好宣传的。你可以说，你这个年纪至今仍保持得那么漂亮，就完全是用了那几种化妆品的缘故。这一来，我保证客户们都会从你手里疯抢你推销的化妆品。"

李满芳怪嗔地看了丁潜一眼，笑着说："别起哄呵！你丁潜真是饱汉不知饿汉饥。"

将丁潜让到客厅的沙发上坐定之后，李满芳为丁潜泡了一杯茶。接着，她拿来一只大碗和一篮子毛豆，开始边剥毛豆边和丁潜谈起话来。丁潜见李满芳篮子里的毛豆壳都已经发黄了，剥出的毛豆也不是那种纯正的绿色，便问："如今正是大豆上市的时节，你买的毛豆怎么都不新鲜呵？"李满芳不在意地说："从菜场淘的便宜货。反正剥出来在炉子上炒了，吃到嘴里和新鲜的也没多大区别。"丁潜便想：李满芳现在的日子是真正的不好过了。比她以往拼死拼活地去为厂里的啤酒抢占市场更加难过。

从李满芳的谈吐中，丁潜得知这大半年来，李满芳其实已换了好几份工作。不是做超市的售货员收入太低，企业原先答应的提成根本不予兑现；就是做保健品推销员渐渐发现了产品对顾客的欺骗，那种所谓延年益寿的口服液说穿了不过是无害的葡萄糖水而已。至于做家政公司的保洁员，收入倒蛮高，但尚未做满两个月，李满芳面临一家男主人语言肮脏的调戏，便只能满怀愤怒地向这户家政公司辞职了……

听着李满芳的倾诉，丁潜忽然想到李满芳在华师大做教授的父亲和母亲，便有些不解地问道：

"满芳，你爸爸妈妈论资历，现在该是华师大的权威了吧？早该升成正教授了吧？他们难道对你目前的处境没有任何接济吗？"

"有是有的。"李满芳说："但你不知道，丁潜，我爸爸在'文革'批斗中被红卫兵打伤了腰，后来腰伤常常发作，不到退休的年纪，就无法上讲台了。我妈妈早先患过心肌炎，身体本来就不好，现在还要照顾做不了一点体力活的爸爸，我怎么好意思再向他们开口哀叹我的生活困难呢？按道理说，他们到了颐养之年的时候，我该多孝敬他们才是。如今不但孝敬不了，还要再去给他们添麻烦，那么我的内心将会感到极大的负疚了。"

丁潜听罢，叹了口气：真是家家都有本难念的经呵。

和李满芳说了片刻工夫的话，丁潜见两个房间里都空无一人，没半点动静，便有些奇怪，问："奶奶呢？她搬到你爸爸妈妈家里去了吗？"

李满芳的脸色立即变得黯然地说："奶奶年初已经走了。"

丁潜一怔，懊悔多了嘴，一下子不知该如何安慰李满芳才好。

但后来，丁潜还是有些奇怪，问李满芳说："你儿子呢？还有你先生呢？我怎么两次来你家都没见到你先生呵？"

李满芳哑然。隔了好一会儿，李满芳才从剥毛豆壳的思考中抬起头，神态自若地对丁潜说："我早和他离婚了。"

原来，还在李满芳儿子两岁时，她身为仪表厂厂长的老公便和厂办公室的一位女职员出了轨。此事在仪表厂闹得沸沸扬扬，李满芳脸上自然搁不住了，便主动先提出与她前夫离了婚。如今，按照离婚协议，李满芳的儿子必须每逢周日去他父亲家里度假。李满芳对丁潜说："也好，图个清静。今天你要是不来，我正准备有时间到外面重新找工作去了。"

离开李满芳家，在乘坐通勤班车回宝钢的路上，丁潜的头脑里一直猜度着李满芳刚才说起离婚时，那种表面自如的神态背后真不知隐藏着多少凄楚？丁潜想：李满芳为何这样倒霉啊？一个从小家境很好的漂漂亮亮的女孩，长大了居然会遇到那么多处处不遂人意的事情！

此后，丁潜再到老市区，再去李满芳家看望时，便不会忘记买上一大堆荤菜蔬菜、一大堆水果食品。丁潜认为念着孩提时的友谊，他现在反正是有条件，该帮助李满芳的地方就不能不伸出援手。有时走进李满芳家天色已经擦黑，丁潜便和李满芳一起把菜切洗干净放锅里烹饪了，干脆就留在李满芳家吃罢晚饭再回宝钢。这期间，李满芳儿子从最初望着眼前这个陌生男人目光中含有戒备和冷漠，也渐渐消除了，他会亲热地喊着"丁叔叔"，把他课本中弄不懂的问题拿到丁潜面前来问短问长。李满芳的儿子已经读初一了。而每逢这时，丁潜只得无奈地笑笑，轻轻拍着孩子的肩膀说：

"真不好意思，丁叔叔初一时天天去农场，从来没做过你这样的作业题。"

又过了大半年，丁潜突然再也不去李满芳家了。这回，不是李满芳没空见他，却是丁潜自己家庭后院着火了。丁潜开始觉得日子没有了奔头，整天无精打采，连上班从未有过的迟到早退现象都发生了，惹得与他关系很好的车间主任只能狠狠地训斥了他好几次。

丁潜早年有位一同进厂的师兄弟，叫任小虎。工人们却喜欢叫他任小鼠。因为任小虎生性胆小，上炉台不是怕摔伤了，就是怕烫伤了，于是经常去公司医院找一位行过贿的医生开些子虚乌有的病假条，一年里总是半年光景靠泡病假混日子。后来，宝钢搞起了三产，利用多余人员和闲散资金开始涉足商业流通领域。这一举措，便使任小虎风风光光如鱼得水了。原来任小虎那些年在社会上厮混也不是白混的，做生意的门槛精得很，早就倒过彩电、倒过冰箱、倒过钢材批文，和社会上那些有路子的人一样悄悄地过上了发家致富的生活。鉴于任小虎这一特长，加上是操作岗位的富余人员，任小虎很快便调进了厂部刚成立的生活服务公司，并由于业绩出众而摇身一变为公司总经理。这一来，任小虎便成了全厂极有头脸的人物，大家会常见到任小虎飞机来飞机去地辗转于天南海北，会常见到他出差归来拎着大包小包的礼物兴冲冲地登上自己家的楼梯，也会常见他坐着厂长才能配备的桑塔纳小轿车，精神抖擞地穿梭于全上海的各家酒楼、饭店、桑拿房、歌舞厅。丁潜以往和任小虎的交往不算少，他总是觉得任小虎虽然生性胆小，但也不该在车间里受到其他工人的奚落和冷淡，况且丁潜是工段长，他有责任团结好工段里的每一位工友，于是便时而会将任小虎请到家里，让妻子王兰兰炒几个菜，自己便随意地与任小虎小酌一番。但后来任小虎生意忙了，在全厂也混得人模狗样起来，丁潜便自然不会再请任小虎到家中小酌，并且还和任小虎的关系渐渐地变得不即不离了。倒是王兰兰还惦记着任小虎，时而会问丁潜：

"任小虎呢？怎么不见你请他到家里来啦？"

王兰兰在丁潜眼中虽不如李满芳那样有一种特殊的漂亮，但在全厂女工中王兰兰还属于颇有几分姿色的那种，丁潜也为自己能娶到这样一个老婆一直感到心满意足。只是王兰兰觉得丁潜偶然说到他的老同学李满芳时，语气里会充满一种欣赏，而丁潜却从没有用这种语气谈论过自己。但任小虎就不同了。每次任小虎来家中与丁潜推杯把盏，王兰兰端着炒好的热菜进进出出，都能感受到任小虎劝她赶快落座、不要再忙了时亲切地望着她的目光，以及从背后盯着她扭动腰肢时的热辣辣的目光，那种目光里都满含着任小虎对她特有的浓浓的欣赏。王兰兰想，任小虎肯定不会像丁潜那样，不是干活干累了回家倒头便睡，就是突然心血来潮地把自己抱到床上动作很重地折腾一番。任小虎肯定是个懂得情调的人。任小虎肯定不是丁潜那种只知道在炼钢炉前出死力气干活的粗坯子。

更主要的是丁潜的工资加奖金在厂里从来都算高的，他领回家从来都干干净净地交给王兰兰，除了偶尔需要从王兰兰那里讨几个零花钱之外。因此丁潜便觉得自己在生活上从来不曾亏欠过王兰兰，但他尚不知道王兰兰还有更大的胃口。眼看着马上就要进行房改了，丁潜和王兰兰花不多的钱买下自己家住的这套工房自然不成问题，而王兰兰还想在老市区父母家附近，为儿子买一套准备上中学的学区房，丁潜便无论如何都无法满足王兰兰的胃口了。为此两人发生过极不愉快的争执。王兰兰气狠狠地对丁潜说：

"宝钢地区有一所像样的中学吗？你难道不想你儿子在老市区考一所名牌大学吗？不然的话，他今后只能是个像你一样做体力活的粗坯子！"

丁潜吵不过王兰兰，很快便像一只泄了气的皮球。

直至有一天晚上，王兰兰受任小虎邀请去离外滩不远的一家很高档的歌舞厅跳了一场舞，喝着 XO，品尝着美国开心果，见到任小虎花钱如流水的场面，深夜回家后闷闷不乐地对丁潜说：

"你看人家任小虎，这几年做生意赚得盆满钵满，而你呢，只知道拿一份工资加奖金的死收入，这要等到什么时候才买得起学区房啊？"

丁潜便更是无言以对。

再后来，王兰兰陪任小虎跳舞索性陪到了酒店开房间的大床上。任小虎被王兰兰迷得骨头发酥，答应一定挪一笔款项给王兰兰买房子周转。丁潜听到此事在厂里传出风言风语后，心想：难怪王兰兰最近在家呼机总是响个不停。有一天傍晚，王兰兰上洗手间，丁潜听到王兰兰拎包里的呼机又开始响了，丁潜很长心眼地拿出王兰兰的呼机看了一下，弄清屏幕上显示的字样之后，结果，那天夜里王兰兰和任小虎便被埋伏于酒店的丁潜彻底戳穿了西洋景。看着被保安强行打开房门，王兰兰缩在被窝里再没有勇气露脸，光着膀子的任小虎快快地穿上了衬衫，这场面对于丁潜而言无疑是五雷轰顶、五内俱焚！怒火万丈的丁潜迅速与王兰兰办好离婚手续，毫不客气地将王兰兰赶回了娘家。王兰兰倒是十分爽气，自知理亏，与丁潜分手时未向丁潜瓜分任何财产，只是声称为着儿子的抚养权肯定会与丁潜在法庭上见面，便净身出户，尚无半点气馁地和从未成婚的任小虎去过那种没有名分的夫妻生活了……

接下来，丁潜每天下班回家首先面对的便是冷锅冷灶，这种缺乏温暖与人气的日子使他真正伤透了心。

1998 年年底的一个周末，再也没心思给李满芳打电话的丁潜，突然接到了李满芳打来的电话。李满芳在电话里对丁潜说：自己这几个月被聘任为一家保险公司的业务员，向客户成功推销了不少份保险，拿到不菲的提成，收入比以往的职业高多了，因此特意请丁潜今天去她家里吃晚饭。

丁潜冷冷的心开始解冻了，一改他这大半年来的邋遢模样，还专门擦了皮鞋，便乘班车来到老市区，买了一盒乔家栅的点心，熟门熟路地走进了他曾一直觉得亲切的那幢老式石库门房子。

李满芳原来不是只会烧那种壳子发黄的毛豆，李满芳真要动了心思做起菜来，菜其实做得还是丰盛爽口的。那一盘盘熏鱼、生爆鳝片、冬笋炒肉丝，早已让在一旁看着李满芳烧菜的丁潜垂涎欲滴了。

李满芳开了一瓶红酒，两人便上桌边吃边聊起天来。当李满芳得知丁潜半年之前遭遇的那份家庭变故，便很同情眼前这位从小一起长大的老同学，轻轻叹息一声，说：

"你也不要多想了。一个家庭被拆散固然可惜，但只要你好好工作，抚养好孩子，将来日子总还会是有奔头的。"

吃罢晚饭，两人看了一会儿电视，丁潜有些倦意地打了一个哈欠，李满芳就趴到他耳边小声说：

"今晚你可以不走了。"

丁潜蓦然脸庞涨得通红，倦意全无，盯着李满芳"啊"了一声，却窘迫得半天没说出话来。

李满芳微笑着说："儿子今晚住他爸爸家。明早他爸爸送他上学。"

丁潜这才明白了李满芳对自己留宿的意思。

李满芳替丁潜找出一套她曾为前夫买下后、前夫因离婚却从未穿过一次的崭新的睡衣，让丁潜先去卫生间冲个淋浴。

丁潜淋罢浴，又在电视机前的沙发上坐了下来。房间里的空调很暖，就在他即将拥有一位他曾爱慕过的女性的肉体，应该是激动不安的时刻，他的大脑又被一阵浓浓的倦意包围了。

这时，李满芳用浴巾擦着湿漉漉的头发，从卫生间里走了出来。李满芳穿着一件浅紫色的薄纱睡衣，客厅里很亮的吊灯光下，李满芳的身体在这件薄纱睡衣里若隐若现。那么饱满的胸脯，那么浑圆的臀部，还有一双修长而匀称的大腿，这一切使丁潜的眼睛霎那间便亮了起来。小时候，丁潜尚不懂女人身材的漂亮，他只知道李满芳的五官有着一种特殊的漂亮，但今天，他真正明白了已至四十五岁年纪的李满芳的身材竟然也是那么漂亮……

有了这次枕头边的温唇软语，此后每隔个两三周的周末，丁潜都会提前打李满芳公司的电话，问李满芳星期天在家休息吗？如果李满芳说在，丁潜便明白李满芳不会出去跑业务，并且她儿子也不会在家，而是去了李满芳的前夫那里度周末。这样，丁潜便会在一个约好的星期天中，高高兴兴地去老市区与李满芳会面，直到仍然顺水推舟地在李满芳家又住上一晚。

那时节，宝钢的职工福利发放十分丰盈，丁潜常能够在厂里领到作为福利的粮油水果、鸡鸭鱼肉，还有食堂烤制的各种点心。丁潜每次去老市区，都不会忘记给李满芳带上一份。当然，丁潜这么做，每次踩动李满芳家那架嘎吱嘎吱作响的老式木楼梯时，心里也曾有所顾虑：李满芳是个大器的人。可以看得出，李满芳和自己的交往并未有任何所图。自己却总是拎着大包小包的，是否有某种超出了情感层面上的交换的意味？……

但丁潜顾不得那么多了，一股只是急于和李满芳缠绻在一起的体内的冲动，倒使他把楼梯板踩得更加剧烈地响动起来……

这样的日子持续了大半年，丁潜每天上班时都像打足了鸡血，他又完全恢复了在车间主任眼里的标兵模样。但到了第二年的夏季，丁潜想约会李满芳又变得不容易了。就如几年前李满芳在啤酒厂销售科时那样，丁潜很少能打通李满芳的电话。即便打通了，李满芳也会推说她正忙于奔命。这次，李满芳在少有一次接通的电话中对丁潜说：因为她们公司业务量滑坡，保险市场竞争开始激烈，公司在她们每个业务员头上都加大了业务指标，简直忙得她天天喘不过气来。李满芳在电话中还说：

"开始做这一行嘛，身边还有些同事、同学、朋友、亲戚，卖起保险来还不那么费力，但现在人际关系用完啦，时刻想着要厚起脸皮去恳求陌生的新客户，你说让我头昏不头昏？"

这一来，丁潜便不好意思再多去打扰李满芳了。丁潜明白李满芳又陷入了为生活挣扎的漩涡中。丁潜只好悄悄忍受着时而涌起的一种强烈的思念李满芳之苦……

不料，有个星期天的黄昏，李满芳突然来到了宝钢，用马路边售货亭的电话拨通了丁潜住宅的电话。丁潜听见是李满芳的声音，并得知李满芳已经在他住处附近了，便大喜过望，忙在电话里说："你不要动，你就在那个售货亭等着。我马上骑摩托车过去接你。"

李满芳便随丁潜来到了他家里。

原来，李满芳是乘着休息日来宝钢推销保险的。从上午到下午，她会见了五位客户，只有两位客户尚表示了意向。另外三位就干脆回绝了，结果害得她辛苦一天连一份正式的协议都未签成。李满芳对丁潜诉着这些苦时，语气里不免流露出几分懊丧。丁潜便安慰李满芳说：

"算了算了，好事多磨嘛。说不定你哪天会接连签两份几十万的大单呢！生活就是这样，你不顺利时，喝口凉水都塞牙，可一旦运气来了，你想躲也躲不掉！"

丁潜把李满芳脸上的神色又渐渐说得晴朗起来。

丁潜下厨房炒了菜，与李满芳一同吃了晚饭，便留李满芳在家里住了下来。正是夏季，都无需用睡衣，两人洗完澡，在空调房间中吹凉爽了，便贴着相互光溜溜的身体一起滚到了床上。

一阵彼此都渴望的暴风雨过后，李满芳依偎在丁潜怀里，喃喃地向丁潜说起了这几个月自己生活的状况。当李满芳说到她儿子真懂事，知道母亲如今收入又减少了，便每天将学校里课间发的一盒牛奶都舍不得喝，都要装在书包中拿回家来特意孝敬母亲时，丁潜再也忍不住了，跳下床，从五斗橱抽屉里拿出一千元现金，递到李满芳身边说：

"嗨，是我粗心，我真不知道你现在日子有这样困难。其实你早对我说，我不早就从邮局给你寄过去了吗？"

李满芳猛然从床上坐了起来，眼睛里冒出怒火，涨红着脸对丁潜厉声说：

"你把我当什么人了！我和你交往，难道就图你这些能拿出手的钞票吗？"

李满芳说罢，便准备穿起衣服回家了。丁潜好不容易才将李满芳劝回床上，说了一大箩筐赔礼道歉的话，总算让李满芳辛劳一整天的身体慢慢地在床上放松了下来。

这一晚，李满芳再也不是依偎在丁潜怀里睡熟的。半夜，她似乎醒过两次。丁潜也辗转反侧，他第一次觉得缺了那种与李满芳如漆似胶的感受，他们之间某些深层次的联系好像无形中便变得隔膜起来。

翌日清晨，李满芳离开了丁潜的家。在此后很长的一段日子里，丁潜不知自己为何已鼓不起勇气给李满芳打电话了。而李满芳呢，肯定忙得要命，李满芳大概想不起再给丁潜打电话。就这样，他们开始真正失去了联系。

2000 年的第一个上午，丁潜掀开厂里发的那本新挂历的扉页，怔怔地计算起自己已有多少日子没和李满芳见面了？也正在丁潜盯着新挂历的时候，李满芳刚走出一家企业的办公大楼。为着一份原本与这家企业谈好的十多辆汽车财产险的订单，突然被一位与这家企业经理有猫腻的同行撬了墙角，李满芳今天白跑一趟冤枉路，无法签成协议了。她走出办公楼院子，走到人流熙攘的马路上，那双漂亮的大眼睛里顿时便噙满了委屈的泪花……

到天涯海角谈生意

保重！——马小奎紧握着我的手，以一种苍凉的目光望了我一眼，然后头也不回地朝通往长江客轮的甲板上走去。在我送行的视线里，当年他的背景颇有一副壮士一去不复返的气势。

那是一九九〇年初，海南刚掀起开发的热潮，我们这些到海南闯荡的人根本买不起机票。从我们家乡这座城市出发，最节省旅费的路线便是买一张四十二元的三等舱船票，先乘长江客轮到达武汉，再从武汉坐一天一夜的火车去湛江，最后由湛江渡过琼州海峡抵达海口。马小奎便是顺着这条旅费最经济实惠的路线走上了他的创业之途。

马小奎那时已没有退路。一九八八年，他从厦门大学经济管理系毕业后，被分配到我们生活的这座城市的一家特大型国企的计划处，过了一年多每日喝茶看报纸的日子，他终于熬不住了，内心涌起一种必须打破沉闷的强烈冲动，便向那位被他嘲讽为做报告常会将稿子念出错别字的处长提交了辞呈，甘愿做一个无业游民去了。以我这篇小说后来出场的一位朋友余昌贵的话说：让一个埋头数过钞票的人，再去过日复一日为柴米油盐算计的庸常日子，他肯定熬不住。马小奎从读大三开始，便和几位志同道合的同学组织起一支"野狼嚎乐队"，每晚都到厦门当时刚兴起的酒吧或夜总会里靠演唱赚取外快。渐渐地，"野狼嚎乐队"名气愈来愈大，厦门各家晚间娱乐场所的演出合同接踵而至，马小奎和他那帮小兄弟整天忙得喘不过气来。在我当时的印象里，马小奎已赚得盆满钵满，仅从他寒暑假回家来手腕上戴的那块价值八千元的浪琴牌手表，就明晃晃地弄得我头晕目眩。只不过后来我才知道，那块浪琴表其实是马小奎在厦门地摊上掏到的走私货。

但无论如何，此刻我望着马小奎孤独地走上甲板的背影，心头还是涌上了一股为他前途忐忑和担忧的复杂思绪。

不料，一年多后，离去时尚有几分凄凉与悲怆的马小奎，从海南回来时竟是那样地满面春风与踌躇满志。马小奎真正地发迹了！马小奎已成为海南房地产界炒楼的一名高手。至于他如何会有这般火箭式的敛财速度，那只有天知道！

发迹之后的马小奎曾问过我：怎么样，六子，你也来我们公司干吧？公司里正好缺一个负责宣传文化方面的台柱子。你天生鬼点子多，做策划和造声势都是你的强项，海口那些没喝过多少墨水的人谁能替代你呢？那时，我因为还留恋内地铁饭碗的安稳，或者说，根本就有些怀疑他一夜之间成为创业成功人士的神话，便推辞着说：再等等机会吧。我们政府部门可不像你们企业，办理停薪留职手续绝没那么容易。

这一来，马小奎便不再对我说"保重"了，而是用一种不屑的神情望着我，语气里满是揶揄地说：

瞧你那点出息！

后来，还是马小奎和我共同的朋友方向阳回来了，对我说起马小奎在海口发迹的原委，我这才拿定主意，决计去海南试试水。

原来，马小奎初到海口时是混得颇有几分狼狈的。先打肿脸充胖子地在一幢漂亮的写字楼里租了一间办公室，办起一家用海南的建设项目吸引内地资金的投资公司。马小奎本以为通过精确地牵线搭桥，一旦等项目落实了，自己这家空壳子公司便可以稳稳当当地在甲乙双方之间拿到一笔数目不菲的佣金。应该说，马小奎不愧为厦门大学经济管理专业出身的，对项目的选择很具备投资的前瞻性与可操作性。但一份份项目建议书以传真的形式发给内地的朋友或朋友的朋友之后，都杳无音讯，都白白地打了水漂。期间有个朋友为着顾及马小奎的面子，死乞白赖地恳求自己公司的老总专程去海南对某个有意向的项目考察了一趟。为此，马小奎拿出舍不得肉包子打不到狗的气概，专门雇用了海口当地一位美貌的三陪女，表面上声称是自己的秘书，实质上却令其对那位老总沿途精心伺候，千娇百媚，甚至做好随时献身的准备。如此美酒佳肴、红唇软语、色香味俱全的光景连续三日之后，那位老总还是对项目不置可否地乘飞机离开了海口。很快，马小奎在"野狼嚎乐队"舀到的第一桶金，就于海南创业这种不得不支付的成本面前败下阵来。刚出三个月，再也付不出房租的马小奎便在写字楼保安的驱赶下拎着两件简单的行李，来到了方向阳公司驻海口办事处的院子里。院子传达室的门卫先盘问了一番马小奎，才将惨兮兮的他送进了方向阳的办公室。见到方向阳的第一面，马小奎不无沮丧地说：

老兄，往后我就来你这里混饭吃啦！……

行行行，方向阳当即哈哈大笑：不仅可以到食堂免费吃饭，就连住宿，我也不会像你原先的那幢写字楼一样收你房租。我们俩什么关系？……方向阳说着，亲热地在马小奎肩膀上拍了一巴掌。

当时，方向阳年轻有为，已就任着 M 市钢铁公司驻海口办事处主任。而 M 市钢铁公司的总经理正是马小奎父亲马世潮。方向阳一直感恩于马世潮的提携，使他早早地在一家厅局级的国有特大型企业里坐上了处级干部的交椅，因此面对马小奎眼下的窘境，方向阳哪有不借机回报之理？只不过在方向阳看来，以马小奎这样一位三线城市里高干子弟的身份，吃香喝辣的都是手到擒来的事情，何必闯荡海南单打独斗地自讨苦吃？因而在当晚为马小奎备下的接风宴上，方向阳推心置腹地对马小奎说：

小奎，如果你真想发财，按我看，就不要瞎折腾了。目前，海南开发正大兴基本建设，处处盖楼造房，钢材紧缺，钢材的市场价格一天一个样，你不如就叫你爸批个几百吨钢材，你从中一倒卖，随便赚个差价也有好几十万啊！

马小奎一听，眼睛一亮。但很快，瞳孔里那束火苗便熄灭了。他当年提交辞呈，离家出走，就是想不在父亲的庇护下折腾出一番属于自己的新生活，现在他怎么能赖马吃起回头草呢？再则，他也觉得方向阳这种思路很不靠谱，便语气否定地说：

即使有差价，那差价不还是落到你办事处的账上吗？

所以呀，方向阳继续点拨：你要办公司，就不能办那种空手套白狼的所谓投资公司，就必须正正规规地办一家钢材销售公司。不错，本钢铁公司的货是需要发给办事处，但我这办事处平价卖给你的销售公司，你不就顺顺当当地从中间倒出差价了吗？

马小奎顿然被醍醐灌顶，一拍桌子，高兴地说：对，就这么干！他端起酒杯满满地敬了方向阳一回，然后满脸真诚地对方向阳说：

放心，这事只有你知我知。等日后赚了钱，绝不会亏待你老哥。

经历过一次惨败的马小奎已顾不得再在他父亲面前闹独立性了，只能束手就范地对方向阳言听计从。

没过几日，一家以特区速度批准注册的"惠通钢材销售公司"的招牌，在一阵鞭炮声中挂到了 M 市钢铁公司驻海口办事处大院的门口。马小奎不用交房租地在办事处小楼里占据了两间作为销售公司的办公室，还很享有实惠地在办事处院子里搭起了一个临时堆放钢材的简易仓库。

两单生意做下来，马小奎果然甚有收获。同样，方向阳也相应地有了自己收入的灰色地带。但那只是他和马小奎两人之间的攻守同盟，M 市钢铁公司方面并不得知自己企业派驻海口的干部已开始悄悄吃起回扣。况且那时正赶上一九八八年以来全国流通领域通货膨胀的尾声，不仅冰箱电视机卖得紧俏，钢材也俨然成为水涨船高的紧俏货。天南海北的形形色色的皮包公司都倒卖起各级领导批示的钢材批文，许多唯有人脉而没有流动资金的公司居然都从中发了横财。在这种形势下，M 市钢铁公司愈发财大气粗，根本不在乎每季度发往海口的那两百吨平价钢材，于是一起受惠的马小奎和方向阳的兄弟情谊便变得更加亲密。

但方向阳万没料到马小奎腰包鼓起之后，胆子也进一步大了起来。他们之间的第三次交易，是马小奎事先与其父亲马世潮经过电话沟通的。在电话里，马小奎恳求其老子一次性放行一千吨线材，以方便自己一次性达到创业的目标。老子望子成龙心切，便批示手下各部门予以放行。而这一千吨线材以货轮运输到海口之后，马小奎很快销售得一干二净，只是迟迟不见货款回笼到海口办事处的账上。这一来，方向阳心里七上八下了，天天焦急地催着马小奎还款。每回，马小奎总是嬉皮笑脸地打哈哈：急啥？人家客户也有周转不开的时候。你老哥还真怕我一个人把钱独吞了？与此同时，M市钢铁公司的销售处和财务处的电话电报接连不断，天天催得方向阳脑袋发炸。如同热锅上的蚂蚁的方向阳心里头盘算着：不至于吧？马小奎总不会糊涂到把自己老子拖进这趟浑水里吧？因为发货毕竟是马总经理批示的，最终吃不了兜着走的罪魁祸首当然必定是马总经理，所以尽管有过灰色收入的方向阳并不十分担心自己会立刻遭到什么厄运。方向阳心里坚信，只要有马总捂着盖子，这件事绝对不会在M市钢铁公司上上下下酝酿成剧烈的暴风骤雨……

果然，催款的电话和电报渐渐就消失了，方向阳的心情也随之舒缓起来，只是接下来一连许多日子，马小奎的身影仿佛在办事处的大院里消失了。林向阳因为钢材紧俏，业务繁忙，晚间常有客户宴请，周旋于灯红酒绿之中的方向阳等喝得醉醺醺地回到办事处时，偶尔深夜回到办事处睡个觉就拔腿走人的马小奎根本与他碰不上面。如此，白天清醒过来的方向阳会独自猜度：这小子腰包里装了那一千吨线材的巨款，究竟在海口的地界上做什么神出鬼没的大买卖呢？

一九九一年春节前夕，有一日上午，马小奎突然兴致勃勃地闯进了方向阳的办公室，笑嘻嘻地说：

老兄，你该挪个窝了。像你这种有身份的人，不至于老在办事处简陋的宿舍里住下去呀！

方向阳一愣。丢下手中正在阅读着的文件，抬起头问马小奎：你什么意思？

马小奎说，我在别墅里装修了一间舒适的客房，是专门为你准备的。

啊？！你买别墅啦？方向阳顿然惊讶起来。

我一九九一年秋天到海口时，就住在马小奎这栋别墅的另一间客房里。别墅有三层楼之高，除马小奎拥有宽敞的主卧之外，还有七间客房也都住满了客人。每天老的客人走了，新的客人又住了进来，川流不息的客人来海南都奔着炒楼这一目标。他们中间有西装革履的，也有穿着未佩领章的军服的。有的客人在马小奎面前亮出了支票，有的客人就干脆拎着一只装满厚厚的一沓沓钞票的密码箱兴冲冲地远道而来。马小奎当时用他那高价售出的一千吨线材款，买了好几栋别墅，一百万买进的，便一百五十万出手。二百万买进的，便三百万出手。在如此不间断地倒腾之中，马小奎和许多疯狂的楼盘炒家一起把当年海口的房价炒到了一个充满泡沫的边缘。当然，马小奎住的这栋别墅里进进出出的客人，都未能有马小奎这样捷足先登的天时地利，他们只能从马小奎手里的甘蔗中啃到可怜的一小截。甚至这种击鼓传花的游戏传到最后一个倒霉蛋手里，破产或者跳楼自杀，都是极有可能发生的事件。

那时，M市钢铁公司方面已进驻了省纪委调查组，正对马世潮总经理发出一千吨线材造成财务上的窟窿进行立案调查。精明的方向阳早在山雨欲来风满楼之前听到风声，提前办理好辞职手续，下海到马小奎的公司屈尊当了一名副总。方向阳深知自己和马小奎及马小奎老爸是绑在一根绳上的蚂蚱，只要马小奎炒楼炒发达了，把一千吨线材款还到M市钢铁公司的账面上，马小奎他老爸便能安然无恙地摆脱干系，自己也会因为对马小奎创业有恩，日后便肯定能分享到马小奎公司丰厚的报酬。

那时，马小奎是真正地赚到盆满钵满了，马小奎再也不是那个在厦门地摊上淘走私手表的马小奎，但奇怪的是他为何不能从炒楼所获甚丰的钞票里拨出那一千吨线材款，规规矩矩地还到 M 市钢铁公司的账面上，以救他老爸被围困之急？更遑论还会给予方向阳丰厚的报酬了。谁也弄不明白他葫芦里究竟卖的是什么药，究竟是想把这个越滚越大的雪球滚到何时才算终点？于是，方向阳便有了一段深感郁闷的日子。也就在这段郁闷的日子里，方向阳想出了一个分蛋糕的方法。有一天吃罢晚饭，两人去热带植物园散步时，方向阳突然对马小奎说：

小奎，你不是一直要扩大公司的宣传吗？一直想把公司的品牌在海南乃至全国获得更大的影响吗？

马小奎说：是啊，这段时间忙得团团转，没顾得上多考虑。你有什么想法？

方向阳说：我觉得如今时期已经到了。你看呵，我们虽然暂时断了 M 市钢铁公司的供货，但和全国其他许多家钢铁公司都签上了合同。另外，炒楼和进出口贸易都成为新的利润增长点，我们确实可以乘胜追击把公司品牌推上一个新的历史高度。

你的具体实施方案呢？马小奎问。

方向阳胸有成竹地说：公司应该有自己的传媒，应该办一本杂志，就办成画报式样的。每期都刊载大量海南绚丽风光的图片，吸引内地的游客到海南来旅游，我们也好借机办起一个旅行社，在海南前景广阔的旅游市场中占有自己的份额。再则，画报印彩色广告肯定很漂亮，我们会吸引海南本地的商家都来做广告，力争把海南本地有特色的产品推销到内地的流通领域中去，这里面就包括目前唯有海南才建起的成片成片的别墅。如此，内地来海南炒楼的客商就更多了，我们岂不是靠着一本杂志一举两得？当然，这本画报不仅要向国内发行，还要努力打通海外的发行渠道，争取让海外更多的有钱人来海南旅游，来海南购买新鲜的农副产品，在海南向我们购置他们喜欢的别墅。

哈哈，真是伟大的战略部署！马小奎被方向阳这一环环相扣的计划说得有些动心，朗声笑了起来。

但旋即，马小奎仍不无担忧地问：听说内地办杂志都是需要有刊号的，而刊号属于稀缺资源，比我们倒腾的钢材金贵多了，你老兄有什么办法能去出版管理部门批到刊号呢？

放心，方向阳继续说：我早打听过了，香港的出版管理部门有国际发行的刊号，在他们那里审批手续比较简便，只要我们通过审批了，海内外发行就都不成问题。

噢？！……马小奎顿然兴奋起来，猛地一拍方向阳肩膀：太好了！我们就这么干！

当时，他们俩经过绞尽脑汁地反复商讨，还为准备创刊的画报起了一个很响亮的名字：《亚太经济》。于是我便成了他们俩公认的《亚太经济》最合适的编辑人选。于是我便顺着马小奎最初有几分凄怆地走上创业之途的那条旅费最便宜的路线来到海口，以马小奎和方向阳创业同路人的身份住进了马小奎这栋富丽堂皇的别墅里。

当然，为着动员我去海口，方向阳曾事先回家乡找过我。在我家那间不满十平方米的书房里，方向阳像生怕我们的谈话被旁人听见似的，动作轻巧地掩上门，一本正经地对我说：以后去了公司，你就是我的人。你必须和我贴了心地一起把画报办好。因为马小奎曾有过承诺：《亚太经济》的创收，公司不需要上缴利润，权当发一块自留地让我们两人种了。至于这块自留地日后结出无论多么丰硕的果实，马小奎表示他绝不会眼红。其实，马小奎当时心知肚明，十分清楚方向阳已涌起了在公司大蛋糕里切割一块的念头，只不过马小奎乐意助方向阳一臂之力，因为马小奎毕竟感恩于方向阳。是方向阳在他穷困落魄时曾收留过他，也是经方向阳不惜一切破釜沉舟地才让他有了一个发横财的机会。那么如今，他为何不能给予方向阳一次实现自己希冀的机会呢？况且，马小奎也明白，方向阳离开了体制，就像鱼离开了水，只能甩着尾巴在干涸的地面上胡乱蹦跶几下，绝对不会对公司的经营发展有很大的贡献，倒还不如发一块自留地让方向阳播种，让他自食其力、多劳多得，以便减少公司每年应该在方向阳身上付出的一部分报酬。

那天晚上，在我家那间不满十平方米的书房里会面时，方向阳也交待给了我一个任务，吩咐我找到内地能帮上忙的朋友和熟人，通过关系，尽快完成《亚太经济》在香港的发行审批手续。方向阳虽然明白这里面关关节节的奥妙，在马小奎面前把这本刊物的发展前景说得雄心勃勃，但真要让他具体实施起来，他无疑仍然会抓瞎。于是他把这次行动的全部成功的希望都寄托到了我身上。而我当时正在我们市社科联编辑着一份名为《皖江学刊》的内部刊物，编得味同嚼蜡。每天面对一堆充满空话与套话的稿件，我就像是一条产品流水线上某个环节的操作工，麻木且机械地劳作着。我真难以想象，如此没有创造愉悦和成就感的工作就将填满我整个人生履历。于是当方向阳对我说明马小奎发迹的原委，对我声称他们公司如今已能够财大气粗地办起一份画报时，我便怦然心动了，便决定去海南试试下海的水究竟有多深？

不过，在离开单位前，我还是留了个心眼，并未像马小奎和方向阳那样毅然地办理了辞职手续。我只是请市人民医院一位平日关系很密切的医生开了张一次性休假一年的病假条。那张病假条证明我已患上抑郁症，短期内无法从事极需付出脑力的编辑工作。反正我明白我们《皖江学刊》缺了个把人手，机器照旧会运转正常，而一旦运转正常了，便照旧不会有人对这张病假条的真伪予以深究细查。况且当年我们每月的工资才两百多元，我每月三十元的编辑费分摊到另一位同仁身上，人家说不准还暗暗感谢着我呢！因此我这种并非背水一战的闯荡海南，为日后留下了很大的回旋余地。即使《亚太经济》办砸了，我依然可以拔腿走人，可以毫无牵挂地回到内地的单位继续上班，继续过那份衣食无忧却也毫无成就感的庸常日子。

按照方向阳的吩咐，我与有过接触的几位书商打了电话。因为他们都曾以香港各家出版公司的名义，印了不少类似于《红都女皇》那样的通俗小说，批发给许多摆地摊的小老板后在街头巷尾卖得很火。他们起初热情地与我来往，都以为我是做编辑的，肯定认识一些写畅销书的作家，但结果令他们失望。同样，这次我与他们打完电话之后，结果也令我十分失望。他们都说，他们没去过香港，根本不知道香港还有审批出版发行手续的文康司这样的政府管理机构；他们以往发行的那些通俗小说，其实他们都不知道那几家香港出版公司究竟是真是假？……这一来，我只能病急乱投医了，只得去小时候的同班同学，如今很体面地就任着市新华书店总经理的余昌贵那里碰碰运气。我怀有几分侥幸地想道：余昌贵长期从事图书发行工作，说不定他在这方面就有能帮上忙的熟人呢？

不料，还真让我撞上了运气，余昌贵听我说罢来意后，便很爽气地拍着胸脯，毫不犹豫地对我说：

没问题！这事包在我身上了。只是你要把钱先准备好。

我有些发蒙：钱？什么钱？

香港特区政府审批出版发行的手续费呀！余昌贵看着我一脸雾水的表情，不以为然地笑了笑，说：人家是市场经济，办什么都需要花钱，不像我们内地，公事公办就能解决的。再说，你们既然想办杂志，却连启动经费都拿不出来，还办个毬？！

我一听，忙问：这手续费大概要花多少钱？

余昌贵回答：两万港币。

我当即倒吸一口凉气：这么多钱呀？！那年头，朋友或邻居中出个万元户，便很遭人眼红了，而办这一次手续，就要一下子掏出两万元港币，确实使我难以想象当年香港人民的生活已富足到何等地步？但我又想到马小奎如今已是数百万级的富豪，这区区两万元不一定会令他为难，并且方向阳也把办理此事的所有权限都交付给了我，于是我只得硬着头皮将这笔如此昂贵的手续费用向余昌贵应承了下来。

果然，等我回到单位，瞒着办公室主任，用单位的长途电话账号给方向阳拨通电话之后，方向阳在电话那头兴奋地说：

行行行，只要办成就行！至于那两万块钱嘛，我会动员小奎一个子儿不少地付给你那位同学的。

接下来，我和余昌贵订了口头协议：这个星期五之前，余昌贵从北京陪同香港客人到海南，而我则从家乡直接出发，待我们在海南碰面时，一定要一手交钱一手交货。

当晚，我告知了方向阳出发的时间，便乘上翌日的长江客轮。一路上，我很有兴致地观赏着两岸的景色，并俯在船舷上想入非非地憧憬起未来在海南大展身手的美妙前景。

从家乡这座城市到达武汉，再从武汉坐火车抵达湛江，沿途都未发生什么故事。只是刚走出湛江火车站，我浑身便紧张了起来。因为从湛江火车站到达渡过琼州海峡的轮渡码头还有十多公里，必须再乘坐一段不算短距离的大巴，而湛江火车站门口停靠的不少辆大巴中几乎不见有公家运输公司营运的，到处是一派随意宰客的景象。只见我身边不远处一位戴斗笠的当地农民模样的人，可能很熟悉当地车票应有的价格，便火冒三丈地与那位强行拉他上车的大巴车主为车票价格高声争辩道：上星期还十块钱的，这星期怎么就变十五块钱了？那位车主更是蛮横：老子说十五块钱，就十五块钱，你到底坐不坐？不坐！戴斗笠的农民挣脱车主拉住他的手，反身准备去其他停靠的大巴车前打听价格，不料，就这一霎间，一根从他背后抡起的毛竹杠子拦腰便将他重重地打趴到地上……

那是一个暮色浓重的傍晚，车站广场上的路灯还未亮起，影影绰绰的人群中四处都响起吆喝拉客的广东普通话的粗门大嗓：

去码头去码头啊，去轮渡码头的班车就要开车啦！……

望着眼前被毛竹杠子打趴在地的戴斗笠的农民，我顿然便想起曾在电视里看过的《霍元甲》、《陈真传》之类的港台连续剧，想到广东蛮子里有很多人是会武功的，是打架不怕死的，是比狠不要命的，于是我便在一只不知从哪个方向伸来的一只大手有力地拽住我腕口，问我要不要坐大巴时，忙忍着浑身的惊悚，乖乖地跟随他钻进了一辆已坐有少部分乘客等候着的大巴里。但很快，在这辆大巴的车主和他的帮手的胁迫下，其余的位子于片刻间便坐满了人。后上车的凡是准备去轮渡码头的当地的乘客，都像是那位长着络腮胡子的大巴车主的俘虏，一个个走上车时满脸都涌上垂头丧气的表情。当然，内地来湛江后准备去海南旅游的游客，他们肯定都和我一样对那位凶狠的车主暗暗发怵，他们绝不会为车票随意地多涨五元钱而表示任何的不服气。

我不由得感慨地想道：这就是南方啊，这就是首先沐浴了改革开放春风的南方！大概每一位南方的广东人都比我们内地人提早明白了如何变着法子赚钱的道理。

但我万未料到这一路上还有更精彩的故事在后面等待着我。

大巴开到轮渡码头前停靠下来时，天色已完全黑了下来。除码头边一根高高的水泥竿子上架着的一盏探照灯照得周围雪亮之外，黑沉沉的海面上只能望见远处有一些船只的星星点点的灯火。奇怪的是那艘后面甲板能开上汽车的轮渡船并未在岸边停泊，而是不远不近地停泊在离岸边有五六百米处的海中央。就着探照灯光的扫射，我从岸上能隐隐约约地看见轮渡船的周身正被几根抛锚的缆绳结结实实地固定着。

不一会儿，几位渔民划的小划子，从黑色海面的深处朝岸边划了过来。男男女女的渔民扯着嗓子朝岸上的游客喊道：

要不要上轮渡啦？每位坐小划子过去就五十块钱啦！

于是我这才明白，原来上轮渡买正式的船票之前，还必须要被当地的渔民先宰一刀。这些渔民也肯定是和轮渡上那伙吃公家饭的人串通好的，他们会甘愿地被轮渡上吃公家饭的人抽头，然后皆大欢喜地达到他们双赢的结果。

真是无孔不入的广东人呵，每一个可以让他们变着法子赚钱的环节都被设计与算计得那么精妙！

但已经没有瓜皮啃了。如果嫌这额外的五十块钱小划子费掏得冤枉，以为等到明天白天再上轮渡，光天化日之下便不会有人趁火打劫的话，那么今晚无疑要去码头边找家小旅馆住上一宿了。但谁又能保证到小旅馆里住一宿不会被宰呢？说不定还会花上比五十块小划子费更冤枉的冤枉钱！于是我和几对显然是内地去海南旅游的情侣模样的男女商量了一番，最终大家一致决定：掏吧，还是老老实实地掏吧。尽管是额外的，可不掏又怎么办呢？要不然，今晚大家就真的到不了海口啦！

有了我们这伙人的带头，其他急于今晚抵达海口的游客也只得纷纷解囊。终于，我们被夜色中的几只小划子划到了轮渡上。终于，我们熬到了轮渡解缆起锚并向琼州海峡的彼岸驶去的时刻。

一个多小时后，灯火阑珊的海口已出现在我的眼前，于是这一路上的紧张和惶恐便尽然释放，心情又立刻变得轻松与舒缓起来。

海口的码头上一片灯火通明。我远远地望见马小奎正站于码头边一个显眼的位置上，两手随意地插在牛仔裤口袋里，只见海风轻轻地鼓荡起他上身那件粉红色的金利来T恤，颇是有一副发迹后的大老板的气派。方向阳不知为什么没有来接我。在马小奎的身旁，还有一位比马小奎更年轻的后生，像是马小奎的司机，因为他们站立的地方正停靠着一辆当年海口走私走得很紧俏的深蓝色桑塔纳。比之于我们内地的一些单位，当年有辆上海牌或伏尔加牌的轿车就算很体面了，因而这辆第一次跃入我眼帘的桑塔纳是让我真正开了一番眼界。

马小奎果然已成了有车一族。就当他的司机接过我的行李，准备放到轿车的后备箱去时，马小奎一个大步迎上来紧握着我的手，热情地说：

六子，我们早就盼着你来啦！凭着你那一肚子墨水，海南才是你大展拳脚的好地方！

我也不撒谎地说：没有你小奎发迹，我哪会有到海南下水的勇气呢？

我们两人不约而同地朗声笑了起来。

在桑塔纳开往马小奎别墅的一路上，我和马小奎并肩坐于轿车的后排位子上。我问小奎：向阳呢？怎么不见他来码头接我？没有他回老家催着我来办刊物，我还不会这么急着赶到海南。小奎说：我让他去三亚打前站了。公司在三亚有个项目，打算拿块地，咱们自己开发房地产。我笑着说：你们真是狼子野心呵！从炒楼高手摇身变为房地产老板啦？马小奎严肃地说：乘着海南大发展，咱们这两年赶紧赚点钱，谁知道再过些时候，政府的政策又会有什么变化呢？我一愣，想了想，觉得马小奎这种担忧不无道理。

小轿车窗外的马路上，海口夜色中徐徐闪过的酒楼、舞厅、桑拿、夜总会的霓虹灯招牌深深地吸引着我的眼球。坐一旁的小奎悄声对我说：别急，等咱们把手头的事情都办完了，我一定领你去海口的娱乐场所彻底放松放松。我当时被小奎说得有些脸红心跳，因为对于我这个刚来海南下水的内地人而言，还本能地保持着欲望上的克制，还不能立刻习惯于夜间海口大街上那种人性的欲望赤裸裸地暴露无遗。

又过了片刻，马小奎不无歉意地对我说：

六子，你这次来，我可要劳驾你马不停蹄了。明天就跟我去三亚和向阳会面之后，咱们一起把那个房地产项目好好合计合计。你向来鬼点子多，我倒要听听你在楼盘销售策划方面有什么高见。

我一听，忙说：那我们不准备星期五接待香港客人啦？

马小奎说：怕什么，到三亚就不能谈生意啦？你待会儿一住下来，就立即给你那位同学打电话，通知他：我们已经改变接头地点了。

我只得从命。这是我第一次体验到在体制外接受老板的命令是什么心情。并且这位老板是我往日情谊最深的兄弟。

　　实话说，马小奎当年购置的别墅留给我的印象，就是我到海口第一晚住下时的所见所闻。此后，我便无缘再进这幢别墅了。至于别墅的富丽堂皇，我已不必再于这篇小说中赘述，只是别墅底层那间八十多平方米的客厅，使我第一眼见到时就觉得新奇，觉得大开眼界和别有洞天。客厅在装修时被马小奎独出心裁地布置成了一个酒吧，或者说是茶吧。客厅的中央摆放着几张铺有白色桌布与玻璃板的圆形藤制茶几，藤制茶几周围配有四五把藤椅。客厅进门的那一侧陈列着吧台，在吧台上方的天花板中悬坠下一个铝合金的支架，支架上插满一只只作为装饰的高脚酒杯，而吧台后面的橱子里便是各种价格昂贵的红酒或咖啡，还有琳琅满目的威士忌、白兰地、XO。客人若想泡茶，龙井、碧螺春、普洱、大红袍，吧台上应有尽有。当我跟随马小奎穿过客厅，准备到别墅拐角的厨房里吃晚饭时，只见客厅中围着茶几喝茶或者品酒、聊天或者侃大山的客人们都不约而同地站起身，纷纷向马小奎殷勤地问候。那些满脸谄媚和巴结的表情立即吸引了我，马总何时变得如此具有权威、如此具有至高无上的尊严？后来我才明白，这些客人都是来海口炒楼盘的炒家，都住在马总的别墅里一个个急得像热锅上的蚂蚁，都想在马总奇货囤积的楼盘中拿到份价格比较满意的销售协议。当然，在这种击鼓传花的游戏里，这些客人中保不准就有一位是拿到最后的烫山芋而跳楼自杀的倒霉蛋！

　　睡了个懒觉，翌日上午九点多钟，我便和马小奎一起坐着那辆深蓝色的桑塔纳朝三亚进发了。

　　方向阳早已在酒店的大厅里等候着我们。看见我们的桑塔纳开到了酒店大门口，他忙快步跑过来对刚钻出车门的马小奎说：本地的国土局与规划局都打点了关系，目前已是万事俱备，只欠东风了。向马小奎复命完毕，他才与我握握手，亲热地拥抱了我一下。

下午，马小奎便急着要对三亚的投资环境进行一番实地考察。我其实缺乏这方面的心思，但碍于面子，也只好陪同马小奎和方向阳在三亚的市区与郊区转了一大圈。再回到酒店，已是晚上七点多钟了，尚未顾及用餐，马小奎便吩咐我：

六子，你赶快给你那位姓余的同学通个电话，告诉他，我们在三亚的酒店地址与电话号码。

好的。我便匆忙匆忙地到总台打电话去了。

余昌贵已和那位从香港带来出版发行批件的客人接上了头，他在电话里说：

香港客人是第一次游北京，很兴奋，说要多看两个景点再来三亚，这样，我们就只能乘星期六的班机直接飞三亚了。

我说：没关系，反正我们在三亚有事情要办，我们会安心地等候着你们。

电话那头就挂断了。

在晚餐的饭桌上，我一五一十地向马小奎汇报说：香港客人因为要在北京多看两个景点，动身日期推迟了一天，星期六的班机才能抵达三亚。

马小奎当即说：那好哇，我们就抽两天时间去逛逛天涯海角。六子，你第一回来海南，如果不去天涯海角看看就太可惜了！那里的沙滩和海边景色比海口强百倍！还有当地现捞现烧的海鲜，保准吃得你直流口水！

我听马小奎这么说，心头顿时暖暖的。毕竟是多年的朋友，即使当了不可一世的老板，他对我的那份情意仍然炙手可热。

好在方向阳对三亚熟门熟路，有了他当导游，那两天里虽然时间安排紧凑，但我们也游玩得十分开心。

一路上，小奎朝我说：若论做导游的水平，他自然不如向阳，因为向阳以往是体制内的人。在向阳当办事处主任时，为着抬高本公司钢材的价格，向阳曾多次安排广东各地到海口办事处采购钢材的客商去三亚各景区尽情地吃喝玩乐，因此他早已用公家的接待费把自己打点成一个训练有素的导游啦！

我和向阳听小奎这么一揶揄，都会意地笑了起来。

星期四早晨，我们驱车二十余公里，先到达的地方是郭沫若老先生曾题字的天涯海角风景区。在背向马岭山，面朝茫茫大海的沙滩上，我和小奎、向阳，分别于清朝雍正年间的崖州知州程哲题刻的一块名为"天涯"的巨石，及抗日战争期间琼崖守备司令王毅题刻的另一块"海角"的巨石旁，留下了我们三人在海南的唯有一次的合影。照罢相，马小奎让司机先回市区下榻的酒店，我们三人便乘坐海边那种电动小划子模样的快艇径直去了有着马尔代夫之称的蜈支洲岛。

蜈支洲岛被当地人称为"情人岛"。上岛之后，我们确实发现在草坪上、在树丛中，在广袤的蓝天白云下，确实四处都是一对对来岛上度假的情侣。可惜那时候我们都没有谈恋爱，都没有意中人，正为着所谓的事业绞尽脑汁、天南海北地奔波忙碌。

下午，在海棠湾的海边玩过深海潜水之后，方向阳提议我们去远处的渔村转转。说是来蜈支洲岛不去看渔村的风景绝对是一大损失。我和马小奎都不由得有些好奇，便跟随着方向阳一路说说笑笑地向渔村方向慢慢走去。

到达渔村时，天边的夕阳正将晚霞映照得姹紫嫣红，我们举目望去，三亚海上的黄昏真是美丽极了。

一群渔民正在拉网。渔网里扑腾扑腾乱蹦的鱼虾很快被拉到了沙滩上。

向阳说：快，我们赶快去买些刚出水的鱼虾。

一位渔民将我们选好的几条肥大的鲳鱼装进一只黑色塑料袋，然后放到秤盘上，熟练地举起秤杆，眼睛眨也不眨地报数：四斤五两。

正在马小奎掏出皮夹，准备付钱时，方向阳突然一把摁住了马小奎的手。接着，方向阳神情诡秘地从自己的裤兜里摸出一只透明的白色塑料袋，并故意在他那只塑料袋上挖了一个孔，才慢条斯理地对那位称秤的渔民说：

麻烦你用我的袋子装上鱼，重新称一下。

这一来，那位渔民果然露馅了。原来渔民是连水带鱼一起装进塑料袋的，但被方向阳那只挖了孔的透明的塑料袋一过滤，剩余的水都挤了出来，秤盘上几条肥大的鲳鱼骤然只剩三斤九两了。

但仅遇上这一位暗中使坏的渔民，并非说明蜈支洲岛上的渔民都是狡诈贪婪的。当晚，渔村里两位热心的婆娘便把我们买的新鲜鲳鱼烹饪了一番，还上了两只很大的在内地难以品尝到的澳洲龙虾，又煮起一锅香味扑鼻的海鲜火锅，就着两瓶金门高粱，我们和围坐一桌的渔民们享受了一顿丰盛的海棠湾大餐。

酒足饭饱之后，渔村里的村民们还热情地为我们办了一场篝火晚会。围着一堆篝火，嚼着好客的渔民递来的槟榔，我、小奎还有向阳，居然受到三位俊俏的黎族姑娘的邀请，被她们从草地上拉起身子，于是只得踩着她们的节拍，在欢乐的笙箫与奔放的鼓点伴奏下，与她们一起跳起了畅快又不无醉意的舞蹈……

隔了一日，再从亚龙湾酒店的海景房回到三亚市区时，经历过世界上最细腻柔软的海滩的日光浴，我浑身的皮肤已开始红里泛黑。又有过乘热气球的紧张刺激，有过潜到海中观看鱼类和海底植物的美妙阅历，有过坐豪华游艇在深海里甩竿钓鱼的乐趣，我真觉得此次来海南即便做不成任何事业，但有了记忆深刻的三亚之行，我此生已不枉上过一回真正的天堂！

余昌贵引领的那位香港客人，乘坐北京飞往三亚的航班，星期六中午如期到达。

其实，余昌贵本来并不认识这位香港客人，是经过北京一家没什么名气的某出版社的社长介绍，他才和那位能够搞到香港特区政府出版发行批文的客商接上了头。那个年代里，全国各地的新华书店刚引入一些市场化的机制，像余昌贵这样有总经理身份的人已具备了一定的自主权。具备了自主权的余昌贵可以不随便接受那些店大欺客的老字号出版社在图书发行方面的计划摊派，可以另辟蹊径地重新寻找为自己带来更多发行利润的上线，于是余昌贵便和那些规模小、影响不广泛，但所出版的图书内容估计能够畅销的出版社结成了盟友。而某出版社便是余昌贵独具慧眼选上的其中之一。恰好那位出版社的社长上任尚不满一年，于全国图书发行界缺少人脉，他便格外信任余昌贵在这方面的能力，不仅给余昌贵管辖的一市三县新华书店的发行折扣要明显高于全国其他出版社，还会逢年过节再悄悄地给余昌贵塞上一个红包。如此，那几年里，余昌贵在我们这帮同学中间很是人模狗样了一番。每逢同学聚会，只要余昌贵到场，他无疑都会成为买单的首要人选。并且某位恶作剧的同学存心点了一道想宰他一刀的很贵的菜肴，他仍会摆出一副满不在乎的架势。同学们私下里都议论余昌贵发迹了，其发迹的重要证据，是他的两位亲戚在市区里开了两家"燕京书店"。那两家书店里销售的一半以上的图书都是某出版社提供的，大家传说余昌贵和那位社长关系很铁，拿货从来不需要付钱……

只是那位作为牵线搭桥的介绍人的社长并未陪同香港客人一同来三亚。我想，在北京的交往中，余昌贵可能已和香港客人混得很熟了。余昌贵天生是个自来熟。与任何陌生人交谈不需五分钟，他便会勾肩搭背地和人家称兄道弟起来。

午间小憩片刻之后，向阳又当了一次导游，陪着那位香港客人到天涯海角风景区游览去了，我便和小奎还有余昌贵一同坐到酒店大堂的茶座里开始谈生意。

余昌贵俨然换了身份，似乎他就是那位香港客人，从公文包里拿出那份盖有香港特区政府文康司大印的批件时，并未看马小奎一眼，只是笑嘻嘻地盯着我：

你手续费准备好了吗？

我说：不就是两万块钱嘛！……说着，我把那份批件推到马小奎面前，表示我已经完成了使命。

马小奎点燃一支烟，不急不忙地说：余先生，钱的事好商量。但你这份批件值两万块吗？

余昌贵顿然脸红耳赤，恼怒地说：怎么，你们想反悔？事先你们派六子来求我帮忙，大家不都早把价格谈妥了吗？

马小奎追问：双方签过合同吗？

没……余昌贵支吾着，显然缺乏底气了。

所以呀，余先生，马小奎得意地笑起来：我们还是有协商余地的嘛！

余昌贵生气地瞪着我，仿佛是因为我的不守诚信，才坏了他今天的大事。然后，他思考片刻，像下定决心似的，突然伸过手，准备把放在马小奎面前茶几上的那份批件重新取回去；不料，眼疾手快的马小奎早抢先把那份批件拿到了手里，哈哈大笑地说：

余先生，谈生意谈生意，你怎么还动起手来了？

余昌贵吼叫着：跟你们这种背信弃义的人，我没什么好谈的！

马小奎反唇相讥：那你讲信义吗？一份在香港文康司只需花一百五十港币就能办到的批文，你居然开价两万元。说好是帮朋友忙的，这难道就是你帮六子办事的诚意和友情？

霎那间，我被眼前的场面惊呆了。我惴惴不安地想到：搞不好，马小奎已怀疑起我和老同学余昌贵合伙对他进行坑蒙拐骗了，这真是黄泥沾到裤裆上，不是屎也是屎啊！

余昌贵也惊愕得脸色由红转白，结结巴巴地争辩着：

市场经济，不就是周瑜打黄盖，一个愿打一个愿挨的事情吗？既然你们事先有过承诺，现在就绝没有反悔的理由！

嘿，你这种体制内挖墙脚的经理，还配到海南来跟我谈市场经济？马小奎淡定地说：余先生，给你亮个底牌吧，午饭后我已去过那位香港客人的房间，是他告诉了我办理批文的底价。其实，我只要付他一百五十元港币，这件事就两清了。但考虑到你一路奔波辛苦，所以就想和你商量，究竟付你多少辛苦费才合适，以免日后大家伤了江湖上的和气。

余昌贵望着马小奎，抱有一丝侥幸地问：那你准备付我多少呢？

马小奎说：一百五十元港币的三十倍。

余昌贵迅速反驳：你打发叫花子呵！

马小奎坚定地说：四十倍，至多六千元，没有再商量的余地。

余昌贵只得乖乖地从马小奎手里接过了一张支票。

黄昏降临，那位在天涯海角风景区游玩得很尽兴的香港客人和方向阳回到酒店时，余昌贵已提前去机场登机回内地了。

晚饭吃得很沉闷，尽管马小奎应该窃喜于下午谈判的成果，但他在饭桌上的神色有些严峻，并未跟我与方向阳多谈及什么，只是客气地向那位香港客人敬了两杯酒。而那位不知原委的香港客人倒是吃得很尽兴，一个劲地向我们夸赞三亚的文昌鸡是做得如何地道，如何比香港的酒楼做得更加细嫩与富有爽滑的口感。

第二天早晨，当我和方向阳准备为那位香港客人送行时，马小奎尚未起床。向阳问我：要不要把小奎喊醒？我回答：免了。他准是有意躲避着我。

当方向阳见我也把行李箱拉到酒店大堂时，略显惊讶地问：怎么，你也要走？

我笑着说：此处不留爷，自有留爷处。

方向阳忙掏出两千块钱，塞进我手里，边说：

难怪昨天深夜小奎来我房间，特地交给我这两千块钱，并说你今天也可能会离开三亚。

我心底涌起一股苦涩，无可奈何地说：小奎真是个既聪明又敏感的人呵！

马小奎料到在余昌贵试图宰他一刀这件事情上，我已对他的疑心和戒备涌起了应有的猜忌。

在即将走进机场安检处之前，方向阳略有些不舍地握了握我的手，郑重地说：保重！——

我却什么道别的话都没说上来，只是朝他挥了手，便径直走到安检的窗口前，向里面端坐的那位机场工作人员递上了我的身份证与登机牌。

从那时候起，我便再也没去过海南。

海南几乎成了我的伤心之地。

这二十年间，除方向阳偶尔回家乡探亲时对我说起过马小奎的一些经历之外，马小奎于我而言，已是一个与我断绝了所有联系的陌生人。

后来，马小奎父亲作弊的那一千吨线材，马小奎最终仍未将部分的销售款回笼到 M 市钢铁公司的账上，马小奎父亲因此被撤了职，还遭到留党察看的严重处分。方向阳告诉我，若不是他当年就任的海口办事处账面上盈余丰盛，有一大笔款子被马小奎父亲栽培的一位公司财务处的心腹挪作补窟窿之用，马小奎父亲后来很可能会成为替儿子坐牢的阶下囚。而马小奎拍到的三亚那块地皮，因为海南上世纪九十年代中期楼市崩盘，马小奎资金链断裂，缺乏开发的能力，那块地又被三亚市政府收了回去。

方向阳的《亚太经济》仅办了两期，由于资金难以为继，便短命地停刊了。好在方向阳多长了一个心眼，他知道马小奎父亲的盖子早晚会被揭开，便提早在马小奎公司辞了职，用一个朋友的身份证于海口办起一家广告公司，开始过上了饥饱参半的那种风雨飘摇的日子。不过，近两年，方向阳时来运转，他的广告公司中标成为长春一汽集团在海南的广告总代理，于是几单做下来，他又有底气整晚整晚地泡在海口的酒吧与夜总会了。

那天，方向阳不知遇上什么好心情，突然给我打来了电话。向阳在电话里对我说：

六子，我郑重邀请你再来海南旅游一趟。只要你愿意，往返机票都算我的。

我没回答，只是突然问道：小奎呢？他跟你在一起吗？

电话那头哑了。少顷，向阳才压低着声音对我说：小奎失踪了。海南没有任何朋友能够联系上他。

我想：这家伙是真正地亡命天涯了。不知要熬到哪一年，他才会趾高气扬地重新回到他海口那栋富丽堂皇的别墅里……

或者，那栋别墅也早成了他变卖的资产？……

去省城钓鱼

1

这个星期五的早晨，佟大伟刚走进办公室，他上衣口袋里的手机铃声便急促地响了起来。电话是老同学黄翟打来的。黄翟在电话那头以不容置疑的语气吩咐佟大伟：赶快回家准备钓具。要不了半个小时，他们卫生集团那辆银灰色的凌志SUV就会开到佟大伟家的小区门口。

佟大伟和黄翟是童年时的邻居。从小学到高中，两人被很凑巧地分在了同一个班，属于那种真正意义上的两小无猜。但大学毕业后，因各自结婚成家添子，各自为奔小康忙碌得像被抽打得无法停止转动的陀螺，两人的联系就渐渐少了起来。好在后来佟大伟当上了省示范高中星光中学的副校长，黄翟成了市卫生集团的办公室主任，都是各自单位深受领导信任的那种重要岗位上的中层干部，于是市里文教卫系统召开的什么宣传工作会议、防禽流感动员会议、加强治安保卫会议……凡这类主要领导认为可去或可不去的会议，便统统指派他们去代会；这一来，两人又联络上了。通常是会议开始之前，他们就会提早到会场找个不显眼的角落，然后台上开大会，台下开小会，交头接耳地一直嘀咕到会议散场为止。当然，嘀咕的内容一般都是钓鱼经。因为他们彼此发现，尽管这许多年见面少了，但对方早已出落成经验丰富的钓鱼迷。

对于那辆银灰色的凌志SUV，佟大伟还是十分熟悉的。以往只要星期天远行钓鱼，黄翟都会周末下班之前从单位驾驶员手里取来车钥匙，然后翌日清晨就载着佟大伟在市郊的乡村小路上东奔西颠地疾驶。那时节不知是谁带头兴起了请客钓鱼之风。凡遇到有学生家长求佟大伟开后门上重点中学的，或是有病人家属拜托黄翟找个全市卫生系统内开刀名医的，他们只要感觉关系铁，抹不开情面，便会爽快地接受这种请客。只不过接受之后，他们都会向对方提出个附加条件：我还有位朋友要捎上，行吗？对方自然不好意思拒绝：行行行，没问题！于是两人结伴钓鱼的机会就多了起来。于是两人就会在专供请客的养了很多鱼的池塘边，过足了甩竿子的瘾。但近两年，上面抓党风党纪抓得紧，黄翟就不敢再驾着那辆银灰色的凌志SUV到郊外耀武扬威。更何况这么多日子下来，他们吃够了那种肥肥的肉质疏松的鲫鱼和鲭鱼，都觉得缺滋味，甚至道听途说地信以为这些鱼全是靠化肥催大的，因此他们聚一起钓鱼的机会就少了许多。偶尔，熬不过甩竿子的瘾，他们只有外出野钓去碰碰运气。但野钓的收获虽然鲜美，找一口野钓的好塘却极其不易。常常是风吹日晒，在塘边忙活了一整天，临回家时从水里捞起的铁丝和尼龙线编成的鱼篓里仅装着几条喂猫的小杂鱼。再加上佟大伟不会开车，偶尔搭乘黄翟新买的小轿车外出野钓，当那辆底盘不算高的私家车在崎岖的乡村小路上猛地一颠时，佟大伟无意从后视镜中看见黄翟的眉间也会随之猛地一拧，于是佟大伟再招呼黄翟远行钓鱼的热情就荡然无存。

但今天不同。今天黄翟在电话里的那番煽动性描述对佟大伟极具杀伤力。

原来，前个周末，黄翟在中心医院一位朋友的带领下，跋涉到长江边，发现了一个由江岔子形成的野钓的好去处。黄翟说：那里地形偏僻，市区的很多钓鱼迷肯定没去过，鱼都饿得嗷嗷叫，竿子甩上来的长江野生大鲫鱼足有一斤多重呢！

佟大伟握着手机，呼吸顿然就变得有些急促了。可再转念一想，今天是周五，上午十点还有一节高三毕业班的历史课要上，自己总不至于破天荒地对学生放羊吧？……

听电话里没应答，只有隐隐的喘气声，黄翟便不耐烦地大声吼道：你说话呀！究竟是去，还是不去？

佟大伟一哆嗦，忙一个箭步上前将办公室的门掩上，生怕黄翟电话里的嚷嚷声传到门外的走廊上。随后支支吾吾地说：我上午还有课……

废话！我知道你有课。黄翟在电话那头仍穷追不放：你不能编个理由，请其他老师代一节课？

其实，像佟大伟这样的省示范高中的副校长，本来是完全可以脱产，可以不兼课的。但使他至今无法卸下这副担子的原因是：一则他喜欢历史。工作之余，写了很多篇历史研究的论文发表在省教育厅公开出版的刊物上，这便使得校长很高兴地将他当做了全校历史课观摩教学的对象。后来名声越来越大，全省各重点中学的历史教师都闻风而来，专程到M城听他讲课，弄得他课堂上常有添桌子加板凳的热闹情景出现。二则佟大伟讲课也确实讲得精彩。他的讲述常不限于课本的内容，他还会把自己对历史的思考穿插于课本相应的章节中，像讲述一个个跌宕起伏的故事那样让学生们听得五迷三道，凝神屏息。比如讲到秦桧在风波亭杀害了岳飞，佟大伟便认为，杀害岳飞的刽子手并非秦桧，而是宋高宗赵构。因为若让岳飞的部队收复中原，迎回被俘的宋徽宗赵佶重新称帝，那么宋朝后来的历史就没有赵构的戏了。对于苟延一方的宋高宗赵构而言，一位以性命效力于朝廷的忠臣的重要性，远远比不上那临安城的夜夜笙箫和歌舞美女……

不过，此刻听黄翟这么一说，佟大伟的心思倒也活络起来：是呀，为什么不能请其他教师代一节课？佟大伟今天无论如何都抵挡不住那种野生大鲫鱼的诱惑了！于是他先给校长打了一个电话，谎称自己老婆急性阑尾炎发作，必须马上送些住院的物品去医院；接着又来到二楼的历史教研组办公室，拜托一位平日私交很好、讲课质量也不错的老师，一定要为自己友情出场去救救火。并且在转身离开历史教研组办公室时，还特地向那位友情出场者叮嘱了一句：千万别忘记，是上午第三节课噢。

埋下这些伏笔，佟大伟才感觉心里逐渐踏实下来。他匆忙赶回家里，拎起一应俱全的钓鱼背包，然后快步走到小区门口，表情焦灼地向四处张望，就等待着黄翟单位的那辆银灰色 SUV 由远而近地行驶过来。

但毕竟是一所省示范高中的副校长，佟大伟在这座城区人口不足七十万的省辖市里认识的熟人确实太多了，尤其是在这片高档小区的门口，保不准就会有进进出出的熟人被佟大伟撞上，所以刚刚站立了十秒钟光景，他就立即意识到自己被晾鱼干似的处境很不妙，忙一头钻进小区保安室，找一把能望见外面街景的窗口边的椅子坐了下来。

哟，佟校长，今天怎么没上班，有闲心去钓鱼哇？保安老赵看到佟大伟带着这副行头，便热情地招呼道。

嗨，学校开运动会，没我插手的事情，就出去散散心呗。佟大伟只得编个理由，又一次撒起谎来……

2

　　佟大伟答应了，他请假和我们一起去！

　　黄翟挂了手机，扭过脸，兴奋地对已坐上凌志 SUV 后排座位的谢思茂和郑祺传大声说道。

　　身为卫生集团的董事长，谢思茂平日里免不了有七大姑八大姨的纠缠，恳求谢思茂这个家族中最有地位与权力的人，为他们各自的孩子能上"星光"这所省示范高中，去找找关系和走走后门。于是通过黄翟的牵线搭桥，谢思茂便认识了佟大伟这个"后门"，并渐渐地与佟大伟的关系也相处得愈发亲近起来。而郑祺传在这方面对佟大伟却少有麻烦，他只是这四个人里经常聚一起打麻将时的"三缺一"。但聚的日子多了，他无疑也成为佟大伟熟悉的朋友。此刻听说佟大伟终于能够和他们同行了，郑祺传便显得很高兴，说：好好好，今天去省城住进宾馆后，咱们从下午可以打到深夜，再不怕有婆娘们打电话来催命了！

　　原来，全省卫生系统的援藏巡回卫生队的事迹报告会，明天要在省城卫生厅大礼堂召开。接到通知后，谢思茂最初是派黄翟作为市卫生集团的代表去参加会议的，但一想到正好可以乘这机会去拜访老上司，现任的省委组织部部长老邢，谢思茂便决定与黄翟一同去省城了。而精明的黄翟考虑到若能添齐四个人，凑齐一桌麻将，那么会议的业余时间便会饶有趣味了。况且平常只要这四个人聚一起打麻将，黄翟从来都是赢钱最多的人。他自认为牌技要比另三位牌友高出一筹。好在谢思茂打麻将是不计较输赢的。他只是为消磨时间，解解闷，放松放松心情。常年在官场上过惯了绷紧着脸的日子，也唯有在麻将桌上，谢思茂才会在部下们面前流露出真实的嬉笑怒骂。黄翟深知谢思茂是个标准的"朝九晚五"的人，业余生活比较枯燥，不喝酒，不唱卡拉OK，更不会找"小三"，剩下的嗜好便是打麻将了，所以黄翟隔段日子便会精心地为顶头上司安排一个牌局，找的牌搭子自然也都是谢思茂喜欢交往的朋友。比如卫生器械公司总经理郑祺传便是其中关系密切的一位。卫生器械公司是卫生集团的下属单位。因为单位福利好，奖金多，郑祺传便常会亲自登门去谢思茂家，为这位上级主管单位领导送上一份又一份红包。如此，郑祺传既获取了谢思茂的好感，加深了两人之间的私交，并且也使郑祺传某次被医药公司职工举报其经营有不轨行为时，举报信后来还是被身为卫生集团党委书记的谢思茂大事化小，小事化无。

对于郑祺传与谢思茂的这层猫腻，黄翟虽略有察觉，但仍不十分清楚，他只是知道郑祺传钱多人傻，每次牌局上都是输钱最多的一位，因此他每次安排牌局时都会拉上郑祺传，好使自己一上场就能够找到一个容易宰割的对象。但黄翟不知郑祺传并非赌运不济，郑祺传只是甘愿作陪，估计谢思茂已快和牌时，便有意为谢思茂点上一炮，以博得主管领导的欢心。结果偏偏阴差阳错，这一炮常点到黄翟手里，黄翟便兴奋得手舞足蹈起来：哈哈，清一色一条龙，你们都恭喜我发财吧！……而至于佟大伟，完全是因为黄翟的撮合，才成了他们四人牌局中的同伙。佟大伟嘴巴紧，当着省示范高中的副校长，不会轻易将他们常聚一起赌博的风声透露到卫生系统中去。仅凭这一点，就令谢思茂和郑祺传深感放心。所以除了佟大伟实在有事，无法参加牌局之外，他们才精挑细拣地找上其他一位可靠的朋友来顶替佟大伟这个"三缺一"。但黄翟明白佟大伟最大的嗜好是钓鱼，今天佟大伟上班的时间，若以打麻将的名义请他来救场，肯定会遭到拒绝，于是便不得不编出了江岔子和斤把重的野生大鲫鱼这么一个神话。

对于这场恶作剧，佟大伟尚蒙在鼓里。只是当他乘上那辆凌志 SUV，见黄翟已将车子开上长江大桥，并很快到达了江对面，接着，又一踩油门，以一百五十码的时速径直开到通往省城的高速公路上时，他才觉得情形不妙，忙向身边的黄翟问道：

你不是说那个鱼塘在江岔子边上吗？怎么开到去省城的路上啦？

黄翟笑着回答：我们去省城钓鱼。

佟大伟更加疑惑不解，问：省城也有野钓的鱼塘吗？

听到佟大伟这一问，后排座位上的谢思茂与郑祺传都禁不住轻声笑了起来。

3

一路上，佟大伟喋喋不休地埋怨：什么去省城钓鱼，劳民伤财啦，什么省城都是水泥森林，到哪里去找一口野钓的鱼塘呀？什么万一钓上瘾，钓晚了，回到家就是深夜，老婆肯定要给脸色啦，等等。但另外三位听着他的埋怨，只是嗤嗤地笑，并不多作搭理，如此，佟大伟也自觉无趣，便只好既来之则安之，索性闭了嘴，扭过脸去，专心致志地欣赏起车窗外沿途闪过的风景。

好在两个半小时后，越野车便驶进了省城。但对于佟大伟来说，一切都为时已晚。因为他看到这辆凌志 SUV 停靠的地点是一家名为天鹅湖的五星级宾馆，并且宾馆旋转门上方的电子屏幕中还滚动着"欢迎全省卫生系统会议代表"的字样，他便明白自己已被一路同行的三位会议代表彻底绑架了。

黄翟到会议接待处登记后，领来两个单间与一个标间的四张门卡。他将其中一张塞到佟大伟手里，说：你就委屈委屈，我们俩同住一个房间吧。

佟大伟说：那你们都去开会，我一个人闲着干嘛？不是说好有鱼塘的吗？

黄翟说：放心，不会让你闲着。这不，快到饭点了。吃完中饭，我们就可以坐下来安安心心地打麻将，一直打到半夜也不会有人干涉。

佟大伟一听，开始着急了：原来你们就是专门拉我来省城打麻将的呀！难道你们下午不开会？

黄翟笑着说：会议安排在明天上午。今天只是报到。

佟大伟更恼火了：你简直是开国际玩笑！让我在省城过夜，临来前又没向老婆请假，回家怎么向老婆交代？！

黄翟哈哈大笑：怕什么！我给你当证明人，证明你在外面并没有泡"小三"！

佟大伟无奈了，只得闷闷不乐地随着黄翟走进了餐厅。

会议安排中午是自助餐。黄翟早将佟大伟的名字当会议代表登记了，便把一张准备好的餐券塞到佟大伟手里，说：会议伙食很好，你尽管享用。

四人在琳琅满目的菜品前取了各自所需，围到同一张圆桌上有滋有味地吃了起来。

吃饭时，谢思茂、郑祺传，还有黄翟，自然是相互有说有笑的，唯有佟大伟不吭声，只顾自己狼吞虎咽地咀嚼着，似乎要通过源源不断的食物，把对黄翟满满的怨气都深深地压到已开始饱胀的腹腔里。

饭后，性急的黄翟提议立刻开战，反正宾馆娱乐室里有现成的麻将机，不如乘着下午不开会，可以痛痛快快地打到深夜，大家来省城都好好过把瘾。谢思茂却没答应。因为被一顿美食弄得昏昏欲睡，谢思茂说想回房间小憩片刻。见谢思茂说要午睡，郑祺传觉得正中下怀，便说：对对对，还是先休息休息，养精蓄锐后，再开战为好。而佟大伟是一直有午睡习惯的，当然不会反对多数人的意见，于是大家便一起乘电梯回到了各自的房间里。

佟大伟很快便有了睡意。只是进入深度睡眠之前，他听见黄翟正辗转反侧，那张席梦思被压得发出轻微的咯吱咯吱的声音。佟大伟知道，这个中午对于黄翟来说，将是一段十分难以熬过的时间。

一觉醒来，佟大伟发现先未睡着的黄翟居然也睡着了，便起身下床，走到茶几边为自己泡了杯茶。可能是瓷杯的叮当声把入睡并不深的黄翟弄醒了，他便举起手腕看看表，然后大声对佟大伟说：

哈，两点半都过了，到上班时间啦！

佟大伟说：不急，你先喝口茶，醒醒神。

黄翟一骨碌从床上跳下来，说：喝什么茶！赶快把老谢和老郑喊起来打牌！

佟大伟淡然地说：要喊你去喊。

黄翟忙走到走廊上，接连按了谢思茂与郑祺传住的两个房间的门铃。但好半天，那两位都没有开门，黄翟便又跑回来，一脸诧异地对佟大伟说：

嘿，两人是睡死了，还是出门啦？

佟大伟说：肯定是出门了。不然，凭什么不给你开门？

黄翟急吼吼地说：那他们怎么事先都不招呼一声？

佟大伟又说：我怎么知道？都是你们系统的领导，你应该最清楚。

原来，谢思茂短暂地午睡片刻之后，便熟门熟路地去了省委组织部部长老邢的家。谢思茂最初并非是混官场的人，获得医学博士的文凭之后，谢思茂在这座四线小城的第一人民医院当了多年的内科主任。因为专业造诣精深，在 M 市颇有口碑，彼时任市委组织部长的老邢便常为看病或住院手术之类的事有求于谢思茂，所以一来二往，两人的关系便渐渐地变得非常亲近起来。此后，老邢当了市委书记，谢思茂也很快升任医院院长，直至又升任市卫生局局长。再后来，谢思茂在一把手的位子上呼风唤雨久了，他发现自己对寒窗苦读的专业已毫无兴趣；而一旦失去了那种呼风唤雨的快感，他内心肯定会变得空空荡荡。于是谢思茂在即将到达退居二线的年纪之前，便指派手下几位心腹起草了一份全市卫生系统改革方案。在这份方案中，谢思茂向市委建议：为统一管理和分配全市的卫生资源，调剂各医院强势专科的功能，M市应组建卫生集团实行产业化运作，以此将全市各家公立医院收归于卫生集团麾下，使之能够更好地为病人与患者展开有效服务。

方案很快便由市委递交市人大进行讨论。那时，老邢还兼任市人大常委会主任。老邢明白谢思茂提出这份方案的真实动机无非是恋栈，无非是想在五十八岁到六十岁这应该退居二线的年纪里继续拥有实际权力。但凭着老邢与谢思茂亲密的关系，这份方案岂有不通过之理？于是借改革的旗号，一个与卫生局平级的事业单位在全市本来就机构臃肿的情形下便更加臃肿地诞生了。于是谢思茂占着公务员的编制，却领着卫生集团高管的年薪，使他在权力的岗位上依然延续了两年的无限风光。但人生总有谢幕的时刻。好在这一时刻里，老邢又升任了省委组织部部长，这便使得谢思茂兴奋地看到了人生还有可以推迟谢幕的曙光。谢思茂想：如果老邢最后提携自己一次，在省常委会上建议自己去 M 市人大或政协当个副职的话，那么自己不就能够延续到六十三岁才退休吗？虽然那样的副职并无实权，但毕竟是当上市级领导了，以往的下属肯定会对自己更加尊敬的，逢年过节来登门看望与进贡也是免不了的，并且还足以使自家的祖坟上生起缕缕青烟……想到这，谢思茂不禁加快了朝老邢家走去的步子。他知道赶在老邢午睡醒来后去上班前的那一刻钟里，便足够把自己的愿望对这位恩重如山的老领导好好倾诉一番了。

未料到，走进老邢家的客厅之后，谢思茂并未见到老邢与其夫人。接待他的仅是老邢家的保姆阿贞。谢思茂与阿贞是有过几面之缘的，便客气地问道：

邢部长不在家吗？

阿贞低垂着眼睑，轻声说：邢部长昨天被双规了。

简直是一个晴天霹雳！离开老邢家的住宅，在回天鹅湖宾馆的一路上，谢思茂的步履顿然便变得沉重起来。

同样，在通往天鹅湖宾馆的路上，郑祺传也和谢思茂一般走得有气无力。

郑祺传这次来省城，除了想陪谢思茂打牌，进一步加深与谢思茂的情谊之外，另一个目的便是想瞄准会议的空档，去拜会一下美国蓝登公司驻本省的总代表鲍尔先生。美国蓝登公司是全球一家知名的专门制造与销售卫生器械的大型企业。通过与鲍尔先生的交往，近几年来，郑祺传借为公家采购之名，从蓝登公司拿到了一笔笔收入不菲的销售提成。那位蓝眼睛高鼻梁的鲍尔先生很爽气，对郑祺传说：卫生器械的合同额都很大，一般只有几个点的提成。我按公司的最上限给你十个点返利，怎么样，满意吗？郑祺传忙满脸堆笑，连连点头，于是OK，成交。但令郑祺传未料到的是鲍尔先生上星期被召回美国了，新来的总代表是一位瘦精精的姓林的华人。这位林先生便不像鲍尔先生那么轻易通融了，递过来的合同上注明：销售提成只有五个点，竟将原来合同的规定砍去了一半。这一半，毕竟是白花花的银子呵！郑祺传脸上顿然挂不住了，很不满意地说：林先生，鲍尔先生可不是像你这么承诺的啊！脸上没有二两肉的林先生毫无表情，漠然地说：所以，鲍尔就被召回美国了呀！郑祺传暗暗地想：狗屁！你还不是要把另外五个点猫腻下来，等有机会时好归你自己所有。于是郑祺传将合同朝那位姓林的面前一摔，未签字，便气呼呼地走出了蓝登公司驻A省总代表的办公室。

走到大街上，郑祺传脑子里才冷静下来，想道：是呵，赌口气倒容易，但怎么才能再找一家昔日的蓝登公司、昔日的鲍尔先生那样的一棵摇钱树呢？不错，国外品牌的卫生器械公司驻A省的办事处确实有几家，但那些总代表们都会像鲍尔先生这么好通融，这么爽气吗？毕竟是经过几年精心地打造，鲍尔先生才成为一根向郑祺传输送利益的管道。平日鲍尔先生只要说，他的夫人喜爱穿中国旗袍，郑祺传便会立刻派人去上海老字号的旗袍店专门定制。又听到喜欢吃甜食的鲍尔夫人说，中国广州出产的莲蓉蛋黄月饼比之于美国的黑森林蛋糕，更是别有一番风味，郑祺传便忙托广州的朋友用快递直接寄到鲍尔太太的府上。但如今眼看着这根管道就被突然毁掉了，让郑祺传的心里怎么能不七上八下呢？

见谢思茂和郑祺传闷闷不乐地回到了宾馆，黄翟并未察觉这两人脸上神情的变化，只是兴奋地嚷嚷着：好啊，总算都回来了，咱们这就去宾馆的娱乐室打牌吧！

佟大伟已经午觉醒来后干坐了一段时光，很是感到无聊，便连声赞同黄翟的提议。

谢思茂和郑祺传尽管心事重重，但也不好反驳，于是四个人便一起在娱乐室的麻将机前坐了下来。

当然，为避免赌博的事实被周围人群发现，四人都商量将麻将机抽屉里的筹码算作现金，谁赢谁输只能回到房间后才真正兑现。

奇怪的是这场耗时许久的方城大战，连平常赢钱最多的黄翟也变得负债累累；谢思茂和郑祺传因为开小差出错的牌，都被佟大伟截和，赶在黄翟前面成了牌，于是牌局便成了无法撼动的"一吃三"。佟大伟居然边打，边高兴地向三人调侃：

哈哈哈，你们请我来钓鱼，没见一片鱼鳞，可我赢的钱足够三十年买鱼的花费啦！

直至打到深夜，四个人没有一个接到其老婆像往日那样催促回家的电话。因为谢思茂、郑祺传、黄翟三人临来前已向各自老婆说明是来省城开会，而佟大伟则在午睡之前给他老婆发过一条短信，说是被黄翟拉来省城钓鱼，今晚无法回家。至于明天鱼篓空空的，如何受老婆嘲笑，已根本不在他考虑之列。只要眼下手气顺，牌打得痛快，便权当作竿子颤颤地拎起斤把重的长江野生大鲫鱼那种快感了⋯⋯

4

翌日上午开完会，吃罢中饭，四人便一起乘上那辆银灰色的凌志 SUV，朝着返回 M 市方向的高速公路行驶了。

与临来时车内的情景不同。原来一路有说有笑的黄翟专注开车，言语少了许多。而谢思茂和郑祺传也很少说话，各自想着各自的心事。倒是临来时少言寡语的佟大伟变得十分活跃，向大家说起一个又一个现代历史的小段子。什么蒋介石是怎么看待延安整风的呀；什么 1945 年，究竟有哪些软骨头被列入汉奸的名单呀；什么胡适为啥说过，他挨了四十年的骂，却从不生气，并且还欢迎之至呀……

尽管另外三人中很少有人对佟大伟搭腔，抑或没有人感兴趣地向佟大伟讨教这些历史段子的原委，但他依旧自顾自地演说得眉飞色舞。

车子驶进 M 市后，黄翟顺路将谢思茂与郑祺传送到了各自的家门口。在送佟大伟回家时，越野车途经了一处很繁华的农贸市场，佟大伟突然高声喊道：

停车！快停车！

黄翟一惊，说：你疯啦！还没到你家呢！

佟大伟说：我下车买些鱼。不然，对老婆说是去钓鱼的，总不能空着手回家吧？

黄翟只得开了车门。

很快，黄翟望见佟大伟两只手里各提了两条七八斤重的大鲭鱼，屁颠颠地从农贸集市门口跑了过来。

佟大伟将其中的两条大鲭鱼递给了黄翟，说：

喏，这是送你的。谁让你骗我出来打麻将，害我赢了你们这么多的钱。再不向你表示点意思，我内心愧得慌！

黄翟一听，顿然爆发出一阵他一路回来时都未有过的响亮的笑声。

沦　陷

1940年

我的小舅第一次见到我外公的时候，小舅沈邦安才三岁，才刚刚能用清晰的发音喊一声爹爹。

沈邦安生于"七七"事变的第二年。而我外公沈慰堂则于1937年南京沦陷之前，当时身为中央图书馆馆长的他便领着员工们，乘上装满各种珍贵版本的图书的轮船朝上游重庆出发了。后来于重庆的两浮支路，战时的中央图书馆便在那里安寨扎营。

1940年，抗日战争进入最艰苦的年头。江南一带不少藏书楼的主人，如吴兴的嘉宝堂、江宁的群碧楼、瑞安的玉海楼，他们的名号虽不如余秋雨先生在其散文中写到的宁波天一阁那么响亮，却也都藏书甚丰，因受不住战火中物价飞涨，纷纷忍痛割爱，将一批批祖上传下的明清版本的图书抛售于上海市面上，以求得补贴生活之拮据。而伪满、日本、美国等各方势力都对这一事态高度关注，四处派人出钱收购，力图将这些善本图书席卷而走。我的外公沈慰堂得知这一消息后，径直闯进了时任国民政府教育部长，兼任中央庚款会董事长朱忠信的办公室，当面直陈：

"恩师，国民政府如再不出手抢救的话，中华文明的火种则危在旦夕也！"

　　1923 年，沈慰堂考入北京大学哲学系时，曾做过朱忠信先生的弟子。后来受德国鸿博基金会资助，去柏林大学攻读博士，也因了朱忠信先生的推荐。

　　"你来得正好，我也正要为此事找你。"朱忠信对沈慰堂说，"中央庚款会还存有支付中央图书馆的一百五十万法币，现在抗战爆发，除了可在重庆建分馆之外，不如将这笔钱取出来，赶快在上海收购江南民间散失的珍贵文献图书，以免物价飞涨下货币贬值，同时可为中央图书馆的藏书加厚基础，这岂不是一举两得？"

　　于是我的外公沈慰堂便在贴身的夹袄里小心翼翼地藏入了一张肩负使命的支票，立刻先乘飞机抵达香港，又从香港坐海轮冲破封锁，秘密地潜回到上海的法租界了。

　　1940 年初的上海，北风凛冽，寒气渗人，夜空中还不时飘着几朵细碎的雪花。在租界重庆南路的万宜坊里，只有两盏路灯鬼火般地闪烁着。幽暗的光线下，迎面过来的路人几乎就是个黑影，根本无法辨清其面孔和五官。对于这条如今已被上海市政府列为保护建筑之一的弄堂万宜坊，时下许多来淘金的财大气粗的新上海人恐怕都不甚知晓。其实在 20 世纪 30 年代，万宜坊是上海一条很有名的弄堂，由法国的万国储蓄会承建，开盘时，弄堂间每幢楼房的售价竟高达两百八十两黄金。由此推算，其租金也一定价格不菲。因而当时能在这条弄堂里居住的户主，一般都是些政要、工商巨子，江浙一带卖了地来城里当寓公的富裕乡绅，或已成了名的教授和文化人。在中国现代文学史上占据一席之地的作家丁玲、胡也频、蒋光慈等人也曾在这里居住。著名记者、出版家、政论家邹韬奋的住宅便在弄堂内的 54 号。后来韬奋逝世，这里便成了如今参观者仍络绎不绝的韬奋纪念馆。而在抗日战争与解放战争漫长的十多年中，我们沈家就一直住在万宜坊里。外公除了公干，很少能回上海，外婆柳嘉宜便每日迈动着她那双由硖石乡下裹起的小脚，辛勤地劳作着，悉心拉扯着一家老小的吃喝拉撒睡。

沈慰堂在自家的寓所前停住脚步，正要按门铃，恰巧柳嘉宜端着簸箕准备出门，于是那扇坚实的铁门先吱的一声被拉开了。

凭着一股熟悉的气息，柳嘉宜已认清了面前这个黑黝黝的身影。她轻声说：

回来啦？

外公身材本来就不高，望着对面这个比自己更矮小的女人，外公在嘴边做了个手势。他生怕自己说话的声音，通过天井传递到隔壁邻居的窗户里。

进入寓所，在前厅的沙发上坐下后，外婆在厨房为外公泡了杯茶。沈慰堂端起茶杯，在鼻子前嗅了嗅，疲惫的脸上顿然露出一股喜悦之色：

嗯，碧螺春。重庆很难喝得到。

就在外婆也坐到沙发上时，外公边喝茶边问：

孩子们还好吧？

外公指的是我的母亲沈国丽、我的大舅沈国安、我的小舅沈邦安。

柳嘉宜说：都好。邦安还年幼，身体弱，时常会患感冒咳嗽，我看隔壁孙先生家的佣人张嫂平日活不多，上班前就将邦安送到孙先生家托张嫂照顾一下。国丽和国安中午放学，我也让他们去孙先生家搭伙。反正我平日里多给孙太太交一些伙食费就是。

我的外婆柳嘉宜虽然是小脚女人，但绝非是一般家庭妇女的目光和头脑。凭着早年私塾的学习和金陵女子师范学校毕业的优异成绩，一进上海，她便被聘作了一家私立小学的校长。因为学校路途远，中午来不及回家为孩子们烧饭，所以她只能为我的母亲、大舅、小舅做出这样的生活安排。

沈慰堂情不自禁地将身边的柳嘉宜搂进怀里，愧疚地说：唉，真是难为你了。

柳嘉宜出生在浙江硖石镇一个诗书传承的乡绅家庭。与同是海宁县的沈家门当户对。后来沈家若不是沈慰堂为官，常年穿梭于战火中的话，两家人的生活一定更加平静，更加波澜不惊。柳嘉宜与沈慰堂结婚之初，两人在老家有过一段美满的时光。孩子们相继出世，夫妻俩甜甜蜜蜜。但后来沈慰堂常年在外留学、工作，辛劳奔波，聚少离多的日子对于柳嘉宜来说便成了家常便饭。所以当沈慰堂刚将柳嘉宜搂进怀抱时，柳嘉宜的脸上竟飘过了一缕沈慰堂不易察觉的红晕。直至两人相拥着进入卧室之后，柳嘉宜才觉得自己绷紧的身体慢慢地舒缓了下来。

翌日上午，沈慰堂马不停蹄地拜会了商务印书馆董事长张元济先生。沈慰堂深知这位中过晚清进士的实业家是国内鉴定古籍版本少有的高手。传说当时上海书市上，封面只要盖有"元济收藏"之红印的古籍，任何买家都可以放心收购。因此若能请得张先生出马，自己从重庆带来的中央庚款会的支票，才不至于被市面上黑心书商作伪的版本欺诈蒙骗。果然，张先生一口应承，于是沈慰堂甚是高兴，仔细向张先生讨教了鉴定古籍版本真伪的诀窍和奥妙。

翌日黄昏，事先得到通知的由文化界爱国人士组成的"文献保存同志会"的代表郑振铎，专程走进万宜坊家中拜会了我的外公沈慰堂。郑振铎的名字，读者们肯定不会感到陌生，他是中国现代文学史上著名的作家、诗人、翻译家，还是博古通今的训诂家、文学史家和艺术史家。他在 1932 年出版的《插图本中国文学史》曾洛阳纸贵、一版再版，成为后来许多大专院校抢手的教材。但读者们可能恰恰不知，郑振铎先生还是藏书甚丰的收藏家，他与江南一带不少藏书楼的主人都有着密切的交往和友谊。在那个年代里随便哪位藏书楼主人因熬不住日子的窘困，将一些祖传版本的图书抛到市面上的情况，他基本上掌握得八九不离十。而这正是我的外公沈慰堂所需要的。于是两人很快便商定了有的放矢地抢救图书的方案。对于那晚两人的秘密会晤，郑振铎先生在他后来的日记里也有过如实记载：

> 傍晚，在万宜坊……我们第一次见面，但畅所欲言，犹如老友。他说起这次战争中中央图书馆的损失，说起内地购书的困难，说起将来恢复的计划，说起内地诸人要他来此一行的原因，然后谈到我们的去电。予则谈起江南各藏书楼损失的情形，谈起平贾们（北平商人）南来抢购图书的情形；谈至玉海堂刘氏，和学斋徐氏藏书散失的经过；然后说到我们发电的原因和我们的购书计划。最后说到我个人在劫中所得的东西，说到某某书，某某书丢失了可惜。我们谈到九时许，竟忘记了吃饭。（民国二十九年一月十六日）

九时许，沈慰堂将郑振铎送至寓所门口。两人紧紧地握了握手。两人的眼镜片背后都闪烁起一种相互信任的目光。沈慰堂拉开天井里的铁门，望着眼前这个瘦弱斯文且与自己同龄的浙江同乡的背影，很快便消失在万宜坊路灯幽暗的夜幕中……

就在我外公沈慰堂这次到上海的第三天，几位志愿参加抢救图书文献的同仁经过事先联络，都不约而同地来商务印书馆董事长张元济先生家碰面了。在碰面会上，大家通过磋商形成一项分工决议，即由暨南大学校长何炳棣负责经费收支，光华大学校长张寿镛负责版本价格审定，作家、翻译家郑振铎负责与藏书家接洽，并兼图书保管与编目，商务印书馆董事长张元济负责古籍版本的总鉴定，著名书画家兼收藏家叶恭绰负责广东、香港的收购，兼负责由上海寄往香港的文献图书的转运事宜，而外公沈慰堂由沪返渝后，便负责协调国民政府的支援，并坐镇陪都指挥这次文献图书抢救的整体行动。沈慰堂见这天来参加会议的，均是当年知识界的精英人物，便甚是高兴，并且对这一次抢救行动充满了信心。后来这批文献图书由海轮秘密运至香港，但因太平洋战争很快爆发，被日军在寄存地的香港大学冯平山图书馆抢劫一空。好在日本投降后，日本政府如数奉还，避免了这批文献图书在战时的黑市上流失损毁的命运，以至于今天仍能在台北的图书馆内面目整齐地呈现于各位读者朋友面前。

走出张元济先生家宽敞的客厅，是冬天里难得的一个风和日煦的中午。沈慰堂漫步在上海的马路上，渐渐便有了一种这几日里久违的轻快愉悦的好心情。但走至重庆南路，快走到万宜坊时，他突然发现弄堂门口有个形迹可疑的人影与自己的视线相遇后，迅速用一张报纸挡起了那张陌生的脸，于是他的心情陡然又蒙上了一层浓重的阴霾。沈慰堂意识到自己可能已被人盯梢了。事不宜迟，外公决定改变原本还准备在上海继续逗留两日，陪陪他难得相聚的妻子和孩子的计划，立刻打电话找到我的舅公公柳平沙，托柳平沙那位在码头售票处的朋友十万火急地买好一张当晚去香港的船票，然后乘着夜色的掩护，在一家人恋恋不舍的目光中便匆匆离开上海了。

爹爹，你不是说好还要再住几天的吗？

当时，我的大舅沈国安拉着外公的手，不依不饶地阻拦着自己的父亲不许立刻离开上海。

全家人都明白，在所有孩子里，沈慰堂最偏爱的便是膝下这个长子。沈国安自幼天资聪颖，读书甚好，七岁便背得全唐诗。在沈慰堂眼里，沈国安将来不仅是可造之才，并且也一定会成为光耀沈家门楣的希望。至于父子俩后来天各一方，沈国安时运不济，只落得一个凡夫俗子的地步，这也是令沈慰堂始料未及的。

就在我的外婆柳嘉宜为自己的丈夫收拾好行装时，我的母亲沈国丽也放学回到家中了。那时，母亲刚满十六岁，但已瞒着全家人悄悄地成为上海学联年轻的中共地下党员。在国共合作抗日的背景下，母亲在全家人里是最理解外公的使命的。她上前拉开大舅的手，说：国安，爹爹回重庆有要紧事，你不要再拦着他，好吗？然后她扑到外公肩头，贴着外公耳边动情地说了一声：

爹爹，你路上一定要当心啊！……

因此在 1940 年初那次全家人难得的团聚里，唯有我的小舅沈邦安是对面前发生的这一切都懵懵懂懂的。他刚刚感受到三天的父亲这个确实的存在，无非就是家里一位匆匆的过客。

1965年

援朝，太阳晒屁股啦！还不快起床！

听到父亲江宝顺操着胶东口音浓重的普通话在园子里大声吆喝，我不得不探起身，趴到窗台上朝窗外偷偷望了一眼：初夏早晨的阳光下，父亲正弓着腰在悉心伺候那一畦畦他亲手种植的蔬菜。但熬不住消退不掉的困劲，躺下身，我又蒙上被子转身睡了过去。

援朝的床支在客厅里。客厅还兼作一大家子吃饭的房间。这时，柳嘉宜迈动着那双小脚走进来，将刚烧好的泡饭和咸鸭蛋放到了桌上，独自嘀咕了一句：叫魂呵，礼拜天的，也不让孩子多睡片刻。有外婆撑腰，于是江援朝更觉得在被窝里睡意蒙眬了。

本来，园子是上海很阔绰的丝绸厂老板的别墅花园。园子里种满各色玫瑰、月季、海棠，煞是姹紫嫣红。花园靠东南面的竹篱笆旁还装修了一处精致的为花卉挡风避寒的暖房。但随着华东野战军入城，这幢别墅连同花园都被充了公。我的父亲江宝顺便和华东野战军的一位师长领着两大家人，住进了这幢别墅。因为那位师长家人口多，房间多占了一间，所以花园则归我们家拥有了。起初，外婆见这里的住房面积和万宜坊相差无几，便不愿意搬过来。住惯了万宜坊，上了岁数的人是不愿意轻易搬家的。但母亲对外婆说：这里的房租是象征性的，比万宜坊便宜得多，于是一惯勤俭持家的外婆便只得同意了。再者，彼时大舅沈国安尚未从厦门大学毕业，小舅沈邦安刚刚念初中，唯有跟随已经工作和结婚的女儿沈国丽一起生活，不才是外婆晚年最可靠的保障吗？但柳嘉宜万未料到的是与女婿江宝顺一起过日子，会发生各种想象不到的龃龉。柳嘉宜喜欢吃菜肉颇多的大馄饨，江宝顺却只会包饺子。柳嘉宜说饺子皮厚馅少，吃起来没味道，江宝顺却说馄饨皮薄，烂糊糊的，咬在嘴里没劲。园子里收获了江宝顺种的冬瓜，江宝顺烧菜时只会用冬瓜熬汤，顶多再滴上几滴麻油。柳嘉宜说你可以将冬瓜掏去瓤子，里面填上香菇、虾仁、肉馅，用文火蒸二十分钟，做一个大三元的冬瓜盅，味道肯定鲜美。但江宝顺根本听不进耳里，说：上海人真麻烦，做菜哪有这么多花样经？逢到中秋节时走亲戚，柳嘉宜专门嘱咐江宝顺下班后别忘记买两盒杏花楼的月饼带回来。因为江宝顺上下班有单位的吉普车接送，买东西方便。不料江宝顺回家来还是拎着两盒不知从哪家店随便买到的月饼。柳嘉宜顿然大为不悦，说：这样的月饼能送出手吗？江宝顺却一脸憨笑地说：不都是一样的月饼吗？……当然，最令外婆头痛的事情还是窗外那个园子。自漂亮的花园被江宝顺毁了之后，园子里种满一畦畦的辣椒、茄子、西红柿、鸡毛菜。因为时而需要施肥，园子里便常常弥漫起一股异样的气味，弄得苍蝇乱飞，蚊子成群。若不是别墅有纱门纱窗的阻隔，这里的房间几乎就要成了上海市区内闹蚊子最凶的地方。

每每在二楼阳台上望见父亲又在园子里劳作，外婆走回房间时只要遇见母亲，都会朝楼下园子皱起眉头指一指：

唉，这个农民……

母亲只是苦笑笑。母亲又能怎么办呢？母亲的婚姻是经组织撮合，才与这位农民出身的野战军首长走到一起的。当年母亲背叛了自己国民政府高官的家庭，投身革命，便是她早已明白了组织的需要将和自己的生命融为一体。母亲的性格温和、豁达，遇到父亲有时为家里或单位里一些不顺的事情发火、吼叫，母亲从来都只是给予细声慢语的解释、劝导、安慰。在江援朝一辈子的记忆里，母亲从未对自己提及过一个字，关于她的婚姻是否幸福，是否憋屈了她这位知识女性的情感和天性？倒是从小到大，援朝记得母亲曾不止一次地对自己说过：记住，你爸爸是个善良的人、正直的人。对了，这就够了。于是援朝想，像母亲那样凭着信仰在血雨腥风中加入共产党的党员，虽已在她的爱情里缺了一份浪漫和温馨，但她对于一个善良和正直的男人的爱，无疑会在她心底里筑起一种更加坚实的情感。

　　当然，柳嘉宜也是懂得女儿的心思的，对女婿的不满，她仅是点到"农民"为止。更多的情形下，她倒是常夸起女婿的能干、女婿的勤劳持家、女婿不愧为家里的顶梁柱。遇到亲戚们来家里看望，临走时，柳嘉宜总会亲自走进园子里，摘满一篮子茄子或西红柿，递到亲戚手中说：喏，这是我女婿种的，比菜场卖的新鲜多了，你们拿回家去也可以送送人。若遇上某位亲戚住院，柳嘉宜会吩咐江宝顺：方便的话，是否派你单位的吉普车去接送一下？后来，生病的亲戚打来电话，一迭声地对柳嘉宜表示感谢，柳嘉宜便喜形于色地在电话中说：嗨，谁叫我们国丽有眼光，挑了一个好女婿！……

　　此刻，见江援朝没有起床，江宝顺又开始呼唤女儿江建设赶快去园子里拔草。一般地说，建设比援朝懂事，很少惹父亲生气。而援朝恃仗外婆宠爱，时常还敢对父亲反抗一下。听到父亲这种指令，建设以往都是一路小跑地奔进园子的，但今天建设可能学校里有事，一大早就出门了，所以江宝顺喊了半天也不见建设人影。这一来，江宝顺是真正地怒发冲冠了，冲进客厅，掀开江援朝的被子，对准援朝的屁股就是狠狠地一巴掌：

　　哼，小懒虫，拿我的话当耳旁风呢！

盛怒之下，江宝顺今天的火气似乎还未宣泄过瘾，便又大步冲到原本是丝绸厂老板的汽车库，如今装修成了小舅子沈邦安住宿的房间，将沈邦安的房门拍得震天响：

喂，快起床啦！

沈邦安睡眼惺忪地拉开房门，一头雾水，问：

啥事体？姐夫，今朝是礼拜天，你不让人家多睏一歇，怎么吵得一家人不得安宁？

江宝顺铁青着脸说：你也要去园子里劳动！你这种人不劳动，将来世界观一定会出问题！

沈邦安顿时蒙了，江宝顺怎么居然也把自己当做援朝和建设那样的孩子支使啦？但他没敢回嘴，洗漱完毕后还是乖乖地到了园子里。虽然他平日并非将这位农民做官的姐夫完全放在眼里，但遇上江宝顺虎威发作的时刻，他心底对江宝顺还是有一种真正的惧怕。

见女婿今天竟然对小儿子也吆三喝四了，柳嘉宜虽有些不悦，但她还是忍住了气，只是默默去衣橱找出一项旧草帽，走进园子，将草帽戴到沈邦安的头顶上，并悄声说：

劳动就劳动吧，不能只是你姐夫一个人做这些事情。平日你吃的蔬菜，不都是你姐夫辛辛苦苦种出来的吗？

柳嘉宜明白：这个家若少了江宝顺，沈邦安恐怕连工作的饭碗都端不上！

我的小舅沈邦安高中毕业时，因为外公的历史背景，考大学过政审关根本没指望。加之他从小身体弱，一般性的厂矿体力劳动吃不消，所以只能走当教师这条路了。但是我的在区教育局任科长的母亲沈国丽则说：当教师也要有文凭，起码是师范毕业的。沈国丽素来组织原则性很强，即便在当时她能帮得上忙的岗位有几分权力，她仍不肯帮弟弟当教师这个忙。并且还对沈邦安说：我看，你去厂矿锻炼锻炼，吃点苦，也蛮好。像我们这种家庭出生的，只有和工人阶级相结合，将来政治上才会有前途。外婆听了母亲这番话，左右两难，愁得天天在家里烧饭时唉声叹气，后来还是我的父亲江宝顺伸出了援手，在他领导的市建工局下面的技工学校里，给自己的小舅子找到了一个代课教师的职位，让沈邦安端上了一只收入还不算低的饭碗。并且校方一开始就答应沈邦安：只要表现好，满五年就能转正，就能成为一名正式的人民教师。果然，五年后，沈邦安顺利地转了正，接着又被校方保送到师范学院脱产学习两年。据说这是校方对沈邦安有意的培养，因为只要沈邦安能取得大专院校的文凭，日后便有希望接替一位即将退休的语文教研组组长的位子。

那段日子，可能是我的小舅沈邦安一生中最朝气蓬勃的日子。初夏的朝阳里，他每日上班前都会将一枚崭新的共青团徽佩戴到胸口的白衬衫上。下班后，走进我们家这幢别墅所在的弄堂时，会将他那双擦得铮亮的三节头皮鞋踩得水泥路面噔噔作响。小舅的风采引得弄堂里多家阳台上乘凉的青年女子都向他投去了颇有好感的目光。特别是隔壁小弄堂里出身的稍微有几分长相的女子，常常会在他下班之时有意走到我们家的弄堂口，迎着对面走来的他纷纷直抛媚眼，搔首弄姿，使得一阵阵廉价的香水气息在马路上久久不能散去。

一日，我在楼上的房间外，听见外婆对母亲说：

国丽呵，邦安的岁数也不小了，你这个做姐姐的也该关心关心弟弟的婚事。

母亲说：娘，如今可不是你和爹爹结婚前由两家老人做主，新社会，讲究自由恋爱，你让邦安自己谈对象吧，就别操那份闲心了。

但外婆的担心不是没有道理的。某天深夜，当外婆看到小舅将一位嘴唇涂得血红、领口开得很低、浑身上下都透出一股妖娆的女子，领进他那间汽车库改装成的小房间后，第二天便对小舅大为光火：

邦安，你就是谈恋爱也要找个正经的姑娘。像这种解放前站电线杆旁卖色相的，你居然敢往家里带，难道不嫌害臊？……唉，我们沈家的门风全被你败完了！

见已被外婆捏住把柄，小舅只得喃喃地说：

娘，我不过是逢场作戏嘛……

啥？你还学会在男男女女的事情上逢场作戏啦？……外婆愈发生气，举起那只瘦骨嶙峋的颤抖抖的手，对准小舅的脸就是一记响亮的耳光。

这一打，小舅似乎被打清醒了，蓦然显得很委屈地说：

娘，你不晓得，如今上海人谈婚论嫁，男方都应该有房子的。可我身居斗室，哪里有条件找一个称心的姑娘正儿八经谈恋爱？

于是，外婆尽管对小舅教训归教训，但最终也不好再说什么了。

外婆开始为小舅结婚的房子问题，变得心事重重。后来，还是我的父亲江宝顺，明白了母子俩这次耳光事件的底细，便努力设法在他主管的建工局即将落成的单身职工宿舍分配过程中，据理力争地为小舅找到了一间二十多平方米的新房子。因此当那天傍晚，江宝顺下班回家来，将那间新房子的钥匙交到丈母娘手里时，柳嘉宜以从未有过的感激的神色，对女婿再三道谢。这无疑是又一次加重了这位农民出身的女婿在我外婆心上的砝码。

但后来，"文化大革命"爆发了，沈邦安很快便成了当走资派的姐姐与姐夫的弟弟或小舅子。房子虽然有了，但自身的政治条件，除我外公那些说不清道不明的历史背景之外，一切则变得更加糟糕。于是他的婚事一拖再拖，直至拖到外婆病逝合眼之前，仍遗憾地未能看见自己的小儿子最终结婚成家添子。

此时，爬起床的江援朝，见小舅沈邦安也走进园子开始劳动了，便知道这个礼拜天自己是无论如何都不会逃过父亲训斥这一劫，只得乖乖地去园子里手忙脚乱地拔草、锄地、施肥。而就在外甥与舅舅一起劳作着的时候，将他们催命鬼一般催到园子里的江宝顺却不见了人影。片刻工夫后，江宝顺却出现在了二楼的阳台上，正将一大堆被褥重重地架到了阳台的铁栏杆上。边忙着手上的翻腾，边朝楼下的园子里大声喊道：

邦安，你看看你！褥子上这么多臭虫，你怎么还能睡得着觉？！

说罢，江宝顺又走下楼，走进沈邦安房间，将小舅睡的那只棕绳编的床绷子抬到园子里，再架到竹篱笆上，用两壶烧得滚烫的开水，仔仔细细地浇了一遍。

我明白，今天眼前发生的这一切，都会令小舅觉得在我面前丢面子。果然，从园子里回来，稍稍休息，小舅便向我要了自行车钥匙，然后气得中饭都没有吃，一溜烟地不知到哪位亲戚家串门去了。

其实，即便今天父亲不对小舅劳动惩罚，即便今天父亲不出小舅有关臭虫的洋相，小舅也不一定会在家里吃中饭。小舅的嘴巴一向很刁，对饭菜十分挑剔，这可能还是因为小时候身体弱，外婆常会背着其他兄弟姐妹，专门为他烹饪一些好吃的菜肴，调调他的胃口，开开他的食欲，由此惯成了小舅一辈子的毛病。一般来说，每逢星期天上午，小舅起床后，会先贼头贼脑地到厨房里巡视一圈，看看水池里是否摆放着保姆一大早从菜场买回的鱼呀虾呀鳖呀或鸡鸭什么的。一旦意识到今天中午的菜肴可能不如他意，他便会借故出门，骑着脚踏车去亲戚们家里碰碰运气了。

首先是去淮海路姨婆家。姨婆柳家馨是外婆的妹妹。柳家馨早年嫁了一位建筑设计公司的老板，因此姨公公的家境是很富裕的。新中国成立后公司虽然被公私合营，但老两口靠吃定息的日子，还是过得很舒坦。更何况姨婆烧得一手好菜，什么生爆鳝丝、松鼠鳜鱼、糯米八宝鸭，这些常让外婆觉得嫌麻烦的菜肴，她总是烧得鲜美可口，色香味俱全。而外婆平日最大的嗜好，便是捧一张《解放日报》或她喜欢的书籍，坐定在沙发上足足可以消磨大半天。间或，她也会点燃一支烟，坐到客厅的小圆桌旁，摆弄一副由几十张竹头和象牙制成的麻将，聚精会神地走她的"通关"。我知道，外婆这一刻又是在为海峡那一头的外公"通关"了。尽管外婆平日很少对我们提及外公，但她对外公命运的担忧或欣喜，其实都写在她"通关"时顺畅或晦气的表情里了。于是吃不到外婆烧出的精美菜肴的小舅，每每从淮海路那幢花园洋房回来，谈论起姨婆当天又为他烧了哪些好菜，总会显得那么津津有味，那么神采飞扬和心满意足。

姨婆一辈子没有生育，不知是她的原因还是姨公公的原因。所以家里多些客人，气氛闹猛，这也是老两口很乐意的事情。所以小舅每次离开时，姨婆都会送到楼梯口，望着小舅的背影说：

邦安，常来呵，不要客气。只要你来，我总能拿出个七荤八素招待你的。

会来的。会来的。小舅愉快地答应着，撑着一副酒足饭饱的皮囊，飘飘然地下楼去了。

当然，会来的，也要识相，不能经常来。这点道理，小舅还是拎得清的。于是小舅偶尔礼拜天也会串门到我的大舅沈国安家。

沈国安住在江宁路一幢有很多人家杂居的公寓里。从我们家所在的安福路出发，不消一刻钟，沈邦安便骑着脚踏车到了他的长兄家。

来开门的人是沈邦安的阿嫂钱月娥。见敲门的客人是沈邦安，钱月娥的脸色顿时便有些阴沉。她明白，这位小叔子只要礼拜天上门，便一定是来蹭饭的。而沈邦安倒无所谓，既来之则安之嘛，嬉皮笑脸地与阿嫂聊了几句刚才在马路上见到的一个小偷被路人们扭送去派出所的新闻后，便径直走进房间，坐在沙发上，跷起二郎腿，显得煞有其事地向他的阿哥沈国安请教起古代汉语中经典篇章的白话文意译问题。

这方面，沈国安确实是专家。任何生僻汉字的出处与用处，他都能说得头头是道。但正因为出了点名气，所以在厦门大学毕业后留校任教没几年，便被反右运动后期的拉网清算定了个"中右"。亏得还未发配去大西北的劳改农场当囚犯，不然，小说中写到的夹边沟一大堆饿死累死的名字中保不准会有他的名字。后来还是通过我母亲沈国丽的关系，将他下放于福建贫困山区的一所中学后再调回上海，安排到杨树浦的一所郊区中学当了一名不显山露水的语文教师。那个年头，沈国安的年纪也老大不小了，于是匆匆恋爱，草草结婚，未经他的母亲柳嘉宜同意，便自作主张地娶了工人阶级家庭出身的女儿钱月娥为妻，开始心安理得地过上了一份普通上海小市民的生活。

大舅每天上班用的那只人造革拎包里，讲义夹中的讲义总是只有寥寥几行字，但他早晨临出门前，从不会忘记在拎包里放上一只尼龙网线袋。如不是学校开会或学习等例外的原因，他下班后一般都要去杨树浦的农贸集镇转一圈，买一些比市区新鲜便宜的小菜，然后装进这只预备好的尼龙网线袋，再挤上满满腾腾的郊区开回市区的班车，开很远的路，回到家时都是夜色已浓，灯火阑珊，而他的妻子钱月娥还正等着他买回的小菜下锅煎炒或蒸煮。平日，大舅最喜欢享用的是以便宜价格买回来的排骨，一个星期总会买上两次，因此只要我的舅母钱月娥忘记及时将网线袋用肥皂水浸泡洗净，那只网线袋的尼龙线上常会蒙起一层薄薄的油腻。

煎大排是大舅的拿手好戏。每逢礼拜天，大舅会比批改学生作业付出更多的耐心，端坐于煤球炉旁，不紧不慢地将一块块油锅内的大排煎得外酥里嫩，金黄色的肉质表面上散出一股股诱人的香气。也正因了大舅这出手艺，钱月娥的七个弟弟，从已穿上工装蓄起胡子的大弟，到还拖着鼻涕比桌子高不了多少的小弟，常会一溜烟地挪到大舅家中，眼巴巴地等着大舅用筷子将一块块煎好的大排夹到他们各自的饭碗里。彼时，大舅家那间卧室、客厅、饭堂共用的不满四十平方米的房间便会显得极其局促，在八仙桌上铺起一张很大的圆台面后，大舅挪动着为七位弟弟分煎大排的步子便不得不显出了小心翼翼。

大舅不仅是小舅的阿哥，也是另外七张嘴巴的阿哥。

后来，当钱月娥娘家的家境渐渐宽裕起来时，钱月娥曾不止一次地对我母亲说：亏了国安。若不是国安接济的话，我们家那些年的日子还真不知能不能熬过去？

聊了片刻学问，沈国安已甚感无趣。不在同一个水平线上，还谈什么古代汉语呢？他向沈邦安敷衍了几句，便从沙发上站起身，走到厨房里小声对妻子说：

月娥，你把煤球炉火弄大点，我要准备煎大排了。

钱月娥向老公使了个眼色，则故意朝房间里大声说：哟，我今天早晨没在菜场买大排啊！

于是，小舅邦安被触了顿霉头，只是在阿哥阿嫂家吃了一餐粗茶淡饭，便骑上脚踏车怏怏地回到他安福路的寓所了。于是，大舅那天在餐桌上也闷闷不乐，满脸是一种不便于向妻子发作的表情。而我则可以通过家中的窗口，看见小舅在园子里架好自行车后，从他转过身来的神色里猜度出他今天究竟是触了霉头，还是又美滋滋地去淮海路姨婆家吃到了一顿丰盛的午餐？

1949年

1949年1月13日，淮海战役刚刚结束的第三天，我的外公沈慰堂又一次回到了上海。本来，小汽车是要将他送至万宜坊弄堂口的，但他却提前下了车，让司机去找下榻的地方，并等候他择日回南京的通知，然后外公便拎着一只不算大的皮箱，独自在重庆南路上慢慢地走了起来。外公想在回家之前，理清一下自己这些日子纷乱的思绪。

重庆南路两旁的人行道上，法国梧桐枯败的枝叶仍在不断地向下飘落。天冷，马路上行人稀少，偶尔几家开业的店铺里十分寂寥，几乎不见有兴致的人影光顾。就在这片萧瑟的街景中，外公的心情也愈发变得凄凉起来。淮海战役的失利，使外公彻底失去了对政府的希望。一个专制腐败的政权难道真的要走到它命运的尽头了吗？外公曾不止一次地在心里这样发问自己。但外公又是有使命感的。他深知自己作为一个行将埋葬的政府的官员，有些命中注定的事情必须彻底做完才能使自己真正地安心。下个月，外公就要从南京坐轮船去台湾，视察由中央图书馆与历史语言研究所运往台湾的三百九十八箱文物和善本图书，在临时存放的台中糖厂的仓库中是否保存得妥帖？再下个月，外公又将应联合国教科文组织的邀请，代表中国图书学界赴英、法、德、荷兰、丹麦、瑞士等国家考察其图书馆事业的发展，并沿途向这些国家的图书馆讲授中国图书与文化的起源及现状。外公内心明白，如此大半年考察和讲学的行程回来，长江以南的半壁江山也说不定已经失守，届时，他很可能会成为一个有家无法归的漂泊天涯的游子……

一阵深深的悲哀涌上沈慰堂的心头。他真不知此次回家之后，将来是否还能够有与家人团聚的机会？

沈慰堂渐渐走近了万宜坊。

在万宜坊弄堂口，沈慰堂第一眼就看见了柳嘉宜正伸起脖子，焦灼地东张西望着。沈慰堂忙走上前，问：

嘉宜，你等谁？

等你呀！柳嘉宜像盼到救星似的叫了起来：嗨，我就知道你这几天会回家。

沈慰堂忙警觉地问：家里出什么事啦？

柳嘉宜说：大囡被警察抓起来啦！当局指控她组织学潮，已将她押到提篮桥关了整整两天！

外婆说的大囡便是我的母亲沈国丽。我如今怎么都无法想象，年轻时文弱秀丽的母亲竟是上海解放前学生运动的风云人物。

这一来，沈慰堂是真正着急了，将手里的皮箱交给柳嘉宜后，乘上一辆黄包车便径直朝旧上海市政府赶去。

时任上海市长吴国桢的两位秘书，都未能拦住沈慰堂的横冲直闯。吴国桢见沈慰堂满脸怒容地走进办公室，只好站起身迎上前说：

慰堂兄，好久不见呵。

别跟我客套。沈慰堂说：你立刻给我放人！

放人，放什么人？吴国桢表情有些尴尬地打起哈哈来。

我女儿已在你的监狱里蹲了两天，沈慰堂忿忿地说：你凭什么抓人？

噢，是说令爱的事情啊……吴国桢思忖着，不知来者究竟有什么底牌，突然天兵神降地冲进了他的办公室。

就算她闹学潮，反饥饿，要民主，这又有什么大错？沈慰堂愈说，声音愈响亮起来：前不久上峰来整顿经济，不也是为了抑制物价，让老百姓吃饱饭，让战时的社会秩序不至于过分混乱吗？可你倒好，当市长管理无能，上海物价天天飞涨，一担米在一条马路从早到晚就会翻十个跟头，这岂不是逼着百姓和学生们要上街对你示威游行吗？

吴国桢被沈慰堂指责得脸上一阵红，一阵白，不得不无可奈何地叹了口气，说：

唉，慰堂兄，你真是错怪我啦。这案子是保密局插的手，说令爱是共产党，我怎么好为你开脱呢？

但证据呢？没有证据就是诬陷！沈慰堂虽然心里一惊，却还是义正严辞地说：你要知道，诬告是必须反坐的！我会立刻回南京，去委员长面前把你们这帮混账东西统统告倒！

吴国桢开始踌躇起来，他叫秘书泡了杯茶，把沈慰堂扶到沙发上，笑脸相迎地说：

好，好，慰堂兄，我们慢慢商量……

　　吴国桢与沈慰堂有过多年交往，是深知沈慰堂那一介耿直的脾性的。抗战胜利那年，许多接收大员自重庆回到内地后，五子登科，灯红酒绿，无论私人财产与国家财富都竭尽贪婪之能事。军统头子戴笠也欲火中烧，居然偷偷将后来在故宫博物院里的顶级国宝毛公鼎占为了己有。一些知晓此事内情的官员都敢怒不敢言，因为面对杀人如麻的戴笠，他们唯有将保住自己性命当作毕生头等要务。而我的外公沈慰堂得知此事之后，偏偏热血沸腾地冲到蒋中正面前说：委员长，我不管戴笠抗战时有多大功劳，但他今天贪赃舞弊，将国家利益和私人利益混同一气，则必须受到党纪国法的严惩！蒋中正无奈，只得命令戴笠退回了毛公鼎。虽未予以严惩，却也是当着面将戴笠狠狠地训斥了一番。因此很多年后，当台湾的台北故宫博物院落成，我的外公沈慰堂出任首任台北故宫博物院院长，众多天南海北的游客来台北故宫博物院参观时，毛公鼎便成了他们流连忘返的最珍贵的文物之一。只是他们都尚不知晓我外公当年是冒着怎样的生命危险才将这尊毛公鼎保护下来的，若不是后来戴笠飞机失事，若不是国民党很快地兵败如山倒，我的外公沈慰堂很可能已成为戴笠麾下的杀手们打黑枪的对象。或早已在一个风高月黑的夜晚，神秘地死亡于他住宅的书房里……

　　此时，吴国桢又想到十年前，自己刚出任重庆市市长，面对数百万难民一下子涌进陪都，使得重庆立刻寸土寸金，自己几乎每天都要为土地和住房问题焦头烂额。偏偏这关键的当口上，沈慰堂又来忙中添乱，坚持要在两浮支路上动工兴建中央图书馆重庆分馆。两人争得不可开交时，吴国桢忍不住说了一句：慰堂兄，这都什么年头啦？战争还在继续，难民还在增加，又有多少闲人会有心思去你的图书馆读书？

沈慰堂理直气壮地回答：即便是战争年代，一个民族也要有自己的图书和文化！后来，朱忠信闻讯出面，对两人的争执做了仲裁，不客气地批评吴国桢说：你当市长的眼光必须放远点，这块地皮规划图书馆并不浪费，等将来抗战胜利了，我们重庆不还是要有自己的图书馆吗？于是吴国桢唯唯承诺，直至到市政府召开的土地分配会议上，他居然还成了沈慰堂动工计划的支持者。

因而面对我外公沈慰堂这样恪尽职守、清正廉明、得理不饶人，在国民政府文官系统内还享有很高威望的官员，吴国桢素来觉得自己是要矮一截的。他生怕这次逮捕我的母亲沈国丽如没有充分证据，外公又气势汹汹地到蒋委员长面前参奏一本，那么自己这个市长的位子便肯定朝不保夕了。当年任重庆市市长时，因为隧道事件，许多逃进隧道躲避日本鬼子飞机轰炸的市民，由于隧道口堵塞，发生相互踩踏、窒息而死，现场留下一片黑压压的尸体的惨状，吴国桢立马被国民政府撤职查办。官场里墙倒众人推的滋味，吴国桢还是深深领教过的，现在想起来都不寒而栗。于是在外公的威逼之下，吴国桢不得不亲自出面与保密局协商通融，最终还是无奈地将我的母亲从提篮桥监狱放了回来。

因为母亲身份的暴露，这天傍晚，母亲便接到地下党组织通知，让她与另一位年纪较大的男学生化妆成夫妻，坐三轮车到十六铺头，然后便悄悄地偷渡到江北解放区去了。临行前，母亲只是对外公说要去乡下避避风头。外公没有阻拦。外公本来就不想让母亲在学潮中卷入过深。但外公尚未想到的只是和女儿这一别，竟成了永诀。此后的几十年里，父女俩天各一方，竟再也没有了相聚和相会的机缘。

母亲去江北解放区开展工作的地方，正是我如今即将从临江市经济开发区主任这个岗位上退休的地方。而我万未料到的是多年未见的小舅沈邦安居然摇身一变，成为腰缠万贯的台商，对我打电话说是他很快就要来临江市开发房地产了……

20世纪90年代至本世纪初

1990年秋天，我的外公沈慰堂刚去世，小舅便悄悄变卖了外公唯一的房产，对他妻子徐巧玲说：我们分手吧。大陆如今已改革开放，我准备回大陆做生意去了。

外公退休前，住的是政府分配给他的官邸，家里还有专职的保姆和司机。但外公明白，自己一旦退休，不仅保姆和司机拔腿走人，并且房子也必须交公。外公一生是很清廉的，所有的薪水以往除每月通过香港的朋友寄给外婆之外，便是积蓄起来购置了这幢他安享晚年的小楼。小舅与徐巧玲结婚之后，也是一直住在外公这幢小楼里的。小舅是1983年海峡两岸刚通邮时，有幸被中共中央统战部列入第一批可以去台湾省亲的名单，才喜出望外地有了机会去台湾与外公团聚。此后的好多年，直至外公病故，他便赖在那个早就向往的天堂里再也不肯回大陆了。

初到台湾，一些巴结外公的下属见小舅四十多岁了还光棍一条，便纷纷讨好地来外公家里提媒说亲。徐巧玲便是这时候被外公相中的。徐巧玲的父亲是个小官僚，家境颇为殷实，因为向来仰慕我外公的社会名望，便很乐意地将这门婚事顺水推舟了。当然，徐巧玲当时是外公相中的，小舅当时是否相中，便是另一回事情了。据说小舅与徐巧玲成家后一直嫌徐巧玲木讷、缺少浪漫，长相虽有几分秀气，却不算顶漂亮，于是他下班后仍常与其他女朋友轧马路，喝咖啡，上舞厅。待此等不着调的事传到外公耳边后，外公很生气地对小舅说：

你不要昏了头！想要安安生生过日子，就要找巧玲这样规规矩矩的女人！况且你比人家还大了十几岁，人家哪半点配不上你？

确实，小舅成家之后，徐巧玲一直对小舅百依百顺。在家相夫教子，买菜购物，精心伺候老公公。从外公给外婆的来信里，亲戚们都得知外公对这位儿媳妇很是称心如意。

眼下，见沈邦安恩断义绝，徐巧玲便很痛苦，结结巴巴地说：

你要是真把公公的房子卖了，我们母女俩又住到哪里去呢？

沈邦安说：这我不管。你回娘家去住也行，到外面租房子住也行，反正我已把足够你们母女俩五年的生活费存到你的户头上了。

徐巧玲一听，惊愕得尖叫起来：哎哟哟！五年的生活费打发叫花子啊？还不够我陪嫁的钱呢！你这个没良心的东西，不想想你刚来台湾那年，很长时间找不到工作，又打肿脸充胖子地不敢伸手找你爹爹要钱，如不靠着我娘家的接济挺了过来，你能混成今天那副人模狗样吗？

仅凭着一张教育学院进修的文凭，并且已到四十多岁的中年了还未有过任何建树，小舅初到台湾求职时四处碰壁的窘相是可以令人想象的。若不是最终外公抛下老面子，为他在图书馆的资料编辑室安放了一张办公桌，平日替别人干些抄抄稿子印印资料什么的杂活，小舅根本就不会领到一份还能够养家糊口的薪水。一辈子从未以权谋私的外公，终于晚节不保，就是因了他这个不成器的小儿子。

在徐巧玲哭天喊地的眼泪与哀求中，沈邦安还是狠了狠心，买好机票，踌躇满志地朝大陆飞来了……

　　小舅起初在生意上频频得手，应该说他还是很有些经商头脑的。更主要的是靠他一股强烈的翻身感。曾经因了外公复杂的历史背景而失去考大学的机会，又有过成为走资派的姐姐与姐夫的弟弟或小舅子的那些日子，加之他后来也由于在建工学校偷听美国之音被校工宣队打成了牛鬼蛇神，这一切人生的屈辱和压抑，在他看到了一个腰包里鼓满了钱就能是人上人的年代突然于眼前出现的时候，他肯定会以一种痛痛快快的宣泄去放手一搏。光脚的不怕穿鞋的，他们最具有"革命"的勇气和坚定性。况且九十年代初的中国遍地是黄金，只要腆起脸，扔得下斯文，不痴不傻，俯下身去拎都保管会有收获。

　　起先的发财，小舅是投资了一种节能的灯泡。租了几间里弄小厂原本糊纸盒的厂房，安装好设备，小舅便糊涂人胆大地干了起来。不料，市场前景灿烂，订单雪片般飘来，生产应接不暇，小舅很快便舀到了第一桶金。有了这些钱垫底，小舅胆子就更大了，开始向刚刚兴起的股票市场进军。小舅根本没兴趣像证券交易所里那些整天盯着大盘翻红变绿的老头老太那样只辛苦挣几个小菜钱，小舅恨不能自己的财富几天内就翻几个跟斗。于是小舅发现只要连夜排队在证交所门前买到原始股，二级市场开盘后股价扶摇直上，几天翻几个跟斗的愿望便不是没有办法实现的。但上海本地的原始股太难买，上海人都像小舅一样精明，小舅觉得跟他们在一起耗时间实在是得不偿失，反正自己比他们财大气粗，还不如直接雇几个马仔去外地企业收购原始股。于是什么咸阳的彩虹股份、绵阳的四川长虹、哈尔滨的哈药股份、福建的福耀玻璃，其原始股都有过小舅的染指。天南海北只要有上市企业的城市里，也都留下了小舅派去的那些马仔的足迹。当年外地上市企业的工人们确实比较愚钝，不知道攥在手里的金子的贵重，本来便是被企业动员了才买的原始股，老大不情愿，所以一见有变现的机缘，还未等那些小马仔加价，便倾其所有地抛售了出来。小舅乐得狮子大张嘴，一下子腰包就变得鼓鼓囊囊的了。如果说当年上海股市还传出过靠智慧炒股而成为杨百万的神话，那么小舅从股市积攒起的财富比之于杨百万，便已经是好几个杨百万了。每每见自己手里的一只原始股在二级市场上涨到满意的价格，小舅抛出手狠赚一笔之后，都会爽气地把他的马仔们领到一家豪华的酒店聚一起高高兴兴地吃喝一顿。端起酒杯之前，小舅都会不无得意地说：

怎么样，跟着我爷叔做，你们每个月的薪水总要比在里弄小厂高几倍吧？

对对对，爷叔发大财，我们发小财！……

马仔们一个个站起身，纷纷乐呵呵地向我的小舅沈邦安敬起酒来……

那时，上海刚起步了房产交易，房价也远非今天这样比纽约的曼哈顿还要贵，而是比小舅在台北的房价都要便宜，于是小舅毫不犹豫地在市中心地段的南京西路，离着江宁路的大舅沈国安不远，买下一套公寓，装上一部电话，便俨然以一个台湾商人的身份正儿八经地做起各种生意来了。更何况上世纪九十年代全面开放的上海，比之于台湾，一点都不逊色。舞厅、夜总会、桑拿房、录像厅，一应俱全，让已经富起来的小舅如鱼得水，真正感受到上海比台湾更像一个天堂。在台湾，外面花天酒地回家晚了，起码还有徐巧玲的唠叨，还有很是道学先生的父亲那种监督的目光。而如今倒好，即便领着一个邂逅的有姿色的女人去他那幢公寓里过两天露水夫妻的生活，又有谁知晓或又有谁会对他横鼻子竖眼呢？

逢上节假日，小舅出门去走亲戚，也变得出手阔绰，各色礼品总是拎得大包小包的。特别是去淮海路姨婆家，他总是吩咐出租车司机要将车子开进那条很窄的勉强能由车辆通过的弄堂，直至驶到姨婆家那幢花园洋房前，他才肯下车付钱。彼时，姨婆的那位先生，新中国成立前的建筑设计公司的老板刚刚过世，姨婆的晚境愈发寂寞，于是每次看到小舅去，老太太都格外高兴，都会不要保姆动手亲自下厨，做几样很费功夫的精美菜肴让小舅品尝。当然，小舅也是格外记住姨婆对他的恩情和热情，要不然，他给亲戚们提去的大包小包里，为何送姨婆的那份礼物总是显得最为珍贵呢？姨婆的家是一个亲戚们的中转站。不少亲戚其实也和小舅一样，不忍心看着老太太晚年顾影自怜，所以经过淮海路时只要有空，都会弯到姨婆家里闲坐片刻。而这一坐，姨婆的话便在亲戚们中间传开了：

哎，你们看，邦安现在蛮风光的噢，台湾商人，钞票大概赚得无底洞，每次来都是小汽车进弄堂，送给我的一只野山参就要两千多块钱呢！

但很多年前，我记得，外婆曾不止一次地让小舅陪同她去过淮海路姨婆家。那时我才五六岁光景，就坐在外婆的膝头上，每次三轮车穿过弄堂在姨婆家门前停住，要付车钱时，已经开始工作并有了薪水的小舅总会在口袋里抠抠索索地掏半天，然后不好意思地对外婆说：

娘，我今天皮夹子忘带了。

每次总是外婆付车钱。

首先对小舅的发迹，对小舅自台湾回来后生活有了翻天覆地的变化而引起注意的是大舅沈国安。1996年春节，我从工作的皖江市回上海探亲，听见大舅当着母亲的面说：

阿姐，你晓得邦安的底细吗？他从哪里弄的钱来上海投资？是不是早把爹爹台湾的房子卖了才有做生意的资本？

我不知道。母亲说，你最好去问他自己。母亲素来对这种事情不会有追究的兴趣。

我的父亲江宝顺则在一旁以不失公允的口吻插嘴说：国安，我看邦安能从台湾回大陆投资经商，这件事做得挺有魄力。你们沈家出了太多的读书人，就是缺少商人，这不符合如今党的政策啊。小平同志不是说了嘛，要让一部分人先富起来。我看，你再过两年也要退休了，不妨跟邦安一起做做生意，等将来发了财，我们大家都好跟着沾光。

父亲刚刚办完离休手续，但他离休之后读书看报，看他这一级离休干部才能看到的相关文件，仿佛比以前更加仔细认真了。

见姐姐和姐夫都没有平分外公遗产的心思，沈国安有些掩饰地打起哈哈来：

对对对，只要邦安先发财，我们大家就跟着他奔小康啦！

倒是我的妹妹江建设听出了大舅最初探问母亲那番话里的弦外之音，便边织着手上的毛衣，边神情严肃地冷不防冒出了一句：

我看，小舅的钱是好像来路不明。如果他真的瞒着我们卖了外公的房子，独吞了外公的财产，那就丧尽天良，我一定要去法院告他，让他乖乖地吐出来给我们平分！

你胡说什么！父亲朝建设呵斥道。

宝顺，沈家的事你也不要介入太深了。母亲语气平静地对父亲说。其实，母亲心里明镜似的，只不过她不愿为兄弟姐妹分财产的事闹得沸沸扬扬，不愿在亲戚中间流传沈家兄弟为分财产撕破脸的闲言碎语。况且她工作一辈子，从未有过个人财产这个观念，更哪里谈得上还会有发家致富的远大抱负？而父亲虽然在家中威风八面，在单位发号施令，但他对母亲的话还是言听计从的。娶到了母亲这样上海大户人家出身的漂亮温柔的大小姐，他一直认为是自己这个山东农民前世修来的福气。于是母亲此刻仅这么淡淡的一句，父亲便立马闭嘴不作声了。

母亲的话则使江建设有恃无恐，她不依不饶地对沈国安说：

大舅，哪天你把小舅喊过来，我们来个三堂会审，看看他会不会说出外公财产的真相？

我很理解建设急于在外公的遗产里分一杯羹的念头。建设是1974年高中毕业的，那时父亲和母亲刚要摘去走资派的帽子，刚要从农场回到上海，结合进他们各自单位的革命委员会领导岗位工作，但小舅偷听美国之音后，向单位同事传播了一些污蔑政局的消息，小舅经不住被学校工宣队关押时的审问，居然招供出这些消息是从当走资派的姐姐和姐夫那里听来的，于是沈国丽和江宝顺又重返农场，重新住进牛棚，重新被戴上了屡教不改的走资派的帽子。缺了父亲母亲的照顾，特别是缺了父亲那张曾经是有权势的社会关系网的庇护，建设高中毕业走上社会时，虽然因为我已经去安徽农村插队，她可以按政策留在上海，但只是去了一家集体所有的街道小厂当了一名糊纸盒子的工人。后来街道小厂倒闭，建设只能待在家里买菜烧饭。亏得她自学了一门财会专业，顺利通过了会计职称考试，如今总算可以坐在家里为好几个企业代账，收入也不算少。但自从大前年，为老公生了一个儿子，上海人把儿子养大再成家，这一路究竟要花多少钞票的计算，建设心里还是很拎得清的。建设不像我。建设有一种紧迫感。在我插队落户后被上调工作的临江市，城市是因新中国一家特大钢铁企业的兴办才诞生的，城市居民大都是来自天南海北的产业工人组成的家庭，城市居民间的贫富差距根本就不明显。这不像上海人，从上一代起就明白了什么是花园洋房的生活，什么是棚户区靠油毛毡和石棉瓦挡风避雨的日子。于是我望着如今上海人已时兴穿羊毛衫，建设却还在一针一线地编织着她手头那件不算时髦的毛线衣，便领略到建设要为过她的日子付出一番怎样的辛苦和工于心计。

当然，大舅沈国安对外公遗产的觊觎，也自有他的一把算盘。大舅是一直盼望他的独生子，也就是我的表弟沈源日后能考上一所名牌大学，能成为一位功成名就的大学问家的。就像外公当年曾盼望大舅能替沈家光宗耀祖一样。八十年代末的上海，国门敞开，已涌起了一股可以自费去国外留学的潮流。据说有中介机构黑吃黑，当年涌去人群最多的地方是日本。那些去日本的留学生不惜靠吃便当，靠住地下室，靠贩地摊服装，甚至不惜去替死者家属背尸体挣钱，虽然日语念得洋泾浜，但回到上海后一个个都财大气粗起来。毫无疑问，我的大舅是绝不屑于自己儿子去那种地方留学的。大舅真巴不得沈源也能成为外公一样的柏林大学的哲学博士，或成为姨婆那位已故的先生一样的宾夕法尼亚大学的建筑系博士。姨婆的老公虽然回国后经商了，但他曾是梁思成的校友，是货真价实的建筑专家。宾夕法尼亚大学的建筑系比之于清华大学的建筑系，其名气在世界上无疑更为响亮。而这一切都是离不开经济实力做保障的。缺了几十万元去美国或德国的学费与生活费，沈源怎样才能圆大舅望子成龙的梦想呢？如今钱月娥家的七张嘴巴尽管不会排着队来骚扰大舅了，但大舅和钱月娥都是工薪阶层，在九十年代的上海要猛然拿出这几十万元的钞票，绝非是件容易的事情。于是大舅不得不在小舅身上打起算盘来了。开始，大舅的话说得还是蛮客气的：

邦安，你看看，你现在股票炒这么好，生意做这么大，等沈源将来去爹爹读过的柏林大学留学，你这个当爷叔的是不是要赞助一下？

没问题。沈源留学的事包在我身上了！小舅倒一点也不显出小气。

小舅的天性就是经不住别人哄。当大舅几顶高帽子往他头上一戴，说他天生就是经商奇才，脑子如何如何聪明，目光如何如何远大，小舅便有些飘飘然了，忍不住漏了一句：九十年代初我刚来上海投资，口袋里不过只装着卖掉外公房子后的几百万元新台币，而眼下几百万新台币已变成几百万人民币啦！

发现自己已说漏嘴，小舅的脸色在大舅面前顿然有些尴尬，忙亡羊补牢地说道：

阿哥，这个底细你晓得就算了，千万不要再对阿姐说。

那是那是。大舅见目的已经达到，绝不逼人太甚，笑呵呵地回答：

你放心，我不会告诉阿姐。再说他们两个离休老干部，平常钞票根本用不掉，哪里还会惦记爹爹的遗产呢？

但此时大舅对小舅的感激之心已荡然无存。他明白，即便将卖掉外公房子的那五百万新台币由三位兄弟姐妹平分，他拿到其中属于自己的一份，也是可以出得起沈源去国外留学的学费了。并且后来只要沈源从柏林打电话回家说：房租又涨价了，伙食费又涨价了，或者又买了一部时新电脑，大舅会统统拿着这些账单去小舅面前报销。对于自己如此揩弟弟油的举动，他情感上已不会有任何的负疚。

1945年

在我前文提及的有关毛公鼎的故事，我是从大舅沈国安那里听来的。大舅不仅精通一般的古汉语，并且对金文、甲骨文，及一切难以揣摩的上古文字都有着强烈的兴趣。所以对充满了学究气的故事里的外公，还有前后几位毛公鼎的收藏者与抢救者的掌故，他才会记忆得那么清楚，才能对我讲述得那么津津乐道与眉飞色舞。

毛公鼎，两耳三足，全器高53.8公分，口径为47.9公分。清代中叶道光二十三年（公元1843年）间，出土于陕西省岐山县。毛公鼎在西周宣王元年（公元前827年）建造。建造者为宣王的叔父毛暗。该鼎腹腔内铸有32行500字的铭文，经孙诒让、王国维、董作宾等多位大学问家的先后考证，所有文字已经通读，确定其内容为西周晚期宣王力图中兴之事。因此这件铸造讲究的青铜器不仅是稀世国宝，而且也为中国上古信史的研究提供了珍贵的文献。

1945年8月底，日本刚刚宣布投降，重庆街道庆祝抗战胜利的鞭炮硝烟尚未散尽，我的外公沈慰堂便受朱忠信先生重托，出任国民政府教育部的特派员，去上海和南京接受敌日与汪伪主办的所有文化教育机构。

毛公鼎被侵占的猫腻便是外公在那些日子里发现的。

那些日子，外公忙得喘不过气，那双从重庆穿来的半新的皮鞋早已在上海的马路上走得磨掉了脚跟。每天早晨七点钟准时出门，总要忙到深更半夜才能回家，吃上一口外婆用炉子的微火温热着的饭菜。

外公外出的时候，家里的客人却多了起来。有送礼的，有送钱的，有送金银珠宝的。还有人不敢敲门，便将外表裹得很厚实的礼包直接扔进了万宜坊寓所的天井里。外婆总是连推带劝地将这些来客驱之于门外。外婆将他们驱之于门外时反复唠叨着的一句话便是：

对不起，对不起，我们家从来不收陌生人的礼。

外婆从家中那些日子的变化里意识到了外公此次回上海使命的重要性。也意识到若收了这批来访者的礼，外公这辈子最重视的名节便肯定被玷污了。这些曾在汪伪政府做过事的人，都生怕特派员外公去他们各自的机构甄别身份时过不了关，所以才会来通过提前打点而试图得到外公的通融。

教育部门员工身份的甄别还算顺利，但在接收各文化机构的物资财产时外公遇到了很大的麻烦。部分文化机构拥有收藏。古董、字画、善本图书都在其列。但他们对外公提供的物资清单避重就轻，克斤扣两，名贵的物件根本不予在清单里显示。这其中就包括毛公鼎。因为戴笠的军统早已派出许多特务提前来上海接管了这些文化机构，因此他们根本不畏惧我的外公才是真正代表国民政府来接受文化资产的。沈慰堂的工作开始变得步履维艰。常常是上午十点，他赶到第二家文化部门调查，部门的负责人却已下班回家，早不见踪影了。其他一些部门负责人也都对他敷衍扯皮，能拖就拖，摆出一副死猪不怕烫的架势。无奈沈慰堂只得向身在重庆的教育部长朱忠信打电话哀叹了苦经。朱忠信则在电话里坚定地说：

毛公鼎的下落必须查明。此系国之重器，贪匿者无论官职多大，后台多硬，一经查明，政府定法办严惩！

情急之中，沈慰堂想起了叶恭绰。这位学识渊博的收藏家，一度曾是毛公鼎的收藏者，说不定如今还会知晓些毛公鼎的线索。于是沈慰堂便去叶恭绰家登门求教了。

自 1940 年初那次共同的抢救文献图书之后，沈慰堂与叶先生是一直有书信或电文联系的。

叶恭绰染恙正在家中休养，闻沈慰堂来拜访，甚是高兴，忙下了病榻将沈慰堂迎到客厅里。

在与叶恭绰的交谈中沈慰堂得知：毛公鼎第一个得主为山东潍县人陈介祺，字寿卿。陈介祺是清代中叶名臣陈官俊之子。三十三岁那年，陈介祺考中进士，官至翰林院编修。当时，陈介祺也是金石赏件的收藏名家。咸丰二年（1852 年）春，陈介祺四十岁，从古董商人苏亿年手中以千金购藏毛公鼎，极其喜爱，钻研后对铭文做了一篇释文，著有一篇《毛公鼎记》。他还专铸两件伪器，供乡人借祭，而真品秘不示人。陈介祺于光绪十年（1884 年）去世。至宣统两年（1910 年）陈氏后代将毛公鼎卖给满族大臣，直隶两江总督端方。第二年，辛亥革命爆发，端方在四川被杀，毛公鼎由端方之妾质押给天津俄国道胜银行。民国十五年时，质押北平大陆银行，再由叶恭绰同另外二人合资购藏，后二人退出股份，毛公鼎便由叶恭绰独自收藏了……

叙述到此，叶恭绰呷了口茶，叹息着对沈慰堂说：

唉，为这毛公鼎，我这前半辈子真是吃尽了苦头！

原来，1937 年抗日战争全面爆发，上海沦陷，叶恭绰转赴香港，不及运出的毛公鼎及其他藏书藏品则留置于上海老宅。美国人、日本人均拟高价收购毛公鼎，却被叶恭绰一口回绝。而此时叶恭绰的姨太太潘氏却乘着战乱生起贪心，妄图侵吞叶恭绰的藏品和家产，于是向租界法院提起了诉讼。叶恭绰闻讯后，急电正在西南联大任教的侄子叶公超火速赶往上海主持讼事。叶公超曾留学于英国剑桥大学取得文学硕士学位，回国后做过清华大学外国文学系教授与暨南大学外国文学系主任，学贯中西，博古通今，对收藏与鉴赏都颇具眼光。接到叔叔电报之后，叶公超立即从昆明绕道香港，准备再从香港乘海轮赶赴上海。途经叶恭绰家时，叶恭绰对叶公超反复叮咛：

我把毛公鼎交付给你了，绝不许你用它变卖、典质，更不能让它流落国外。等抗战胜利后，我们一定有机会将毛公鼎捐献给自己的祖国！

叶公超抵达上海不久，不料讼事上败下阵来的姨太太潘氏竟丧心病狂，向日本宪兵队密告了叶家一直藏有国宝毛公鼎，于是几个荷枪实弹的日本宪兵气势汹汹地闯进叶恭绰家翻箱倒柜地搜查起来。搜查之初，日本宪兵们先搜出了几张字画与两支手枪，这便转移了他们的注意力，认定叶公超是重庆政府派来的间谍，便将叶公超押回宪兵队监狱囚禁起来。在狱中经历了四十几天审讯与拷打，叶公超既未承认是重庆政府派来的间谍，说两支手枪购买于香港黑市，仅为防身之用；更未对毛公鼎吐露半个字，说那是他叔叔藏匿的，自己全然不知藏匿的地方。后来，叶公超贿赂了狱中一位汉奸狱警，让那位狱警通知叶恭绰家人，说是需要赶紧制作一尊毛公鼎的高仿。因为这件仿品交上去日本人不识真伪，叶公超便拖着伤痛之躯出狱了。待养好伤，叶公超又冒着生命危险将毛公鼎带上海轮，一路风急浪高地赶往香港，将毛公鼎亲手递到了叶恭绰的手中……

得知毛公鼎还有如此惊心动魄的历险，沈慰堂随着叶恭绰的话音也禁不住唏嘘了一番。

故事还没完呢。叶恭绰继续对沈慰堂说：

　　不久，太平洋战争兴起，日本兵占领了香港，我看香港也不是可以久留的地方，便又携带毛公鼎返回上海了。那时候上海的法租界比之于香港，相对还要安全一些。但一路颠簸，加上对毛公鼎的运输也费尽心思，回到上海我便大病了一场。但此时我已少有积蓄，家里的藏品除被日本兵搜走之外，还被姨太太潘氏偷偷地卷走了一些，最值钱的东西就剩下手里这尊毛公鼎了。为住院治病，无奈之中，我只得将毛公鼎质押于银行。不料，等我病愈之后，尚不及筹集资金将毛公鼎赎回，银行方面便通知我说毛公鼎已被上海滩有名的巨商陈咏仁以三百两黄金收购。气急之下，我吐了口血，脑梗发作，于是又重新住回医院……

　　听叶恭绰说到这，沈慰堂头脑里蓦然有了些思绪，忙问道：你说的这个陈咏仁，是不是上海滩的五金大王，还做进出口生意，和日本人及汪伪政府都打过交道？

　　叶恭绰说：正是他。

　　沈慰堂又问：报纸上不是登过消息，说陈咏仁找到前清学务大臣张百熙之子张子初，托张子初转告第三战区司令长官顾祝同将军，说他愿意向政府捐献毛公鼎吗？

　　叶恭绰说：不错，他还和我及收藏界另外几位知名人士向全国发过通电，郑重声明毛公鼎未来必将属于政府，属于国家。

　　沈慰堂说：你和他不同。你是文化人，收藏毛公鼎是出于对一个民族的历史和文化的尊重。而他不过摆出副姿态罢了。有哪个商人会无利不早起，会不为发财用尽心计的？如果不是眼看抗战就要胜利，他惧怕被扣上汉奸的帽子，惧怕政府对他昔日的劣迹以国法惩处，他会乖乖地交出毛公鼎吗？

　　叶恭绰轻声说：对对对，慰堂兄在这件事情上真是看得入木三分。

那么如今毛公鼎的下落呢？沈慰堂紧接着问。

叶恭绰的神色黯淡下来，说：这我就不太清楚了。

那么陈咏仁的下落呢？沈慰堂继续问。

听说不久前被戴笠手下的人抓了起来。叶恭绰说：最近听说好像又被放了出来。

沈慰堂顿时兴奋地说：不错，这就有眉目了！

然后我的外公沈慰堂与叶恭绰先生商量好，如何电话将陈咏仁约到叶恭绰先生府上审问一番，以追究出毛公鼎最终的下落。果然，陈咏仁那些日子里做贼心虚，听说是代表国民政府教育部来上海接收文化资产的特派员沈慰堂约见，不得不硬着头皮到了叶恭绰先生家里。经不住我外公再三盘问，陈咏仁老实交代了他能得到戴笠的释放，全是因了他已将毛公鼎献给戴笠的缘故。

我的外公终于完成了他 1945 年到上海的使命中最棘手的一个任务。

外公立即以电文形式向朱忠信先生呈报。朱忠信先生又将水落石出的毛公鼎的下落报告给了蒋中正。委员长当即大怒，除吩咐侍从室马上发电报命令戴笠交出毛公鼎之外，还如我前文提及的那样将戴笠召回重庆，在他的办公室里把戴笠狠狠地痛骂了一顿。

亏得我的外公没有把柄落到戴笠手里。更亏得翌年戴笠便机毁人亡。

1998 年的清明节，小汽车行驶在上海通往浙江海宁的公路上。我是专程从临江市赶回上海，随沈家的亲戚们去海宁为外婆扫墓的。那时尚未有高速公路，正巧我和大舅沈国安同坐一辆车。在颠簸的一路上，我很惊讶于大舅竟然能将这个牵涉到那么多重要的年份和那么多重要的历史人物的故事，对我讲述得那样地条缕清晰和记忆完整。只不过当时心里很惋惜海峡两岸通航之后，大舅连一次去台湾的机会都没有，即便是外公逝世的 1990 年，他也没机会去，更不要说还去台北故宫博物院，看看外公亲自主持动工建设的那片建筑，浏览浏览他感兴趣的文献图书，考证考证那些他说得头头是道的古董与文物，或许还可以在他能背诵陈介祺撰写的《毛公鼎记》的毛公鼎前流连忘返……

2004年

从下午上班开始的市委常委会开成了马拉松。直至将近晚上七点，对峙的意见仍争执不下，会议室里仍不见有任何散会的迹象。

江援朝和众人一样，拒绝了肚子里发出的饥饿的信号，皱紧眉头，继续思考着他准备逐条反驳的意见。

江援朝明白，自己无疑是今天这会议开成马拉松的肇事者。

本来，代市长张锡林以为自己关于佳雨河景观带高端商品房开发建设的规划，是能够在会议上顺利通过的，但不料规划的文件刚通过投影仪的文字和图像放映完毕，便遭到了江援朝的第一个开炮阻击。

江援朝说：规划虽然很好，也使我们城市的住宅开发提升了一个档次，并且还有了一处可供市民休闲游乐的景观带，但如果我们是以先建景观带作为吸引开发商买地的条件的话，那么破土动工之后，沿河岸被拆的农民的征地补偿款，政府财政还会有充足的财力支付给广大农民吗？

张锡林说：这不要紧。国家开发银行答应过我们的一笔城市改造建设贷款，马上就要拨下来了。

江援朝说：这不行！城市改造贷款必须专款专用。我们这座城市以往几十年里，经济建设都有赖于皖钢这家特大型钢铁企业。如今钢铁生产虽然不景气了，但我们不能忘记这批和新中国一起成长的钢铁工人的汗水和劳动。上万户工人家庭，如今还有许多人住在老城区的危房里。我们已经对他们欠下了太多的债！因此当我们今天在拿到国家这笔城市改造的贷款时，应该首先考虑到去为他们改善居住条件而不是挪作其他用途。

会议于是陷入了僵局。

望着情绪有些激动却又条缕清晰地表达着意见的江援朝，代市长张锡林的内心很是恼火。他怎么也不会料到今天会议上第一个站出来反对自己的偏偏是江援朝。从今年初到临江市代市长开始，张锡林为了在明年市人代会上顺利地将这个"代"字抹去，他是很重视在常委中与同是山东老乡的江援朝套近乎的。张锡林的伯父与江援朝的父亲一样，都是山东南下老干部，只不过职位比江宝顺还要高，在临江市所处的这个省份当过十年省委书记。十年的一把手，经营的年头实在不算少了，如今他曾经提携过的那些部下都陆续坐上了省领导的位子，因此张锡林能从省城的一个排名第五的副市长突然空降到临江市当了代市长，这背后无疑是有一种非常可靠的背景。当然，对这些背景，江援朝心里清清楚楚，但他一点都不怵。反正自己也不指望靠张锡林的背景在仕途上继续升迁，那么还有什么杂念能使自己在此等关系到百姓生存的重大问题上放弃立场呢？更何况从小由母亲培养起的那种原则性，也使江援朝长期以来在工作讨论中不会轻易地说违心话。

就在会议陷入僵局时，江援朝曾感觉到上衣口袋里的手机发出过两次震动。但因忙于思考和发言，他都无暇去查看究竟是谁打来的电话，此刻反正该说的话都说完了，而会议结局也并非是自己个人意见能左右的，于是他便心安理得地掏出手机对那两个震动过的号码搜寻了一眼。

第一个电话是沈邦安打来的。

江援朝禁不住心里暗暗叫苦：小舅啊小舅，你为何不好好地在上海或者台湾安享晚年，却偏要跑到临江市来趟房地产开发这摊浑水呢？

小舅后来可能是被沈国安与钱月娥敲竹杠敲烦了，又抑或是怕我的妹妹江建设真的给他弄个三堂会审，让他独吞外公财产的底细在沈家的亲戚们面前败露无遗，因此便溜之大吉，离开上海悄悄地去浙江做生意了。本世纪初，我的外公沈慰堂如何成为中华民族国宝守护神的事迹在大陆已广为流传，特别是浙江海宁县。小舅以沈慰堂之子、台湾投资商的身份，足迹遍布家乡大地之后，便受到各地政府的父母官热烈欢迎。宴会一次比一次高档。礼品一份比一份贵重。游山玩水的景区一次比一次更开眼界。沈邦安真正感受到了什么才是人上人的滋味！从青年时代到中年时代心理上蒙起的那层压抑和憋屈的阴霾，终于得到了一场彻底的扫除和涤荡。但小舅尚不知当年各地政府的父母官的政绩都是需要用他们抓出的 GDP 来考量的。他们所有对小舅接待的热情，其实都是为了吸引小舅去当地投资，让小舅对家乡人民能有更多的回报。于是在那些众星捧月的晕晕乎乎的氛围里，小舅稍不谨慎，对海宁老家的一个新型农用车项目未经过周密调研，便于一次宴请后的醉意朦胧中，被当地官员簇拥到一个事先布置好的新闻发布会场。面前的照相机和摄影机晃得他眼花缭乱，身穿紫红色旗袍扭动着腰肢的礼仪小姐遍体散出的香水气味熏得他头昏脑胀，结果他稀里糊涂地就在那份投资协议上签了字。结果那款所谓的新型农用车根本打不开市场，销售日渐凋零，他的五百万元投资很快就白白打了水漂。

这是小舅从台湾回大陆投资的那些年里的第一次负伤。负伤后的小舅便败兴地返回上海过了一阵疗伤的日子。那些日子自然又是靠猎艳、泡妞、喝咖啡、会朋友打发时光。在有一天泡咖啡馆时，小舅忽然发现斜对面临窗的火车座坐着的一位头发梳得油光水滑、衣着雍容体面的上了岁数的男人，居然是自己小时候很要好的同学李家熊！小舅便走上前去与李家熊打起招呼来。毕竟过了数十年光阴，李家熊尚未立刻辨认出小舅。待一阵寒暄之后，李家熊也回忆了起来，便站起身与小舅亲热地拥抱，又向侍者要了两杯法国威士忌，两人碰碰杯，开始了整整一下午谈兴颇浓的话题。在交谈中，两人都知晓了各自的家境、"文革"中的遭遇，还有目前生意上的发展。人逢知己千杯少，若不是李家熊要履约去赶另一位朋友的饭局，两人几十年后的第一次会面肯定会延至那天深夜。临行前，李家熊对小舅说：

邦安，我看你也不要打一枪换一个地方了。做生意就像钻井，一口井钻得越深越好。

小舅和李家熊一起读小学时，就知道李家熊父亲是沪泰橡胶厂的老板，上海滩橡胶企业中的头一把交椅。李家熊那时候上学放学，都有家里一辆老式的雪佛莱轿车接送的，令当年的小舅好生羡慕。

小舅虚心地向李家熊请教：那依你看，我做什么生意好呢？

李家熊说：就做房地产。这符合政府目前的政策和未来的产业趋势。

小舅说：房地产的利润是很诱人，但听说拿地很困难，没有一定的关系，连门槛都入不了。我不像你在这方面已经有路子也有经验了。

李家熊听罢哈哈笑起来：你刚才不是说，你外甥在临江市当市委常委兼经济开发区管委会主任嘛，这么有力度的关系，你为何不好好利用一下呢？捧着金饭碗讨饭吃，你让我在一旁看着都眼红哟！

小舅的头脑里刹那间活络起来。

于是沈邦安便和李家熊合股来临江市开发房地产了。还是以沈邦安台资的名义注册公司的，可以在临江市享受三年税费减半的政策。这家浙沪房地产开发股份公司挂牌成立前夕，沈邦安派人专门给江援朝送来了请柬，但江援朝后来还是借故推辞去公司成立仪式上为之剪彩。对于沈邦安来本地做房地产生意，一半是出于母亲沈国丽的旨意，一半是出于江援朝工作的原则性，江援朝早在电话里向沈邦安有过约法三章：一、自己是经济开发区的管委会主任，只负责经济开发区工业项目的招商引资，无法牵扯到如何拿地皮那类业务中去。二、若是沈邦安要去规划局或国土局之类的相关部门办事，自己可以打招呼让熟人加快进度，但那只是前门，绝不是后门。三、更不要指望自己代为行贿疏通某两个关键性的领导人物了。而张锡林市长早把建设开发佳雨河景观带高端商品房的风放出去后，江援朝听说以沈邦安与李家熊合股的浙沪房地产开发公司，和好几家外地来皖江市投资的颇有实力的房地产公司一样，都跃跃欲试，红着眼睛瞄准了这块肥而不腻的大肥肉。由此，江援朝意识到沈邦安下午打来的这个电话，无非是想打探佳雨河景观带商品房开发项目究竟是否落实下来的消息。江援朝决定不回这个电话了。至多等沈邦安日后再询问时，他会淡淡地回答一句：

你如果看到报纸上公示项目了，那也需要公开招标。你就做好参加投标的准备吧。

从手机显示，第二个电话比第一个电话晚打来了一个多小时，已近黄昏时分。是佳雨河旁陶东村的蔬菜种植大户、村民陶知贵打来的。江援朝 1969 年下乡时，通过母亲沈国丽的介绍，曾去陶东村插队落户。那时候临江市郊外的佳雨河河水清澈，潺潺不息地流向长江，河边不远处还有一片连绵起伏的绿色丘陵，风景秀丽，物产丰饶。江援朝因与一位去江西插队的同学换了名额而来安徽落户，他彼时真正地感受到自己这个走资派的儿子能逃脱城市里喧嚣的"文革"浪潮，终于在佳雨河旁这片神奇的土地上得到栖息，并得到陶知贵一家热情关照，无疑便是自己三生有幸和福星高照了。如今几十年下来，陶知贵也早和江援朝成了经常往来的情投意合的好朋友。

可能是见江援朝未回电话，陶知贵等电话等急了，便又向江援朝发来一条信息。江援朝在手机里看到这条信息是这么写的：

援朝哥，听说要开发佳雨河住宅区，我们陶东村村民的房子就要被扒掉了，这是真的吗？

江援朝看罢这条信息，心情顿然沉重起来。

若论与陶东村的渊源，首先来自于江援朝的母亲沈国丽。当年沈国丽在上海领头闹学潮身份暴露，被组织上转移到江北解放区时，所在的地方正是佳雨河旁的陶东村。一日深夜，一股准备从江北撤往江南的国民党残余部队冲进陶东村，为补充给养向村民抢粮食抢牲口。那年，陶知贵的父亲陶大宝是陶东村的村长，在几个国民党士兵闯进陶家之前，他便让沈国丽套上一身褴褛的衣裤，并将稻草灰抹了沈国丽一脸，这才使一位国民党军队的少校盘问沈国丽时，尚未认出面前这位白净秀气的姑娘还是从上海学潮中转移来此地的大学生。于是沈国丽后来摘去走资派的帽子，重新走上工作岗位，家境又富裕起来时，江援朝每年回上海探亲，沈国丽都要亲自去商店买几样上海特产，让江援朝再返回临江市后送给陶知贵一家。虽然陶大宝那时已经病故了，但沈国丽始终没有忘记陶家曾经对她有过的恩情。特别是江援朝当上市开发区管委会主任之后，沈国丽郑重其事地吩咐过江援朝：

记住，凡是有陶东村村民来你那里投资办厂，你一定要全心全意地为他们服务。这是你的责任！

但现在，如果佳雨河景观带商品房的开发建设成为现实，陶知贵一家与陶东村的村民们真的面临拆迁，抑或拆迁后来开发商品房的就是中标的沈邦安为首的浙沪房地产开发公司，那么于这种矛盾的交织中，江援朝将陷入一种怎样的进退维谷呢？……

也就在江援朝这般沉重地思考着的翻江倒海里，一场马拉松会议开始出现了预示结束的信号。主持会议的市委书记郑维高说：既然今天会议有不同意见，我看，这项规划的通过，还是请在座的各位常委举手表决吧……

江援朝自然成了会议室里未举手的极少数。

这个结局自然也是江援朝事先就能预料到的。

只不过江援朝尚未预料到的是，他的小舅沈邦安的好日子也将从此结束了……

1951年

　　浅水湾的海风是湿润的。感受着傍晚海风湿润的吹拂，我的外公沈慰堂结束了一整天于香港大学的教学、研究工作，独自来海边散步时能体验到浑身有了一种轻松的释放。

　　夕阳的光照下，除了海里还有少数人游泳嬉水，沙滩上留下为数不多的散步的人群深深浅浅的脚印之外，周围的一切都显得那样的安宁与静谧。

　　1949年10月，沈慰堂结束了应联合国科教文组织邀请去欧洲各国图书馆考察与讲学的使命之后，大陆的蒋家政权已土崩瓦解，沈慰堂便不得不暂时栖居于香港。当时我外公的心情肯定是十分矛盾的：回大陆吧，新政府对自己这样一个曾为国民党政府死心塌地效劳，虽然那只是为祖国和民族的文化事业呕心沥血地劳碌，但新政权的执掌者们能够对他予以理解和宽容吗？然而回不成大陆，外公就将和妻子儿女们天各一方，或许今后永远都不再有团聚的机会……

　　我敢断言：外公那两年于香港短暂的逗留，其实是在等待着大陆的召唤！

　　暮色愈发浓重时，偶尔，沈慰堂会停住脚步，远望海天融为一体的尽头浮想联翩，心事重重……

　　每日独自的散步中，沈慰堂也总会发现离自己身边不远不近处，总有一位一袭长裙、秀发拂动、身材苗条婀娜的女子在与之并列。无意中转过脸去，沈慰堂能辨认出那侧影是系里年轻的同事林英琦。因为平日于历史系抬头不见低头见，沈慰堂散步时便与林英琦少有招呼和问候。不过，沈慰堂倒是听系里的男性同事传说过他们对林英琦的爱慕与追求，但林英琦似乎一直没有中意者。本来，林英琦也是从大陆来香港的，曾毕业于燕京大学，到港大教书后在学生中间很有口碑。自去英国剑桥大学攻读了博士学位，在国际知名学术刊物发表了几篇有反响的论文，再回港大后，一副心高气傲的模样，这便使系里追求她的男性同事们愈加小心翼翼了。

对于同样心高气傲并且有了家眷的沈慰堂来说，林英琦的存在并未引起他过多的注意。

但这天黄昏散步时，沈慰堂发现往常离自己身边不远不近处的那个婀娜的侧影忽然不见了，这便使他反而有了一种不适。好在走到远方沙滩旁的马路上时，沈慰堂看到林英琦正站在一棵棕榈树下，好像是为着迎候自己，妩媚的脸上正朝自己升起一层盈盈的笑意。

待走近了，林英琦主动招呼：沈先生好。

哟，林小姐，你怎么站在这里呀？沈慰堂有些诧异地问。

等你啊。林英琦对沈慰堂大大方方地说。

两人便一起走到了通往学校的砂石路上。

林英琦说：下午听了沈先生《孔子忠恕一贯之道释义》的讲座，真是受益匪浅。

沈慰堂从林英琦投来的目光中意识到对方并未有任何的虚饰与客套，便说：林小姐有什么可以指教的地方？

林英琦未答，只是反问：沈先生早年是攻读中国古代思想史的吗？

不好意思。我无非算个杂家而已。沈慰堂笑着说：当年在柏林大学攻读的是图书馆学的博士学位。

哎哟，难怪沈先生学问渊博呀！林英琦惊喜地说，神情中愈发对沈慰堂溢出一股仰慕与亲近了。

此后的一路上，林英琦凭着异常的记忆，居然将沈慰堂下午在讲座上的两段话大致不错地背诵了出来：

《论衡·问孔》说："忠犹爱也。"《说文解字》说："忠，仁也。"忠、恕、孝皆可以作仁爱讲。万物一样，无所不爱，仁道可推之极点，所以仁爱思想是孔子及儒家的基本思想……仁是爱，积极的爱是忠，就是"己欲立而立人，己欲达而达人"。消极的爱是恕，就是"己所不欲，勿施于人"。遵此而行，就是孔子所谓"吾道一以贯之"，也是孟子谓尽心知天……

天色渐渐暗了。前面砂石路上偶尔有格外磕绊的地方，林英琦都会情不自禁地伸出手来挽扶起沈慰堂。那年，沈慰堂已五十四岁了，但他尚能准确地感受到身边这位婀娜的女性那只温柔的手里向他传递出的真诚、善意，还有一种细腻的体贴。

翌日傍晚，林英琦早早地来到浅水湾，期待着散步的沈慰堂又出现于他面前。但令林英琦始料未及的是沈慰堂这天傍晚并未来散步，而是去距港大不远的天主教堂接受洗礼，成了一名真正的天主教徒。林英琦非常惊讶这位精通于儒家思想的老先生，怎么会突然变成了天主教徒？

后来，沈慰堂对林英琦叙述过原委，是受港大神学系那位龚士荣教授影响。希望这个世界人和人的关系更加美好，更加自由，更加平等……

林英琦睁圆眼睛望着面前这位老先生已如同脱胎换骨……

秋天过去了，湿润的海风迎面拂来已变得有些许的寒意。

海滩上散步的人影日渐稀少，唯有沈慰堂和林英琦每天还会在这里相遇，交谈，不紧不慢地行走……

这天的夜幕完全降临之后，他们才走出海滩，散步到回学校的砂石路上。快进校门时，沈慰堂不无怅然地对林英琦说：

林小姐，真的感谢你陪伴了我这么多时光。我会非常珍惜这些日子的。但从明天起，我就要离开香港，已订好机票，准备去台湾工作。

林英琦一下子便扑到了沈慰堂肩上，紧紧抱着这个比自己大了二十岁的男人说：不行！不许你离开！我舍不得你！

我的外公那时其实已接到了胡适先生的来信。胡适先生在信中邀请他去台北出任"中央图书馆"馆长，做他的老本行。外公早年就读于北京大学哲学系时，胡适与朱忠信先生一样同是外公的恩师。对于恩师的邀请，外公怎么好推却呢？但外公这一走，辞别的就不仅仅是爱慕着他的年轻女性林英琦教授了，更主要的还有离香港不远的大陆，及大陆那一家令他永远牵挂的妻儿老小……

小舅沈邦安从台湾返回上海时曾向我透露过：林英琦后来也辞去香港大学的教职，专程去台湾大学教书了，并很快在台湾入了天主教。虽然林英琦一度事业上如日中天，学术成就声名鹊起，但她始终未嫁，也未再与外公有过联系。直至上世纪 80 年代末小舅回上海时她仍独身一人。只是常常在星期天，她会去外公当馆长的"中央图书馆"阅览室消磨大半天时间。阅览室临窗的第三排座位，似乎有她的一只专用位子，看个把小时书之后，她便会边喝咖啡，边望着芭蕉与棕榈掩映的那幢图书馆办公楼，专注地想她的心事……

2005年

2005 年的春节，是沈邦安和李家熊都以一种愉悦的心情所期待的。不久前刚顺利通过了佳雨河景观带商品房开发的投标，又与他们选中的建筑商签了协议。经一位他们聘请的公司总工程师对图纸的审定，图纸上的房型设计使两位合伙的老板频频点头，高度肯定。接下来便是过了年，待佳雨河旁的村庄拆除完毕，浙沪房地产公司便可以正式举行景观带商品房的开工仪式了。因此离年关还有不少日子，临江市的企业和机关尚处于加班加点落实年前必须完成的工作时，沈邦安和李家熊已派人为各相关单位的头头脑脑送去过年的礼金，也为公司员工们分发了红包，然后浙沪房地产公司便关门打烊，提前在公司办公楼前挂上四盏"欢度春节"的大红灯笼，二人就满面春风地坐着一辆奔驰 500 轿车回上海过春节去了。

年初三，李家熊专门打电话请沈邦安去南京西路的"凯司令"吃西餐。

吸着雪茄望着南京西路上熙熙攘攘的人流，提前到达的李家熊已在"凯司令"二楼占据了一个可以临窗观赏街景的位置。

对于李家熊这样出身的人而言，"凯司令"是他自小便经常光顾的地方。上世纪 30 年代初，"凯司令"最早的店址在常德路，著名女作家张爱玲别墅的底层。经营的西点和德国菜在上海滩闻名遐迩。可惜李家熊那时尚未出世。后来店址几经搬迁，后来走出娘胎，当上沪泰橡胶厂老板家小少爷的李家熊，先是由父母领着，最终是独自享受，轻车熟路地很快便成了"凯司令"的常客。李家熊对"凯司令"的历史极其熟悉，他会在自己约请的任何客人面前如数家珍地说出：1960 年，"凯司令"的产品就在"全国西点技术比武观摩大会"上受到广泛好评，参加比武大会的公司代表受到过朱德委员长的亲切接见。其奶油裱花蛋糕与维纳斯精致饼干，曾二度获得商务部授予的金奖。在第十七届德国法兰克福奥林匹克烹饪大赛上，国家级大师边兴华精心制作的菜品又荣获了国

际金奖。1999 年，多层裱花蛋糕因其独特的造型和精湛的技
艺，竟然被载入了吉尼斯世界大全……至今，"凯司令"的吊
灯、餐具及印有英文店名的桌布、餐巾，仍保持着 1928 年该
店初创时的风貌，使许多老上海人一走进店面，便能感受到
一股浓浓的怀旧气息。即使是店里的服务员，也绝非其他西
餐店那么殷勤，你未挥手招呼之前，她们便飞快地走来；而
这里的服务员一般只是懒懒地站在远处，七嘴八舌地"嘎山
湖"（上海话，聊家常）。似乎她们也或多或少地懂得，"凯司
令"的员工该如何保持一副老贵族的风度……

　　尚未完全到正餐的时间，"凯司令"的店堂飘着一阵咖啡
与红茶的清香。李家熊先为沈邦安点了一份店里拿手的立顿
柠檬红茶，让沈邦安边喝茶，边就着一份甜而不腻的栗子鲜
奶油蛋糕开了开胃口。

　　李家熊坐一旁介绍道：喏，你看，此地的奶油栗子蛋糕
和其他店的就是不一样。其他店的都偷工减料，只是在奶油
上面撒些许的栗蓉。不像这家店的蛋糕上面要铺一层厚厚的
栗蓉，再在栗蓉上面浇很多的鲜奶油，所以吃起来味道就特
别爽口。

　　沈邦安朝李家熊笑着说：你真不愧是上海滩的老克勒。

　　正餐上来了。先是一份蔬菜沙拉，接着是一份茄汁海鲜
汤，一份蛋煎鲳鱼，最后是一份八成熟的 T 骨牛排。

　　李家熊客气地对沈邦安说：你如果觉得不饱，我再给你
叫一份配黄油和果酱的吐司。

　　沈邦安忙摆摆手说：足够，足够。哪吃得了这么多？

　　"凯司令"少有恋人或情人出没，一般是上海滩被称作
"饕餮男人"喜欢约朋友聚会的地方。沈邦安很能明白李家熊
今天专挑了这个地方请自己吃饭的含义。

望着面前这个"饕餮男人"刀法娴熟地将 T 骨牛排在盘子里切成精致的一小块、一小块，然后蘸着黑胡椒缓缓地送入嘴里，现出一副自然而然流露的优雅的吃相，沈邦安不禁想起几十年前与李家熊一起上中学时，李家熊书包中的点心，都是用一只小巧的饭盒装着一块奶油蛋糕或一份火腿夹心面包。而母亲柳嘉宜是从不会给他带点心的，只是在一个大饭盒里给他装满了中午逗留于学校吃的饭菜。并总忘不了叮嘱一句：邦安，一定要到锅炉房热一热再吃呀！至多是偶尔过端午节，柳嘉宜会从"乔家栅"买来的粽子里，挑出一只豆沙粽放进他的书包中。但真是三十年河东三十年河西，以往总觉得自己比李家熊矮一截的沈邦安，如今不也是彻底扬眉吐气了吗？即使这位新中国成立前的阔少，今晚不也得殷勤热情地请自己来"凯司令"这种地方吃西餐，并不得不忌惮自己这位公司法人存在的分量吗？

看了一眼窗外灯火阑珊中的南京西路上的车流和人流，终于能和李家熊平起平坐的沈邦安更是感到胸口间有一股"人上人"的豪气正迅速地上升，弥漫，荡漾……

一位笑容可掬的女服务员清除完杯盏狼藉的桌面，将环境重新布置整洁之后，为沈邦安与李家熊端上了两杯他们各自需要的"蓝山"和"卡布奇诺"。

呷了一口咖啡，点上雪茄，李家熊才开始进入今晚专门请沈邦安吃饭的话题：

邦安呵，关于公司的股本结构，我们俩是否还要再商量一下？……

这为啥？……沈邦安一怔。

李家熊不紧不慢地说：目前注册的总股本是五千万，你控股，占百分之五十一。但按照这个进度发展下去，等一期工程的房子竣工之后，如果销售款不能迅速回笼，你还能有资金拿第二期工程的地皮吗？

沈邦安顿然有些抓瞎了，结结巴巴地说：那我们不能等第一期工程的房子全部销售完毕，再去拿第二块地皮吗？

不能等。李家熊果断地说：你是不晓得做房地产这桩生意的窍门。只要当地政府的支持有力度的话，你就必须快马加鞭。不然政策一年一变化，形势一年一个样，市场经济说放就放，说收就收，一旦将来换了市长，新来的市长翻脸比翻书还快，根本不买现在市长的账，你还到哪里去拿地皮啊？

沈邦安承认李家熊的话确实有几分道理。

再说，房子是老百姓的刚性需求，你千万别怕卖不出去。李家熊继续开导沈邦安说，只不过销售有旺季，有淡季，我们在销售策略上动动脑筋就足够了。而土地不一样，属于稀缺物质，越开发越少，我们目前只有依靠张锡林市长的支持，多拍两块地皮拿到手里捏紧了，才可以真正地吃上一颗定心丸。

是呵是呵……那你看怎么办呢？……沈邦安心里开始乱套了。他深知公司如若扩张股本结构，自己便会处于下风。因为当年在浙江办厂折了一条腿，这次和李家熊合作已使尽吃奶的力气，哪里还拿得出更多的资金？但又不甘心眼看要摘到手的桃子丢失，于如此两难的境地中，他也只好听任李家熊出谋划策了。

见沈邦安已基本就范，李家熊显得胸有成竹地说：

依我看，等过了年，一回到临江，我们就把公司的总股本扩大到一个亿。你手里头紧没关系。剩下的缺口都由我负责填上。然后催促张市长赶快把二期工程的那块地挂拍了，我们还像前一次那样抱紧张市长的粗腿，就不怕这块地不会落到我们手里！

　　沈邦安是深知李家熊抱紧张市长粗腿这句话的含意的。上一次投标之前，两人正商量着如何打点张锡林时，李家熊不耐烦地对沈邦安一挥手，说：这种事就不需要你劳心伤神了，你根本拎不清！还是我独自出马，只要到张市长家走一趟，就保证马到成功！后来的结局果然如此。只是后来李家熊将一张二十万元的贿礼发票拿到法人沈邦安面前报销时，沈邦安方才明白李家熊仅靠十条硬盒中华烟便将张锡林搞定了。不过那每只烟盒里装的不是香烟，却是二十张一百元卷成香烟状的钞票。一盒香烟两千元，创中国名贵烟卷价格之最。一条香烟两万，十条香烟正好是二十万。但大家不知，在本世纪初的那些年头里，一个地方干部受贿二十万元并非是小数字。我也是在十年之后，从张锡林因为贪污受贿落马的案件材料中，看到张锡林最初是如何被这十条硬盒中华香烟打倒的典型案例。于是我这个常在河边走的人也不禁大跌眼镜，并暗自感叹资本家少爷出身的李家熊真不愧为天生是在市场经济里搏击风浪的高手！而尝到了这一回的甜头，沈邦安便对李家熊更加佩服得五体投地。沈邦安明白，自己做房地产道行浅，若不是李家熊罩着，方方面面都难以搞定。人家带着你玩，就是人家看得起你，就是你福星高照啦！因此即使李家熊今晚不请沈邦安吃西餐商量公司股本扩张，其实平日在公司业务的一些棘手事情上，沈邦安也早乐意对李家熊言听计从了。

　　当然，亲兄弟还是要明算账的。李家熊继续对沈邦安说：按你目前的出资比例，等公司股本扩张后，你只能占到三成。所以房子的销售利润你只能按三成股份分红。但你想想呵，房价利润空间这么大，就是按三成分红，利润也会在你的股本上翻两个跟头，你又何乐不为呢？

沈邦安心里迅速打一下小算盘，忙说：对对对……

但沈邦安转念一想，又说：三成股份，法人岂不是你来当啦？而公司是以台资名义注册的，三年里可以享受税费减半的政策，这个问题上一旦吃亏，你怎么考虑？

李家熊笑着说：这好办。我们两个老同学之间先不妨签署一份君子协议。这份协议只有你知我知，绝不公开。表面上，你仍然是台资公司的法人、总裁，但今后公司真正的操盘者应该属于我了。包括财权和人事任免权。你呢，不要再烦太多的神，只管到分红时数钞票就是！

沈邦安呷着咖啡，思忖了片刻，终于果断地说：好吧，就依你的……

对于我的小舅沈邦安而言，它是非常重视自己当台资法人这个面子的。年轻时为没面子吃尽苦头，现在好不容易当起"人上人"有了足够的面子，他怎么舍得把这份面子再白白丢弃呢？况且小舅是信任李家熊的。他认为凭着老同学的情谊，李家熊日后在销售利润分红时并不会让他吃亏。而他只要能够继续在临江和上海两地呼风唤雨，神采奕奕，面子十足，那便是他所希冀的最辉煌的人生！

但小舅啊小舅，你大错特错了！你已经落到李家熊为你挖好的陷阱里。未来你在临江市经历的一切，一定会使你在余生不多的时光里，重新思考"人生"这两个字究竟是怎样写成的……

1947年

自 1940 年为抢救江南各家藏书楼迫于生计而抛到上海黑市上的珍贵文献图书，我的外公沈慰堂结识郑振铎先生之后，两人便成了志趣相投与关系亲密的朋友。许多年间他们都一直互有走动和书信来往。

1947年初春，沈慰堂接到了郑振铎的一封来信。在信中，郑振铎说刚发现吴兴的一家藏书楼居然藏有明清两代的历书，沈慰堂便甚是高兴，决定从南京驱车前往，到上海约了郑振铎一起去吴兴查看与审定历书的版本，然后再以中央图书馆的名义予以收购。不料，车至上海市郊时，司机为避让迎面驶来的大卡车，发生车祸，沈慰堂当场骨折，便只得先住进了沪西一家美国人开的医院里。

郑振铎闻讯，便立即买了一些奶粉和水果之类的慰问品去医院看望。

初春的阳光很是明媚，从窗外射入，暖洋洋地洒遍沈慰堂的全身。窗台上摆放着两盆米兰，将一股淡淡的幽香飘散到病房里。沈慰堂正靠坐于身后垫得很厚实的枕头上，在聚精会神地校对着自己手头那份即将出版的《图书分类法》的校样。他并未察觉郑振铎已走进病房。直至郑振铎走近床边，他才扭头一看，惊喜地说：

哟，你来啦？

郑振铎满脸是负疚的神情，说：唉，沈先生，全怪我。要不是我告诉你吴兴张氏的藏书楼发现历书，你怎么会赶来上海，怎么会发生车祸，怎么会就把腿骨摔断了呢？

沈慰堂笑着说：不碍事的。骨头已经接上，拆了石膏，就可以下地走动。医生说，伤筋动骨一百天。一百天之后，我还是要和你一起去吴兴，一起去看看那些明清版本的历书。如确有价值，一定要把他们收购到中央图书馆的书库里。

郑振铎便于沈慰堂的床边坐下来。他顺手拿过沈慰堂正校对着的那份手稿，看了两页，待发现这份校样正是沈慰堂著的《图书分类法》时，便很诚恳地说：

沈先生，我对图书分类法也有兴趣呢，你这本书出版后务必要送我一本呵。

那当然。沈慰堂说：我还想请你指教呢。

岂敢？郑振铎忙摆摆手说：这方面你才是真正的专家。

两人叙说间，沈慰堂突然扭过身去，从旁边的茶几里拿出一个信函，递给郑振铎说：

这是我写好的一份准备呈报教育部的公文。以中央图书馆的名义呈报。今天既然你来了，就让你先看看。

郑振铎从信封里抽出这份沈慰堂亲自写的公文，第一眼看到的标题便是《为郑振铎所编中国历史参考图谱等书颇有价值，拟请教育部酌予采购》。郑振铎顿然被感动了，喉结抽搐好几下却半天说不出一句话来。郑振铎明白，唯有沈慰堂这样的政府文化官员，才能懂得什么叫学术，什么叫一个知识分子真正的学术水平，什么才是一本好书举世而皆准的价值。况且教育部若采纳了沈先生建议，真的发文下令全国各公立院校采购这些图书的话，那么郑振铎的版税便无疑要猛增好多倍。但这其中真正的获益者是郑振铎而非沈慰堂。于是郑振铎心潮起伏地想道：作为知己的沈慰堂，已不仅仅是一个乐意助人一臂之力的朋友，更是一位值得尊敬的政府官员啊！

但郑振铎尚未料到的是，沈慰堂向国民政府教育部呈报那份公文之后，接下来所发生的极其曲折的故事。

教育部有一位姓周的处长，平日与中央图书馆也有往来，仗着是教育部大员的身份，常去馆长办公室向沈慰堂推荐一些采购书目。试图在书商与图书馆之间搭起一座为自己盈利的桥梁。而沈慰堂见那些书目缺乏学术价值，根本不予理睬，那位周处长便一直对沈慰堂耿耿于怀，咬牙切齿。如今见沈慰堂将手插到教育部来，以为沈慰堂是与郑振铎内外勾结，也想在图书馆采购方面捞一把油水，那位周处长便一封匿名信把沈慰堂举报到政府审计司，称沈慰堂在图书采购一事上有严重经济问题，中饱私囊，贪赃枉法，不惜发国难财。恰巧这封举报信落到了审计司的立法委员王世衡手中。这位王委员出身于军统，在戴笠侵吞毛公鼎为私有的案件里，曾向戴笠献媚，说出只要先逮捕巨商陈咏仁，毛公鼎便可以顺利到手的计谋，一度很得戴笠的赏识。但自戴笠遭蒋中正训斥，被勒令退出赃物之后，戴笠迁怒于王世衡，于是将这位王委员踢出权重油水多的军统，使得王世衡凤凰落毛不如鸡，只好到审计署那样的清水衙门混日子去了。因此王世衡对于当年彻查毛公鼎一案的沈慰堂也是恨之入骨的。现在好不容易抓到了沈慰堂的把柄，他岂不想狠狠地朝沈慰堂开刀？

在派出手下去中央图书馆采购部翻遍旧账，对沈慰堂实施周密调查，仍无法得到实据的境况之下，王世衡只得传唤沈慰堂去审计署接受当面盘问。但有碍沈慰堂德高望重，生怕此事做过火了引起朝野震动，王世衡的这种传唤被称作"约请喝茶"。

见沈慰堂果然神色平静地来了，在一杯清茶尚未端到沈慰堂面前时，王世衡心里一计，先领着沈慰堂去审计署地下室关押经济犯的监狱与摆满刑具的审讯室参观了一圈。王世衡试图杀鸡给猴看，以那些经济犯被拷打关押的惨状杀杀沈慰堂的威风，使得接下来的盘问可以有希望撬开沈慰堂的牙缝。

领着沈慰堂走出身后那个鬼门关时，王世衡别有用心地对沈慰堂说：

怎么样，沈先生，你也看到了吧？我们审计署监狱关押的犯人里，还有不少是党国位高权重的官员。但进了审讯室，他们都会受不住皮肉之苦，乖乖交代自己贪污舞弊的劣迹！

沈慰堂语气从容地回答：只要你王委员秉公执法，那便是为国家除害，为百姓伸张正义！

亏得后来在走进王世衡办公室后，我的外公沈慰堂尚未及喝上两口茶，教育部长朱忠信先生的电话便打了过来。朱忠信在电话里语气严厉地对王世衡说：

你不要昏了头！更不允许你用权力发泄昔日对沈慰堂先生的宿怨！沈慰堂先生这份建议教育部采购郑振铎先生所编历史图谱等书的呈报，我已过目。沈先生完全是出于对国家教育事业的负责，也是出于对优秀图书出版篇目的热忱举荐，你怎么居然还敢把沈先生传唤到审计署进行审问？！……

朱忠信先生是清楚王世衡当年在毛公鼎一事上与戴笠的勾结和猫腻的，这便使王世衡接到朱忠信电话后有了一种做贼心虚的尴尬。

如此，这场刚刚开始的对我外公沈慰堂的盘问便提前结束了。如此，我也无法猜度若不是朱忠信先生的电话，外公是否会在审计署摆满了刑具的审讯室里落得一个鲜血淋漓、遍体鳞伤的结局？

这天傍晚，已经闻讯从上海赶到南京的我的外婆柳嘉宜，早就在审计署办公楼的铁栅栏门外苦苦等候着了。见外公竟然毫发无损地走出来，外婆欣喜地扑到了外公身上，将她自己全部的身心也融入到了外公紧紧的拥抱中……

1974年

1974 年，"文革"进入后期，我的当走资派的父亲和母亲的日子渐渐有了一些宽松。虽然还不能从接受再教育的奉贤县农场回到市区的家里来探亲，但逢上星期天，我的妹妹江建设则可以带上一大包外婆亲手烹饪的菜肴，赶很远的路，乘很长时间的公共汽车，一路风尘地去看望他们。

我那时已从临江市郊的陶东村被招工到市区的轧钢厂上班，很少有机会回上海，所以家中的事情都交给建设去应付和奔忙了。

外婆那时为她的女儿女婿烧得最多的一份菜，是用瘦肉丁、小虾子、黄豆或花生米调和成的一种酱。当然，酱的更多作用是调味，是使调和在那里面的货真价实的作料变得更鲜美，更下饭。每每将那烧好的一大锅酱装进两只饭盒，再塞到建设的手提包里时，外婆都会忍不住嘀咕一句：

作孽啊，这种菜平常在家里都是上不了台面的，他们顶多也是搭搭嘴，就泡饭吃的。

外婆知道父亲和母亲在农场生活的艰苦。在常常是白水熬冬瓜熬青菜的伙食里，这种味道鲜美与货真价实的酱，无疑能够使他们抵御了一些艰苦的时光。

鼻子很灵的小舅，也嗅出了1974年的社会氛围中已有了一种异样的气息，于是这位很长时间被发配在锅炉房、没有资格上讲台的建工学校的老师，也开始蠢蠢欲动起来。

小舅当时常和两位平日多有交往的朋友，聚一起互相交流他们各自收听的境外电台关于中国时事的负面报道。小舅的那两位朋友，一位叫金二毛，是小舅当年住万宜坊时隔壁的那幢洋楼里毛纺厂金老板家的小少爷。金二毛自小在弄堂中便是沈邦安身后的跟屁虫，常会嘴上拖着鼻涕，把家里偷出的五香豆或夹心饼干悄悄地孝敬于我小舅。另一位朋友叫达文福，是上海无线电厂的工程师。达文福是经过金二毛的介绍，小舅才与之厮混熟悉的。但一旦和达文福交上了朋友，小舅便觉得达文福比金二毛更和自己趣味相投，更能让自己感受到一种与见多识广的人交谈时所产生的愉悦。尽管金二毛是小舅从小到大都没有断过交往的朋友，但加进了达文福，小舅认为金二毛在自己心中的朋友地位已不像之前那么重要了。

金二毛和达文福都是有家室的，所以他们三人聚会的地点，一般都是在建工学校那间比较宽敞的单身宿舍里。

通常也是星期天的夜晚，小舅拉严实了宿舍的窗帘，调高了半导体放出的音乐的音量，他们三人便在音乐的掩护下开始畅所欲言。

话题总是达文福先起的头。他说：

唉，你们听说过没有？邓小平重新出山主持工作，光抓革命，不促生产那条路是行不通了……

小舅忙附和道：对对对！比起最初"中央文革小组"的那帮人，邓小平的本事比他们大多了！

金二毛也插嘴说：就是！光喊革命口号，不来点实惠的，老百姓都喝西北风去啊？！

聚会的气氛便愈发变得热烈而亢奋……

但未料达文福在厂里出事了。原来，达文福交流的对象不仅仅是沈邦安和金二毛，他其实在无线厂的职工中间还有另一个议论时政的小圈子。纸包不住火，有平日与达文福关系处不融洽的好事者，向厂领导打起达文福的小报告，于是达文福当即便被无线电厂的保卫科收审了。经不住保卫科两位复员转业军人审问时的威胁恐吓，达文福如实交代了他在厂外还有两位同谋，都一并可以列为无产阶级专政的死敌……

金二毛早年常去无线电厂找达文福办事，侠义豪气的他在无线厂结识过不少朋友，因此关于达文福的消息，他还是有耳目和眼线及时通报的。当晚接到电话，金二毛便骑着自行车一口气冲到建工学校宿舍，急吼吼地向沈邦安说：不好！老达已经叛变了！朝他们厂方交代了我们聚会的地点和谈话内容。他们厂领导肯定会来找你们学校领导，你一定要提前做好周旋应付的准备！

小舅顿然吓得面如土色，结结巴巴地说：那……那……那我们怎么办？

金二毛毫不在乎地一挥手：怎么办？水来土掩，兵来将挡！

小舅焦急地说：能挡得住吗？

金二毛果断地说：一句话，就是不承认！打死也不承认！只要我们两个咬紧牙关，互相不出卖，仅凭老达一个人的招供是不能说明问题的。反过来，我还可以指责他诬陷我们呢！

见小舅仍是一副沮丧颓败、垂头丧气的模样，金二毛指着小舅鼻子大声吼道：沈邦安啊沈邦安，我看你和老达都是扶不起来的阿斗！难怪如今社会上最没用的东西就是你们这些臭老九！平常嘴巴叽里哇啦的，发表起见解来聪明得很，但一到关键时刻，头脑一团浆糊，比死猪还蠢！

金二毛现在早已不是小时候在万宜坊跟在小舅身后一把鼻涕的金二毛了。他对小舅那种骨子里软弱的鄙视，是出于他们两人之间这么多年来的相同经历。金二毛和小舅读书一路读到了高中，绝不像小舅那样考大学因为外公的历史背景通不过政审而忧心忡忡。金二毛很轻松地对小舅说：我才不会去点灯熬油地忙着考大学呢！像我们这种家庭出身的人，即使考上大学，分配也是去新疆，去大西北，将来想回上海探亲都会成问题。金二毛后来老老实实地去一家冷冻机厂当了一名钳工。在工厂劳动休息的时间里，金二毛常和一帮青年工人们学摔跤，练拳击，忙得不亦乐乎。即便是每天清晨去工厂上班之前，金二毛也会坚持举杠铃、拉哑铃、翻单杠，汗流浃背地锻炼上个把小时。因此当"文化大革命"兴起，金二毛一家被扫地出门、原先毛纺厂金老板的花园洋房被三位新搬进来的造反派头头分成三份，金二毛只得陪同老爸老妈去住汽车库时，练得浑身一块块板状肌肉的金二毛也从未在弄堂里被叱咤风云的造反派欺负过。甚至"文革"初期，金二毛还成了沪西一只角与小流氓们群殴的好手，多次将那些从不体面的小弄堂里钻出来的家伙们打得闻风丧胆。每每打完架，金二毛都会在去他家中"嘎山湖"的小舅面前，边擦拭着汗涔涔的肩膀与胳膊弯上鼓起的肌肉，边漫不经心地说：邦安呵，其实像我们这种从小家庭出身有教养的人，怎么会喜欢打架呢？还不是被逼良为娼吗？现在这种到处停产闹革命、到处乱哄哄的世道，只要你拳头不硬，该理直气壮的时候胆子就会变小了……

　　与小舅分手之前，金二毛在小舅建工学校宿舍丢下的最后几句话是：

　　邦安，反正该说的话我都对你说了。我是为你好。如果你扛不住，向你们学校领导交代了我来这里是和你订过攻守同盟，那也没关系，顶多我被判两年劳教罢了。但我至死都不会承认偷听过美国之音，并且和你们一起交流过境外敌台攻击中国时政的负面新闻。

　　果然，金二毛后来被判了两年劳教。因为老达和沈邦安都是软骨头，老达和沈邦安共同出卖了他。金二毛自己却一直守口如瓶。两年劳教释放后，金二毛回厂里也过了一段很郁闷的日子。但1979年末，他得知南方已涌起做生意的潮流，便快刀斩乱麻地辞职下海，筹集一笔资金去广州专门吃进从香港进口的日本货。什么三洋牌录音机、东芝牌电视机、三菱牌冰箱、夏普打印机，他源源不断地贩回上海，在南京路租了一家门面当起倒爷，很快便日进斗金，变得财大气粗出手阔绰。我的小舅于1983年去台湾和外公团聚之前，是常去金二毛店里蹭饭吃的。金二毛倒也不计前嫌，只要见沈邦安来了，都会领着他去离店面不远处的新雅粤菜馆，上海滩一家老字号的著名菜馆里，让小舅舒舒服服地品尝一顿由龙虾和三文鱼组成的美味。自然，这都是后话了。

再说小舅被建工学校的工宣队看押起来之后，经过几十天详尽地回忆，将他们三人间某年某月某日攻击了某位中央首长、某年某月某日污蔑了"文化大革命"、某年某月某日发泄了对无产阶级专政的不满，都竹筒倒豆子般地交代得一清二楚。小舅也从审问他的工宣队赵队长的面部表情中能够感觉到：赵队长对他的交代还是比较满意的，对他的认罪态度也是基本肯定的，这说明他或许就有了回头是岸、重新做人的机会。但最终，当赵队长问到他散布的这些消息究竟是从哪里听来的时，小舅心里一沉，软骨病又开始发作了，思忖了片刻，说：

是从我姐姐和姐夫那里听来的。

小舅当时考虑到如果自己真的交代出偷听敌台的话，劳教是免不了的，甚至还可能去劳改，那么，自己这辈子的前途便算是彻底完蛋了，更不要指望还能讨个漂亮老婆过上幸福的日子。

什么！你是从江宝顺和沈国丽那里听来的？赵队长面部表情中原先还透露的对沈邦安有过的几分信任，一下子就荡然无存，询问沈邦安的语气也变得警觉和严峻起来。

嗯。沈邦安继续撒谎说：“文革”初期，姐姐和姐夫作为走资派，都靠边站了，那时他们还没去奉贤干校的农场接受劳动改造，常在家里一起议论“文革”和社会局势，我那时候听到后就记在心里了……

赵队长猛地一拍桌子，呵斥道：沈邦安，你说话是要负责任的！是你的事情，你逃不掉；是别人的事情，你也不能随便诬陷！

小舅又发愣了。其实，小舅尚不知赵队长对我的父亲，那位成为走资派之前的建工局江局长，素来还是十分尊敬与仰慕的。赵队长本来是建工局下辖的建筑工程公司的一名混凝土搅拌工，工作表现出色，连续多年被评为局里的劳模。江宝顺每次深夜去工地视察，都会走到赵队长操作的搅拌机前，与他握握手，聊聊家常，顺便了解一下工程进度。赵队长能够被抽进局党委会组成的开赴建工学校的工宣队，完全是由于他成分好，祖上三代都属于无产阶级。赵队长的曾祖父曾是种田的雇农，后来苏北发大水，祖父和父亲便划着两只采菱角的大木盆，领着一家人到上海讨生活来了。最初住的是蕃瓜弄的棚户区，靠木板和铁皮糊成的墙壁挡风遮雨，穷得房间里连一只像样的五斗橱都摆不上。因此像赵队长这样的翻身工人，怎么不感激像江局长这样当年的解放军师长率领部队轰轰烈烈地进了城，又轰轰烈烈地使他们当家做主成为了领导阶级呢？在赵队长朴素的阶级意识里，他虽然不完全看得懂“文化大革命”，但有一点他心里是很清楚的：即迟早有一天江宝顺会走出奉贤农场，会重新坐到建工局第一把手的交椅上。而此刻，赵队长见沈邦安居然将他的姐夫江宝顺牵扯进了案件里，便觉得这案件骤然变得复杂与扑朔迷离起来，也无疑令自己继续办案变得极其棘手极其为难。如把沈邦安的交代全盘向上级汇报吧，赵队长无疑会有一种良心上的负疚，如隐瞒不报吧，自己的政治生命说不定会立刻结束……

最终还是自保的心理占了上风。赵队长不知不觉地随着沈邦安的谎言当了一回政治的牺牲品。

于是，我那即将走出奉贤农场的父亲与母亲，本来眼看着就要被摘去走资派的帽子，眼看着就要被结合进他们各自单位的领导班子里去，却又被当即通知继续留在农场劳动，继续通过劳动洗心革面。他们只得神色黯然地将已买好的准备捆背包的背包带悄悄地塞到了枕头底下，将原先准备送给农场附近农民家的解放牌球鞋又悄悄地留了下来……

我的父亲母亲被摘去走资派帽子的日子，因为小舅的胡说，被推迟了整整一年。

这一年中，家里任何人未敢将小舅收听敌台后却倒打一耙于他的姐姐和姐夫的消息，透露给外婆。生怕外婆得知自己儿子出卖女儿和女婿那出戏之后，外婆会经不住手心手背都是肉的那种痛苦折磨与打击，并且由此会气出病来。特别是我，还专门写信给素来对小舅有些反感的妹妹建设，千叮万嘱她不能向外婆走漏风声。因为我记得，1967年，我刚十三岁，父亲江宝顺连续被单位的造反派批斗了几场，心情很是苦闷，回到家又见我因不愿被学校里的同学喊作小走资派，复课闹革命之后仍不肯去学校上课，便气得抽下他裤腰上那根军用皮带将我狠狠地揍了一顿。外婆尽管抚摸着我皮肤上红肿起的伤痕时很心疼，但当她有一天翻抽屉，偶尔看到我未及寄出的写给建工局造反派的一封信时，还是站在了父亲一边。上面写道：

尊敬的建工局造反派领导同志：

　　你们单位的走资派江宝顺近几日丧心病狂，回到
家里来靠打骂孩子出气，因此你们要抓住他的罪行狠
狠批斗，让他认识罪行的严重性，让他以后回家再也
不敢打骂孩子……

　　看罢信，外婆便划起一根火柴，将信烧为灰烬，并朝我
大发了一顿脾气。外婆一直是很宠爱我的，从小到大，我几
乎记不得外婆还对我发过脾气，但那天外婆是真的朝我发脾
气了。待稍稍冷静下来，外婆语重心长地对我说：

　　援朝呵，你爸爸到底有什么罪行？你这么瞎写信搞不好
会惹出麻烦来的！现在社会很乱，黑白颠倒，你年纪小，根
本看不清楚局势。外婆告诉你，好人终归是好人，你爸爸这
个好人受点冤枉不过是暂时的，外婆相信将来总有一天，你
爸爸还会去当他的建工局长！……

　　况且我那次还是说了大实话，还仅仅出于孩子气的恶作
剧，外婆就这般大动肝火，那么她若真的得知小舅出卖了她的
女儿和女婿，她还不是会更加觉得五雷轰顶、五内俱焚吗？！

　　所以那一年的时间里，我总会惦记着外婆，惦记着她的
身体。而有关她身体的安危，我似乎总有种不祥的预兆，像
层驱散不去的阴云，密密地笼罩在我的头顶……

　　果然，外婆后来还是在与建设的"嘎山湖"中，建设一
不小心，无意向外婆透露了小舅在"告密"那场丑剧里所担
当的角色。此后，喜欢"嘎山湖"的外婆便少与建设"嘎山
湖"了，她开始变得言语少起来，更多的时间里是吸着烟，
坐在那张她专用的小圆桌前，用那副象牙与竹头制成的麻将
牌专心致志地摆弄她的"通关"……

1974 年底的一天夜里，外婆心脏病发作，猝然病逝于她的那张卧榻上。翌日早晨，当建设走到她床边时，发现她的手心里还紧紧攥着两颗速效救心丸。那无疑是她尚不及将速效救心丸吞进嘴里，她便提前离开了眼前的世界。一个令这位小脚女人目睹过的光怪陆离的世界……

外婆下葬那天，我专程从临江赶回了上海。在葬礼上，不如我那般被外婆宠爱的建设，却是整个外婆的葬礼上哭得最伤心的一个人。

1984年

我的外公沈慰堂退休之前，为安顿好自己的晚年生活，他曾在台北的中山南路上购置了一幢上下不满一百六十平方米的小楼。从外公的住宅出去，同一条马路上的不远处，便是他亲手创办与服务了很多年的"中央图书馆"。退休后的外公已八十多岁高龄了，还会经常散步去图书馆，与那里昔日的部下和同事们聊聊天，喝喝茶，询问询问图书馆最近又收藏了什么新书。偶尔，也会为《"中央图书馆"通讯》约请他撰写的某篇文章，去那里查查资料或理清一下写作的思路。

1983 年，外公患了轻度重风，修养病愈后，他坚决地向"行政院"提交辞呈，说自己年事已高，已不适合再继续担任故宫博物院院长。因此当小舅 1983 年底赴台湾，与外公团聚时，外公身上除了还有一个台北故宫博物院管理委员会常务委员的闲职之外，已无任何其他权限可以解决当时小舅急于寻求就业出路的问题。

小舅与徐巧玲结婚之后，虽然徐巧玲出身富裕家庭，当过台北市工商局长的徐巧玲的父亲徐泽业，也常私下里对徐巧玲有所接济，但小舅的就业问题还是在很长一段时间里未出现任何转机。高不成低不就，薪水低的小公司小舅根本看不上，而大机关又容不下小舅这样没有名牌院校文凭的来自大陆的中年男人，于是小舅仅靠大陆带来的积蓄，眼看坐吃山空，真的便急成了一只热锅上的蚂蚁。

成了热锅上蚂蚁的小舅自然是要去台北的马路上发泄的。他逛舞厅，泡咖啡馆，找比徐巧玲更漂亮的女朋友约会，喝酒，寻欢作乐。

深夜，住在楼下客厅旁的卧室里的外公，听见小舅进门后蹑手蹑脚上楼的情形，便长叹一口气，这一夜再难以睡得踏实了。

1984年中秋节前夕，徐巧玲搀着她的公公沈慰堂上街，去一家日本人开的专用店选购一款新型的助听器时，一路上对沈慰堂说：

爹爹，我爸爸后天晚上请你在苏浙汇吃饭，你一定要给他赏脸啊！

台北的苏浙汇也是一位早年到台湾的上海人开的，专做上海本帮菜。徐泽业可能早从女儿嘴里打听到沈慰堂平日喜欢去那家菜馆就餐，于是便很用心地安排了这个令沈慰堂中意的请客地点。

外公自然答应了。这一则因为自小舅端午节与徐巧玲结婚后，两位亲家少有见面，外公也想乘这个机会与徐泽业聚聚。二则因为徐巧玲是当时好几位外公的部下与同僚热心替外公介绍未来的儿媳妇中，外公自认为慧眼独具所挑中的。况且徐巧玲与小舅成家后，果然对外公殷勤伺候，无微不至地照顾。菜总是烧得软硬适度，让装着假牙的外公吃起来既香喷喷的，又毫无嚼不动的挂碍。外公出客的西装与衬衫，徐巧玲洗罢总是熨得平平整整，其洗熨的水平丝毫不亚于专业洗衣店。即便连外公贴身的汗衫短裤，徐巧玲也都是洗得干干净净地晾晒后，再叠得整整齐齐的悄无声息放到外公枕头旁。因而，经历了这一切的外公，此时根本就不会拒绝徐巧玲向他提出的请求。

小舅那天因为要去一家公司应付面试，并没有和徐巧玲一起陪同外公去赴宴。这反而遂了徐泽业的心愿，使得他可以在宴席上不再顾忌女婿自尊心地向外公提出小舅的工作问题。

当然，开始谁也没有提，这顿人不算多的家宴的气氛里弥漫了一种欢愉和融洽。外公还难得有兴致地喝了一杯绍兴黄酒。与徐泽业碰碰杯之后，就着他平日喜欢吃的生爆螺丝与油面筋塞肉，居然将一杯酽酽的黄酒喝得杯底朝天。只是到饭局行将结束时，徐泽业才乘着几分醉意，掏出了自己的心里话：

亲家呵，你看邦安的就业一事，我们大家是不是都要操操心了？我不同于你，不过是一介小职员磕磕巴巴地爬上局长这个位子的。资历浅，地位低，身边鲜有过硬的社会关系。而你早年在大陆政界时就德高望重，来台湾后也有不少同僚和部下，听说即使是宋美龄女士和陈立夫先生的府上，你都是座上宾，所以我想你如果真的为邦安工作问题对他们打招呼，总是会有人买你账的。

外公心里一沉，停止了手上正准备夹起一只虾仁的筷子，真正明白了徐泽业今天请客的原委。但他又不便于按往日的脾气驳斥对方，因为人家毕竟是为你的儿子；再说自己养了个这么不争气的儿子，还多说什么呢？于是外公只得婉言推辞道：徐先生，你真是有所不知，我这个人虽然一辈子身在官场，但从没为自己的私事求过官场上的任何人。这也是我做人的信条。如今眼看余生的日子为数不多，再让我改变一辈子的做人信条，岂不难乎？

见父亲一开始便吃了闭门羹，徐巧玲便忙于一旁插嘴说：爹爹，我爸爸的意思，不仅仅指邦安工作后，好使我们的日子变得宽裕起来。其实，家里目前开销基本上是用你的薪水，邦安也有些积蓄，我娘家还有接济，过日子是不在话下的。但邦安是个要面子的人。他为何有两三家小公司不愿意去上班，不就是还不甘心在碌碌无为中打发时光吗？听说他在大陆时当过一所技工学校的语文教研组长，专业上还是有些造诣的，身为名门之后，他何尝不想到更能发挥兴趣的地方去，通过努力在下半辈子里为沈家增光添彩呢！

徐巧玲这一说，外公着实沉默了片刻。徐巧玲的话勾引起外公早年对大舅沈国安的希冀。一条海峡隔为两岸，外公从外婆和母亲的来信中得知：大舅自被打成"中右"，中断了在厦门大学的历史研究，下放到中学当教师后，娶了工人阶级家庭出身的女儿钱月娥为媳妇，也当上了钱月娥身后七张嘴巴的大哥，一生没再顺遂过。少年时代的天资与聪颖终于付诸东流，中年时代的大舅便不见事业上的任何建树。在外公的所有子女中，大舅是给外公写信最少的一位。几十年里似乎只写过两三封信。而大舅疏于给外公写信的心思和原因，也唯有外公心里最清楚。因此眼下，外公又何尝不乐意经过自己余生不多的时光里对小舅的培养和指点，让小舅在文史专业上也有所成就，替代大舅实现他早年望子成龙的希冀呢？虽然小舅已是中年，但中年并不可怕。曾在台湾生活过的黄仁宇不也是四十岁才获得美国密歇根大学博士学位，四十四岁那年才出版他的第一部历史学著作《万历十五年》，并由此一炮打响而闻名世界史学界吗？于是在这番沉默的思考之后，外公还是对徐泽业说了一句他一直不情愿说出的话：

好吧，徐先生，邦安的工作问题容我再考虑考虑。

一顿家宴总算在尚未变得尴尬的氛围里结束了。

走出饭店，双方都要朝相向而行的回家的路上迈步时，徐泽业把徐巧玲拉到一边悄声笑着说：

看来，还是你的话对你公公管用……

事有凑巧。外公说过的考虑考虑的问题居然三日后便有了眉目。

那是一个秋天里比较凉爽的下午，外公独自一人在通往"中央图书馆"的中山南路上散步，一位迎面走来的女士远远地朝外公招手。外公一时未分辨清楚。待走近了，才发现向自己招手的女士原来是图书馆的现任馆长黄秋兰。

黄秋兰小步奔跑过来，一把握住外公的手，亲热地说：

沈院长近来身体可好？

外公笑着说：还不错。托你的福。

黄秋兰是 1962 年在美国哥伦比亚大学攻读完毕英国文学硕士学位，回台湾后因各院校已经开学，无法再实现她去当教师的愿望，由教育部的留学生就业辅导委员会引荐，阴差阳错地来"中央图书馆"当职员的。当初馆长沈慰堂见她英语确实好，便把她分在编目组，专门负责馆内图书内容提要的英文撰写，以方便来馆里借阅和浏览的使用不同语种的读者。那时的"中央图书馆"还未搬到中山南路，还没有后来那样很气派的现代化建筑，只是在南海路动植物园里占据了一隅。风景虽然不错，有池塘荷花、小桥流水，被小桥劈成两半的池塘，来赏景的图书馆员工们都谑称其为日月潭，但办公条件甚是不如人意。由于馆内财力有限，许多办公室还是在那两排日据时期的木头房子里。一到盛夏，下午西晒的酷热阳光中，办公室便成了热烘烘的大火炉。降温设备也不像现在那么先进，几台老式电风扇朝人们身上吹去的都是热风。每每那时，便会有不少工作人员溜进会议室的阴凉处小憩片刻。每每那时，走出馆长办公室去外面办事，偶尔路过编目组办公室的沈慰堂，就会发现那位新来的小姑娘仍在汗流浃背中专注地誊写那些英文的图书内容提要。沈慰堂从此就记住了黄秋兰的名字。黄秋兰不久便升任为编目组组长。1965年底，沈慰堂调任故宫博物院院长之前，专门向教育部作了呈报，提议黄秋兰担任图书馆副馆长。这自然是有阻力的。首先是馆内一些老资格的馆员不能接受，其次是更多的人认为黄秋兰并非图书馆学专业出身，年纪轻轻的走到副馆长岗位上是否合适？沈慰堂却在教育部的办公会上力排众议，振振有词地说：

诸位，请大家看看，美国国会的图书馆长，日本的国会图书馆长，法国国家图书馆长，是否都由非图书馆学背景的人士担任？所以当图书馆长，只要懂得尊重专业人才，发挥专业人才的优势，勤于管理，善于把握世界图书馆业务的趋势，便照样能不负使命，建设与发展好我们所需要的图书馆事业！

果然，黄秋兰正如我外公所希望的，在副馆长任上表现出色，五年后还正式升任为馆长。

外公此时见黄秋兰经过一路小跑，略有气喘，便开玩笑地说：

你不好好在馆里上班，到外面来锻炼身体呵？

哎哟，沈馆长，我正要去你府上拜访呢，黄秋兰说，不料在这里就碰上你了。

外公问：找我有事吗？

黄秋兰说：我们图书馆的资料员老满，你在任时也认识的，刚退休，馆里就腾出了一个资料员的位子。听说你家少爷从大陆来，还没有地方高就，所以若承蒙不弃，是否能来馆里当个资料员？

好呵好呵。外公顿然很高兴，说：但我那犬子才疏学浅，倒还是黄馆长不嫌弃才好。

哪里哪里，将门岂能出犬子？黄秋兰也朗声笑了起来。

少顷，外公见答应过徐泽业考虑考虑的问题，就这样被黄秋兰轻易解决了，一方面是对"中央图书馆"怀有感激之情，一方面又觉得对这个他曾经效力了许多年的单位有所愧疚，便很是诚恳地向黄秋兰说：

秋兰，有件事要拜托你。听说你们图书馆出版社下个月将第三次再版我的《图书分类学》，待书印出来后，千万别再寄给我版税。这就算是我老朽在有生之年，对图书馆做最后一次贡献吧。

外公著的《图书分类学》，早年是大陆的三民书局出版的。因为版权合同有效期五年已过，版权合同不再生效，于是"中央图书馆"出版社在台湾又曾再版了两次。

听外公居然是这样的拜托，黄秋兰当然是不能同意了，连忙摆摆手说：

哎哟哟，沈院长，你原先在我们《"中央图书馆"通讯》上发表的好多篇文章都不肯收稿费，如果这次再版《图书分类学》还不肯领取版税的话，那我们就太过意不去了！

外公本来就是《"中央图书馆"通讯》的第一任主编。从20世纪60年代后，这本刊物在台湾各院校和机关的图书馆，还有世界各地图书馆与一些海外的中国文化研究机构，建立了不少订户关系。但外公向来认为自己这个主编为刊物写文章，完全是出于工作需要，怎么能随便领取稿费呢？后来，即便调任台北故宫博物院，即便退休养老，他为刊物写文章都固执地保持了不领取稿费的习惯与传统。其实，外公在那一时期里为这本刊物写的文章是很多的，比如《希望中的图书馆新建设》、《中国目录的起源》、《台湾藏书鸟瞰》、《中国古籍中的天主教思想》等，都因发表后颇受好评，随即便被一些发行量更大的刊物竞相转载了。外公晚年时，还将这些文章连同他赏评字画、印章、古玩，及研究历史与宗教的文章，都收入了他的自选集，五卷本的《珍帚斋集》中。

见我的外公坚持不肯领取稿费，黄秋兰最终只得说：

那好吧，沈院长，干脆等令郎来上班时，我就一同交给他。

外公严肃地说：我看他敢领？！

但小舅没有什么不敢的。小舅还是在他上班的第二天，当一位财会室的小姐将几张稿酬单递到他面前时，便毫不犹豫地在沈慰堂那一栏中签上了沈邦安的名字。只是小舅回家后未敢对外公声张，因为小舅已得知这些稿酬长久地在图书馆留存的原委。对于外公这种做法，小舅偏认为外公太迂，不领白不领，与其浪费，还不如装进自己的口袋里，也好使自己去逛舞厅和泡咖啡馆时多一些随意开销的零花钱。

外公是个一生讲究良心不负债的人。其实，小舅有所不知，这些稿酬，还有后来外公坚辞不收的版税，都被外公视作了提前为小舅还的债！为着这个不成器的儿子，外公要取得一种良心上的超拔与解脱，于外公而言该是件多么困难和痛苦的事情！

2006年

　　在元月 10 日闭幕的临江市人民代表大会上，通过的所有决议中有两项显得格外重要。一项是张锡林由代市长顺利地转为市长，另一项则是张锡林市长代表市政府向大会所做的关于临江市未来五年发展的报告。望着台下黑压压举起的手，坐在主席台上的江援朝心想：其实张锡林当初刚来临江时是根本没有必要以山东老乡的关系与自己套近乎的。在黑压压举起的手中间，自己那一票已显得多么的无关紧要。

　　那份有关临江市未来五年发展计划的文件，张锡林照本宣科朗读得声情并茂慷慨激昂。什么围绕建设国际化大都市的目标，临江将从今年起开发西面的滨江新区与南面的博旺新区。什么临江不仅要发展好原有的冶炼业与制造业，还要通过招商引资诞生"临江硅谷"，能够直接向世界互联网产业的高峰发起冲刺。什么为了迎接发达省份的经济辐射，临江市必须打通与南京机场连接的高速公路……

　　江援朝听罢张锡林宣读完毕文件，望着台下照样是黑压压的举手，照样是坚决拥护的雷鸣般的掌声，内心便很不以为然地想道：这么多人难道都是不长脑子的吗？都是只会把自己当作举手的机器吗？临江目前主城区不满七十万人，加上周边三个县也才两百多万人，说要打造国际化大都市，岂不是逼着公鸡下蛋？西面的滨江地区，本身就是钢铁厂集中的冶炼工业地带，经常烟气缭绕的环境还未得到彻底治理，若再扔一大堆钱于江边建几处人造景观，游客愿意去那种环境里休闲游览吗？更遑论在那里开发的房地产还卖得动住宅？至于"临江硅谷"，更是天方奇谭。一座内地的四线城市，根本无法像经济和文化的中心城市那样吸引人才，而高科技的竞争首先是人才的竞争，即使通过招商引来了一大堆钞票，那无非不过是一堆纸币而已。

当然，临江市人大代表里有江援朝这样眼光的，也绝非仅仅江援朝一个，所以当张锡林的五年计划被百分之九十八的压倒多数通过时，他们都和江援朝一起被列入了不举手的百分之二里面。

后来的事实也果然不出江援朝所料：至 2010 年，张锡林因贪腐落马时，滨江新区早已撤销，花了好几个亿建造的滨江文化广场上，石雕的佛像也黯然失色，于一个风高月黑的夜晚，被一伙不明身份的人用吊车和载重卡车拉到临江远郊的一处深山老林里，在一座年久失修的大雄宝殿外，一扔了事。而那个"临江硅谷"，只是圈了一大片地，毁了一大片良田，造起一大片空荡荡的麻雀乱飞的厂房，便不再见有任何硅谷奇迹产生了。至于那条原先准备通往南京机场的高速公路，刚进入江苏境内便被南京市政府戛然卡住。人家南京市政府答复得明明确确：你们临江本来就有通南京的高速公路，为何再要修一条通往机场的高速公路？难道把我们南京机场当成了临江机场啦？再者，临江距离南京只有 40 分钟车程，去南京机场的临江市民比南京江北地区赶飞机的南京市民还要捷足先登，何必让我们毁了江苏境内的良田，奉陪你们玩一场所谓经济辐射的游戏呢？于是那条自作多情要与南京机场连接的高速公路，刚铺出五公里便成了一条断头路……

也正是因为从张锡林正式当市长的 2006 年开始，政府基础设施的投资，呈几何级地往上增长，市财政入不敷出，江援朝事先估计到的佳雨河一带农民被拆迁的安置费问题，便果然矛盾凸显。市拆迁办看着上面必须完成的限期压在头顶，早就把推土机开到了各个村口，但经过挨家挨户做过工作的农民均为未领到政府承诺在先的足数的拆迁补偿款，便聚众闹事地将推土机堵到了村外，甚至还有一伙为非作歹之徒竟将推土机的车头灯砸得无法启用。这群农民中自然包括江援朝插队过的陶东村的村民，也包括夹在其中的陶知贵。

这个上午到市委上班，江援朝坐在三楼办公室的窗口，看见陶东村的农民与佳雨河旁其他几个村的村民，大约五六百号人，已浩浩荡荡地涌到了市政广场上，拉起一条醒目地印有"政府必须取信于民"字样的红色横幅，开始呼喊着口号向政府请愿。而站于前排带头振臂一呼的人便是陶知贵。江援朝不免心里一震，忙抓起桌上的电话机，拨通了平日还常有来往并且也当过插队知青的市公安局长胡礼民的手机号码。江援朝问：

胡局长，你接到过政府的指令，要派防暴警力迅速赶往市政广场吗？

胡礼民在电话那一头火急火燎地回答：哪还派得出什么防暴警力？！今天早晨郊区的南山铁矿发生群殴，两伙矿贩子之间为争夺扒矿的地盘，七八十号人在那里刀光剑影地连凶器都用上啦，害得我的防暴大队到现在都抽不回来！

江援朝搁下话筒，才稍稍放了心，赶紧走下楼，快步奔到市政广场上，与信访办人员一起对那群请愿的农民实行了劝阻。尤其是对为首的陶知贵。江援朝悄悄将陶知贵拉到路旁，恳切地说：

听大哥一句话，你还是赶快领着大家回去。有什么要求可以派代表与政府坐下来商量，但这样聚众闹事，总不会有好果子吃的。

我明白，陶知贵说：援朝哥，我不过是领着大家出来发泄发泄罢了。当然，也要让那些说话不算数的老爷们知道，广大农民的利益是不能随便侵占的。

江援朝语气更为坚定地说：请你相信政府，事情总会有解决的办法。你还是和大家先撤退回村里去吧……

终于，在江援朝的耐心劝导下，陶知贵和村民们一哄而散地离开了市政广场。并且是赶在张锡林又调临江下辖的姑孰县防暴中队赶来之前。

为防止势态进一步扩大，市委书记郑维高紧急召集常委们开了一个临时性的市委常委会。会上郑维高并未显出紧急的神情，不温不火地问张锡林说：

张市长，国家开发银行的那批贷款，不已经到账了吗？我们怎么还要疲于应付地拆东墙补西墙？

张锡利故意将江援朝当做挡箭牌说：上次常委会不是有同志提出，这批贷款要用于老城区的危房改造，所以我就没安排到商品房开发的征迁补偿款里去。

郑维高继续问：从市财政的收入里挤一点，先解决眼下的燃眉之急呢？

张锡林回答：这很难。因为去年的财政收入，已用到今年各单位上报的项目预算中，而这份预算也在人代会上通过了，再偷梁换柱地东腾西挪，恐怕要大动一番手脚。

郑维高最后问：那么市城投公司的融资平台呢？我们可以先依靠发行债券来赢得城市基础设施改造与建设的时间和空间啊。等日后佳雨河景观带商品房开发成功了，那条景观带可以为市民们提供一个赏心悦目的休闲去处，老百姓不都会感谢政府当初一片用心良苦的规划吗？

张锡林双手一摊，着急地说：郑书记，不是要考虑人代会上通过的建设现代化国际大都市的目标吗？你看，开发滨江和博旺两个新区，投资就要几十亿，长江河道改造，国家发改委和省政府虽然配套了大部分资金，但我们还是要再准备十几个亿。你算算，我们一座四线城市，全年财政收入才一百亿出头，而这里几十亿那里十几亿地填补，我们手上还会剩下多少机动的资金呢？

会议又陷入了僵局……

会上，江援朝望着郑维高与张锡林的一唱一和，心里不禁觉得好笑地想：你们俩这出双簧是唱给谁看呢？其实，你们俩就是一口锅里舀饭吃的！唯有四处破土动工，唯有公家的财政上四处捉襟见肘，你们才会有共同的利益，你们才能从共同的利益中各自分赃！

后来，当临江市奔现代化国际大都市的那个肥皂泡破灭之时，江援朝的预感果然得到了应验：张锡林被批捕之后，临江市委的领导班子因贪腐问题而发生大面积塌方。就像媒体公开报道过的山西与河北等省市的领导班子那样，九名常委中有五名都纷纷成了阶下囚。而郑维高虽然因表面的政绩被提拔到邻省当了副省长，但不久便成为中纪委进驻邻省的重点调查对象。只不过江援朝后来听说郑维高表现得很有"气节"，在中纪委正式宣布双规之前，便于自己家的小轿车里装上一桶汽油，然后将轿车开到城外，朝着高速公路应急车道上停靠的一辆专门装柴油的运载车，一个加速便撞了上去。在弥漫的轰天大火中，郑维高的尸骸根本无法辨认。这便使得郑维高的遗体告别会上仅陈列着骨灰盒，却不见死者的遗体。但由于郑维高的"英勇"，保全了与他分赃的上线和下线，让一个利益群体不再露出马脚，于是遗体告别仪式那天，郑维高的灵堂上方还悬挂着一条白色的横幅，上面书写着：沉痛悼念郑维高同志不幸逝世。

中国的传统文化是讲究"死者为大"的，因此这场车祸的真伪，便不再有人追究了……

幸好这天是一个临时性的常委会，不像往常那样多次开到夜里，刚响起下班的铃声，会议就有了结局。

经过反复讨论，形成多数人的决议是：先从政府挂拍土地的收入中，调剂出一部分来堵上佳雨河旁各村庄农民的拆迁补偿款的漏洞。如不能完全补偿到位，那么后面的情况只能摸着石头过河了……

张锡林虽然叫苦不迭，说是土地挂拍的收入，一部分已用于对各路开发商的"三通一平"之中，另一部分又消化到今年全市各单位增加项目经费的财政预算里，所剩无几的收入已令他巧妇难为无米之炊。但最终见大势已去，还是不得不同意了大多数人所形成的决议。

江援朝却从这种露有破绽的决议里想到了隐患。什么叫如不能完全补偿到位？解决这种难题的做法唯有一个：必须完全补偿到位！必须向老百姓兑现政府的承诺！否则一开始就不能通过景观带商品房开发的规划。否则一开始就应该从政府的财力上量力而为。因为不能完全补偿到位的话，便是对一部分得不到补偿的农民们不公平。若他们再团聚起来集体闹事，岂不使上午刚刚平息下去的风潮又再掀起恶浪吗？

果然，几个拆迁补偿款到位的村庄，推土机已顺利地将一些房舍推倒，而拆迁补偿款未如数支付的陶东村，村民们在陶知贵的组织下，将许多燃烧瓶和液化气罐堆到了村口，摆放到各自住宅二楼的平台上，已呈现出一副准备巷战到底的架势。戴着头盔的拆迁队员们，只得停住了朝前行进的脚步。那辆准备上坡闯进村口的推土机，也因一只朝坡下滚来的液化气罐而避闪到路旁。不然的话，随着第二只第三只液化气罐相继滚下来，随着当的一声巨响，或许就会产生爆炸，或许就有流血案件酿成……

也正是在陶东村的拆迁遭遇阻力，佳雨河旁整个沿线的拆迁进度都受到影响的那些日子里，浙沪房地产开发公司的办公室内，沈邦安和李家熊便急成了两只热锅上的蚂蚁。沈邦安不知这种胶着的状态将延续到何时？更不知自己初涉房地产的投资是否会在这摊浑水里打了水漂？

李家熊心里虽然也焦虑，但完全还不到沈邦安那样六神无主的地步。他明白，这无非是张锡林已由代市长转为正市长的原因。去年，张锡林初来临江，尚未接触到更多企业界来临江的各路投资人，因此，李家熊凭着眼力和二十万元钞票卷成的一条香烟，便把张锡林降伏了。而一年下来，张锡林头上的"代"字已摘去，结识的各路老板里比李家熊更有实力的也不在少数，当初那份薄礼也无法使张锡林永远怀有感激之情，所以李家熊意识到，眼下必须进一步投其所好，才可能继续搞定张锡林……想到这，李家熊对沈邦安说：这样吧，我们两个分分工，你是法人，一切外面的业务由你应付。目前拆迁办畏缩不前，拿一帮刁民无计可施，按专业的拆迁进度，我们什么时候才能开工？耽误了最好的销售季节，后面的房地产形势与政策谁敢打包票？你看是否以我们公司的名义，在社会上招一些身强力壮的闲人，工资由公司结算，让拆迁办把他们编入到拆迁队里去，也好加强加强拆迁队的战斗力……我呢，这就去找张市长，通融他尽快把拆迁补偿款发放到位，使闹事的农民让出路来，以便景观房一期工程的拆迁任务能够顺利推进……

当时，我的小舅不知怎么就稀里糊涂地答应了他与李家熊之间的如此分工合作。

我也弄不明白李家熊后来是使出何种手段，让张市长又动了心，最终从七拐八弯的一个角落里腾出一笔资金，填补了陶东村农民拆迁补偿款的缺口。终于皆大欢喜，终于佳雨河景观带高端商品房开始破土动工了。只不过在动工之前，在一次未遂的强行拆迁之时，我听说陶知贵曾站在他家住宅二层的平台上朝楼下加强了战斗力的拆迁队，接二连三地扔下过五十多个燃烧瓶……

出于对陶东村拆迁事态的关注，更出于对深陷其中的陶知贵命运的关注，一接到陶东村已爆发巷战的消息，我便立刻驱车从开发区赶到佳雨河畔。佳雨河畔的公路旁已排队停靠起各种车辆。我是顺着人群、车辆、瓦砾、焦土、燃烧瓶的汽油气息和四处一片喊声的喧嚣才好不容易挤到进村的最后一截小路上。不算太远的距离，我已能望见陶知贵仍站在他家二层的平台上，继续朝楼下投掷着燃烧瓶，而防暴警察们正举着盾牌，冒着被村民不断抛来砖石和瓦块的危险，仍在朝村口挺进，试图立即平息和化解这场为拆迁闹起的风波。而更令我惊愕的是，只见我的小舅沈邦安正由两位戴头盔的拆迁队员搀扶着，趔趔趄趄地从村口走来。那一刻，小舅秃亮的脑门已不幸被某位村民用臭鸡蛋砸中，污浊的蛋液和碎蛋壳正从他的前额往下流淌，他那副眼镜早就被糊上了稠稠的一片……

1984年

我的小舅沈邦安去"中央图书馆"上班不满一个月，便得到一桩美差，陪同馆长黄秋兰去泰国出席"东南亚图书馆合作论坛"。

　　小舅自然是很高兴的。在大陆生活了四十多年，从未有机会出过国，如今终于可以出去开开洋荤，可以出去看看他早就向往的异国风光了。

　　外公本来是论坛的主办方正式邀请的与会代表，因为外公发表的一篇题为"四库全书的性质与编纂及影印经过"的论文，在海外图书馆界获得了很大反响，论坛主办方便拟请外公到泰国的会议上正式宣读这篇论文。但外公退休后自感年事已高，对一般性的外事活动都予以婉言拒绝，所以这次去泰国的学术交流也便自然放弃了。不过，外公对黄秋兰能安排小舅出访，能让小舅代为去论坛宣读论文，还是心存感激的，便在电话里对黄秋兰说：

　　谢谢呵，黄馆长，你真是想得周到。

　　黄秋兰则说：您太客气，沈院长，一个顺水人情的机会罢了。我也是想让邦安出国开开眼界，好对他将来提升业务水平有所帮助。

　　那篇《四库全书的性质与编纂及影印经过》，我曾有幸在外公的文集中读到过。这是外公文集中最长的一篇论文。或者出于《四库全书》是中华文化的集大成者，是"《汉书·艺文志》以降，一切著作，无虑万万"的，体现中华文化的博大精深与广收并蓄等原因，外公对这篇论文的写作是极为用心的，并且论述也极为周到缜密。照理，小舅替外公去泰国宣读这篇论文之前，应该好好向外公请教一番：关于那些详尽的数据和繁复的人名，关于那些考证过的年代和不少处蕴含的典故，还有为何自徐世昌当总统的北洋政府起，多次要影印《四库全书》都难以成功的原委……可小舅将这一切全然不放在心上，他只是把去泰国出差当成一个公费旅游的机会，收拾好行装后，与外公挥挥手，坐上图书馆派来接去机

场的那辆老式尼桑轿车，便兴高采烈地升腾到九霄云层之外
了。

　　后来，当小舅在论坛的发言席前将外公论文里几段艰涩
的文言文的引文读得磕磕巴巴，额上禁不住冒出汗珠时，坐
于台下的黄秋兰的脸上自然也很挂不住了。但那已是生米煮
成熟饭，黄秋兰只好既来之则安之。反正外公的那篇论文早
由主办方复印后发给了每一位与会代表，所以小舅磕磕巴巴
的宣读并不能掩盖外公书面语言的流畅，更无法诋毁外公早
在世界图书学界取得的深远影响……

　　两天的论坛很快便结束了。依照主办方对后面行程的安
排，便是游览普吉岛与芭堤亚，最终在曼谷一家超级书城的
"东南亚图书专场"中，浏览和采购与会各国专为此次论坛提
供的各种图书。

　　浏览普吉岛时，小舅并未显得兴趣盎然。那不过是热带
雨林的景色，洁白无瑕的沙滩，碧绿清澈的海水，顶多再逛
逛人工的珍珠养殖场，品尝一些路边刚摘下的椰子和菠萝，
小舅便觉得不再有什么好玩的地方让他尽兴了。而当夜里一
踏上芭堤亚岛，小舅顿然精神抖擞，两眼放光。望见满街袒
胸露腿，有的甚至只穿着比基尼，还不断向他抛来媚眼的一
个个站街姑娘，小舅觉得浑身血液几乎要冲破了自己扩张的
血管。趁着黄秋兰未留神，小舅迅速离开了她的视线，跟随
在一个也是由台湾地区来泰国的旅游团后面，涌进了街上最
喧热的美国水兵俱乐部里。小舅还算聪明，他知道自己英语
不灵光，若独自一人在街上厮混，人生地不熟的，弄不好会
有什么不测。能有一群彼此语言相通的台湾人照应，再加上
导游引路，他想，最终怎么都会摸回到刚上岛时下榻的那家
旅馆里。

所谓美国水兵俱乐部不过是当年美军驻扎泰国的一个遗址。如今泰国大兴旅游业，便在这遗址上建造起一座大型酒吧。在酒吧中央，有一座舞台，粉红色的射灯光线中，随着震耳欲聋的迪斯科音乐，舞台那十几位几乎赤身裸体的妙龄女郎正尽情地扭动着腰肢和屁股。小舅从未见过这阵势，即便是在他几十年大陆生活的想象中，也绝对未浮现出这样的阵势。他便赶忙挤过黑压压的人群，挤到舞台的最前方，找了一个最能清晰地望到台上西洋景的位子，要来一杯啤酒，咧开嘴朝舞台上痴痴地傻笑着，贪婪的目光便完全被舞台上那些肆意颤动的胸和屁股所深深地勾引住了。但正观望得入神的小舅尚不知酒吧里的一个规矩，舞台上某位姑娘跳着跳着，突然将脱下的内衣像拉开的弹弓一样朝舞台下射去，随便射到某位观光客身上时，这位被射中的观光客便一定要被请上舞台，与那十几具汗涔涔的肉体共舞一番，并且还要掏钱买啤酒，每人一瓶地请这十几位姑娘共同开怀畅饮。由于小舅坐得离舞台最近，便很容易成了台上一位体型过于丰满的姑娘的靶子。当一条袖珍短裤落到他头顶之后，好几位姑娘便生拉硬拽地将他拖到了台上，于是一个四十多的已谢了顶的中年男人，在一群赤身露体的姑娘的围绕下，在一对对硕大的或小巧的乳房的触碰中，颇为狼狈与滑稽地扭动起了迪斯科。直至小舅被一群姑娘嘻嘻哈哈地脱去衬衫，脱下西裤……直至小舅不得不请姑娘们喝啤酒，喝了一瓶又一瓶，喝了一箱又一箱，按那种酒吧啤酒宰人的价格，掏尽皮夹里最后一张钞票为止……

那个年头还没有便于联络的手机，发现小舅已失踪了的黄秋兰心情难免是十分焦急的。黄秋兰与一同来泰国参加会议的图书馆翻译小洪，在那条满是站街女的马路上来回走了几遍，一直未见小舅身影，最终只得拖着疲惫的躯体，于深夜时分返回了下榻的旅馆。

黄秋兰当时一定是因为生怕第一次走进花花世界的小舅，被某个做皮肉生意的女人拖下水，再染个花柳病什么的，令她回台湾后无法向外公交代。尽管给小舅一个美差的动机是好的，但来泰国后看管不住小舅，那反而便是她的罪过了。

翌日清晨，我的小舅睡眼惺忪地走进旅馆餐厅时，黄秋兰与小洪正吃罢早餐，准备起身离席。见小舅走近了，黄秋兰以一种从未有过的严肃的神情问道：

沈邦安，你昨晚究竟去哪里啦？害得我们找你到半夜！

噢，真是对不起，黄馆长，小舅忙一本正经地说：路上遇到一位台湾的朋友，说是有巴黎红磨坊舞蹈团的演出，我就被他拉到一家剧场看演出去了。

小舅信口编了句谎话。其实昨晚在水兵俱乐部喝罢啤酒，小舅听一位台湾导游说附近有家剧场，正公演巴黎红磨坊的康康舞，小舅当时是很想随那群台湾观光客一同去的。只是苦于皮夹子里已掏不出六百元台币一张的门票钱，小舅才不得不于下半夜怏怏而归。小舅知道黄秋兰是绝无兴趣去看那种有色情成分的康康舞的，因此更不会追根刨底地去调查公演康康舞的究竟是哪家剧场。但无论如何，康康舞是一种舞蹈艺术，小舅想，黄馆长总不至于指责自己欣赏艺术表演还是一种错误吧？因此虽是即兴撒谎，小舅这句谎言却还编得比较圆畅，黄秋兰也便不再追究了，说：

那也不能影响休息呵！你看，今天上午就要去采购图书，你这么昏头昏脑的，那么多图书目录和内容摘要你能看仔细吗？

小舅见已经将黄秋兰敷衍过去了，便高兴地一拍胸脯说：保证完成任务！

黄秋兰仍有些不放心，又叮嘱一句：

如果时间来得及的话，最好把那些准备采购的书再尽快浏览一番。

好的，我明白了。小舅已坐到早餐桌旁，将一小块黄油涂到了烤好的面包上。

但我的小舅又一次辜负了对他照应有加的馆长黄秋兰。

因忙于和新加坡与马来西亚几位学者交换对几篇论文的看法，黄秋兰便没再去东南亚图书展览现场。至傍晚，即将去机场登机返回台湾之前，黄秋兰才有空将沈邦安递上的采购图书目录匆匆扫了一眼。见那份目录上尽是些《沙捞越的长屋》、《狮城中央商业区指南》、《米南加保·马来西亚传统建筑风格的典范》等杂七杂八的在台湾市面上已经有过的图书，便大为不悦，朝沈邦安问道：

咦，我看目录上有不少关于东南亚各国的历史、宗教、人文精神方面的新书，你怎么都遗漏了呢？

哎哟哟，黄馆长，你真是有所不知。沈邦安反倒是先诉起苦来：今天一整天，我在书市上腿都溜细了，眼睛看得到现在还发胀……

望着沈邦安一脸的无辜，黄秋兰心头十分懊悔：看来，还是自己的错！当初就不该把这份有重量的任务压到这位负不起责任的少爷的肩膀上！

"中央图书馆"的经费本来就不算宽裕，为这次海外购书，黄秋兰早于两个月前便向教育部呈上报告，也是好不容易才调剂出一些购书的外汇。眼下看着这些外汇大部分泡了汤，黄秋兰的心情怎么能不懊悔呢？同时，黄秋兰又想到20世纪60年代初，她刚去还位于南海路植物园内的"中央图书馆"上班时，政府无力改建图书馆陈旧窄小的馆舍，六十多岁的馆长沈慰堂便蹲在闷热的办公室里，摇着一把竹扇，穿着一件被汗水浸湿的白色唐装，以他个人的声望，写出一封封言辞恳切的向各位海外基金会朋友求援的信件，终于争取到了一笔笔天南海北飞来的资金，才使得南海路上的"中央图书馆"历经几次改造，呈现出后来那番崭新的格局……一个兢兢业业、恪尽职守的老子，一个浑浑噩噩把差使当儿戏的少爷，这两种禀赋如何能在同一种遗传里联系起来呢？……想到这些，黄秋兰的心情便变得更加复杂与沉重了。

当然，回台湾后，黄秋兰并未将小舅的这些不轨和渎职告诉过我外公。黄秋兰向来对外公是怀着深深敬意的。她只是生怕当时已年届八十六岁的外公被小舅气伤了身体。但直到 1990 年，外公去世之前，黄秋兰于这六年间再也没有给小舅一个去海外出差的机会。

1995年

现在，我决定把我的表弟沈源，也就是我大舅沈国安的独生子，那位在小说开始不久就出现过的不起眼的人物，再重新拉回到这部小说里。因为沈源毕竟和小舅、大舅、外公，还有我们沈家一大家子亲戚都发生过不可分割的联系。

沈源与我的妹妹建设同年，都是 1958 年大跃进刚掀起的那年出生的。但沈源的命运比建设要好得多。建设高中毕业时，因为父亲和母亲的走资派帽子尚未摘去，尚未从奉贤农场回到上海，建设虽因我去安徽插队落户可以留城，却只能被分到里弄小厂，做了一名薪水低微的糊纸盒子的工人。而沈源则不同了。大舅沈国安在"文革"中一直是一名安分守己的中学教师，大舅母钱月娥也一直是工厂里中规中矩的化验室化验员，一家人并未受"文革"过多的冲击。沈源这个独养儿子高中一毕业，自然是顺利地进了一家大型国有企业做了一名行车工。接下来，高考恢复了，大型国企对青工参加高考都是很支持的，沈源可以脱产两个月复习功课，不像建设那家里弄小厂，建设从早到晚佝偻着腰忙于糊纸盒子，结果便是沈源考取了师范大学，建设则落榜后好几年才有资格上了电大。沈源读的是政教系，师范大学毕了业，就再未回那家大型国企当工人，却是像大舅一样，在一所区重点中学里做起了老师。而建设此时还不知人生的前途在哪里，仍心不甘情不愿地在那家里弄小厂，天天和一帮家长里短的大婶大妈们兴味索然地糊着纸盒子。

照理说，按这样的节奏一帆风顺下去，一般上海人看重的那种温馨、甜蜜、波澜不惊的小家庭生活，沈源总有一天是会唾手可得的。但直至沈源年过三十，却仍不见他结婚成家，更不见大舅母钱月娥欢欢喜喜地抱上孙子。听说还有位谈了很久的女朋友正等候着。这其中的原因，最初自然是为着房子。大舅一直想把他江宁路上那间四十平方米的公寓房，调换成独立的两小套，以便沈源有一个属于自己的安乐窝。当时住房颇紧张的上海人，为着调剂房子，常会在电线杆、阅报栏、公交车站旁边的梧桐树干上，贴一些自印的小广告，标明电话号码，以便有意换房者能与自己联络或洽谈。就像我们今天经常在马路上看到那些配锁的、通下水道的、专治男性阳痿的、卖伟哥或印度神油的各种生意人贴出的五花八门的小广告一样。小舅也亲自拎着浆糊瓶去马路上贴出许多换房的小广告后，仍毫无起色。虽然有两位有意换房者，来江宁路的家中看了看，但最终在电话里仍未肯成交。光阴如梭，沈源的婚事便这么一天接一天地拖了下来……直至1990

年，沈源已三十二岁，彼时在大舅看来，沈源人生的头等大事已不是结婚成家，而是必须赶快出国留学。因为有了小舅的资助，或准确地说，有了外公那笔家产的间接资助，大舅早年对儿子人生前途的希冀又死灰复燃，巴望着沈源将来也能像外公那样学术成就辉煌，不至于在上海过一辈子碌碌无为的小市民的日子。大舅认为沈源总是能讨到老婆的，无非早晚的事情，但留学的年纪已经耽误不了了，若再不发奋努力，一切将悔之晚矣！好在沈源多年来一直学习德语，尚有一定的语言基础，因此接到老爸的留学指令，便兴高采烈地去柏林大学攻读哲学硕士学位了。临出国前，沈源还一脚蹬掉了泪眼婆婆的女朋友，心想：反正自己日后是要在国外找洋妞的；等学成归来，再带一个高鼻梁蓝眼睛的女朋友回家，岂不是在亲戚朋友们中间更加体面与风光？其实，沈源的心底深处，与小舅沈邦安一样，也对异国情调早有着深深的向往。

　　但人世间所有的悲剧中，有个重要的戏剧元素便是一厢情愿。正因了大舅望子成龙的一厢情愿，沈源在柏林大学哲学系白白混了两年时光。对于外公曾在柏林大学获得过哲学博士的光荣与风采，沈源是根本不想领略的；并且由于只有大陆政教系的学历，只读过一些唯物主义哲学的皮毛，如今却要听导师在课堂上讲授康德、尼采、荣格、海德格尔等大哲学家们那些内容艰涩的著作，沈源便更是感到兴趣索然。因此两年后，拿了一纸文凭，沈源便无心继续攻读博士，更不愿在学术生涯里苦苦钻研，倒是自作主张地与一位留学期间相识的德国姑娘结了婚。恰巧那位名为莱尼的德国姑娘出身于富商家庭，其父亲不仅在德国开有很大的贸易公司，并且在世界各国还开有多家分公司。精明的沈源早就摸透了岳父海因里希·伯尔对八十年代中国商业流通领域呈现的繁荣所抱有的觊觎。故有一日，他斗胆向岳父大人提议：只要海因里希·伯尔肯拿出一笔流动资金，让自己到上海办一家公司，便保证能在上海把贸易做得风生水起，赚得盆满钵满，让美丽的莱尼与自己过上富得流油的生活。虽然按照德国人的习俗，子女成人后，都要独立到社会上闯荡，没有中国父母那种扶上马、送一程的传统，但比沈源更为精明的海因里希·伯尔居然同意了女婿的请求，毫不犹豫地拿出了一笔启动资金，于是沈源便领着新婚燕尔的妻子，踌躇满志地乘飞机来上海做起一名职业商人了。

见沈源学业全抛，更谈不上在学术领域还会有所建树，大舅沈国安只好暗自叹气。倒是舅母钱月娥在沈源刚回国的那些日子里还是很高兴的，常带着漂亮的儿媳妇去亲戚家中走动，炫耀，"嘎山湖"，显出一副当上了外国人的婆婆的志得意满。当然，这是来自发达国家的。若沈源娶了一个黑人媳妇，她恐怕不会有这等兴致。

我想，外公和大舅可能都没有仔细考证过沈家的家谱，所以他们对各自的儿子未能成为大学问家，便流露出一种对自己生命遗传结果的遗憾。尽管沈家代代书香门第，但祖上的祖上，是否有一门分支出过商人呢？若有，沈邦安和沈源便属于返祖现象。而浙商又是继晋商和徽商之后，在中国近代史上成为对中国经济活跃度贡献最大的一路商人，由此，小舅和沈源在改革开放的当代中国削尖了脑袋做生意，无非是对沈家家族史的另一种写法而已，外公和大舅也绝不应该对他们怀着小觑和有所遗憾的。

小舅那两年由于买卖原始股，在股市里发了一笔横财，这便令沈源好生羡慕，甚至扼腕叹息自己为何错过了这段天上掉馅饼的大好时光？当沈源苦于老丈人交给他的流动资金并不丰厚，加之后来的股市已时有暗礁漩涡，沈源便不敢再拿这笔资金到股市放手一搏，只得老老实实地在北京西路的一幢写字楼里租了两间办公室，开了一家其实是皮包公司性质的正宗的外资公司。而小舅起初并不知沈源的实力，只知沈源的老泰山是德国的一位巨商，便常在朋友中吹嘘，说自己外甥如今已成了一家外资公司驻上海的代表，小舅陡然觉得自己脸上也增添了许多光彩。但精明的沈源与小舅喝过几次咖啡之后，深知自己有些生意是不能让小舅拎清楚的，因为那属于商业机密，否则小舅很容易成为撬掉自己生意的竞争对手，于是沈源便瞒着小舅，买了不少人参鹿茸之类的珍贵礼品，熟门熟路地走进我们家于安福路上的老宅，专程看望了我的父亲江宝顺。

嗨，小源，在国外发财啦？

父亲称呼着沈源的小名，亲自起身去为这个多年不登门的小客人沏了一壶上好的龙井。

父亲已离休多年了，来家中拜访的部下、熟人、朋友，日渐稀少。即使有沈源这样的亲戚来看望，父亲的精神也一下子振作了许多。

好好好，姑夫，您不要忙。沈源很懂事地拿过江宝顺手中的茶壶，在两只瓷质茶杯里斟上了茶水。

经过一番寒暄、交谈，沈源终于对江宝顺说明了来意。原来，沈源一直记得，"文革"结束后，我的父亲又官复原职地当上市建工局局长；而建工局下辖的建筑材料公司，每年都要购入大量的角钢与螺纹钢之类的钢材，于是沈源询问父亲说：

欸，姑夫，你的老部下里，有没有被你提拔到建筑材料公司当经理的？我现在开的是外资公司，专门做进出口贸易。

德国的钢材质量非常好，这个你是懂的。目前中国市场钢材价格日益上涨，德国钢材的价格就有了竞争优势，即使扣除海运成本，价格仍然比中国便宜。所以，你能不能帮我找找建筑材料公司的熟人，让他们以后从我们公司进口德国钢材，我保证按时供货，也保证不会产生任何质量问题。等将来赚了钱，我一定好好孝敬您老人家。

其实，父亲并不贪图沈源那一点孝敬，只是离休好几年了，很少再有人求他办事，今天沈源的拜访，又勾起他曾经掌握权力时那种美滋滋的感觉，于是他便很高兴，便显得很豪爽地对沈源说：

没问题。我给你写张条子，你去建材公司找方经理就可以了。当然，我对方经理也不太熟，他是两年前我那个退休的老部下梅经理提拔的，但他一定记得我这个老局长，保准还会给我一个面子。

果然，凭着江宝顺的老面子，沈源一口气便与建材公司签订了一万吨螺纹钢的贸易合同。但沈源明白，这种老面子也只能用一次是一次，第二次再用就不灵光了，因此他又转道安徽，专程来临江水泥厂找到了我。精明的沈源很善于将沈家亲戚中每一根有用的链条，都套到他那台为自己生意转动的机器上。而这种功夫，小舅尚未完全掌握。也就是在那天他与我父亲有一搭无一搭的聊天中，他从父亲嘴里得知，我刚被提拔为临江水泥厂的厂长。

当时因为全国到处是大干快上的建筑工地，水泥虽然还不似钢材那么抢手，但无疑也属于紧俏物资之一。沈源见了我的面，说话就不像江宝顺面前那么七弯八绕了，直接道明来意，希望我们厂成为他公司的长期供货商。我询问了他的要求，得知他要货的量不大，不过是我们这家大厂每月生产的一个零头，况且他又付款在先，便果断地与他签订了一份两年有效的合同。沈源自然明白凭着这份合同，他拿到上海的下家面前能产生多少利润，便临走前再三向我这个表哥道谢，转身兴高采烈地回上海去了。

就这样，沈源东打一枪，西放一炮，这里赚几百万，那里赚几十万，一年间已将他那家德国贸易公司在上海做得财源滚滚，客户盈门，很是得到了他的岳父大人海因里希·伯尔的一番夸奖。

但令我始料未及的，是沈源最终赚钱还赚到了小舅沈邦安头上。照理说，小舅炒小舅的股票，沈源做沈源的贸易，两人根本不搭界；而后来偏偏是在一桩不显眼的小生意上，两人居然有了共谋大业的默契与合作。

那是为着出版我外公沈慰堂的传记。

那时，外公在抗战期间抢救文献图书，抢救故宫的文物古董，其光辉生涯已被台湾"朝野上下"称作"中华民族国宝的守护神"。他的各种事迹也已进入了大陆互联网上的网站。1990年，外公逝世后，他曾主管过的"中央图书馆"与故宫博物院的部分同僚与下属，纷纷发表了不少纪念与回忆他一生经历的文章，这些文章被台湾一家热心的出版社编辑成书后，便在台湾广为发行。是小舅的一位朋友偶尔在书店里发现了这本书，便购买下来寄到大陆专门送给小舅一睹为快。小舅读罢，又郑重其事地送到母亲与大舅面前，这本书很快便在沈家的亲戚之间传阅起来。

沈源便是从这本书汲取了发财的灵感。

一个冬日的下午，沈源拨通了小舅刚购置的那台大砖头般的摩托罗拉，盛情地约小舅去我前文提及过的"凯司令"喝咖啡。见不是街头一般的小咖啡馆，小舅便明白这位大侄子肯定有事情要找自己商量了。

开始用勺子搅动着瓷杯里卡布基诺的奶泡时，沈源对沈邦安说：

欸，爷叔，你看我们能不能一起想办法，为公公出版一本传记？

硖石人称祖父都是称公公的。

噢？你出版社有熟人？沈邦安一听，忙兴奋地问。

师范大学有位老同学，现在是文史出版社的编辑室主任，沈源说，那位老同学对我谈起过，他们出版社很欢迎这类书稿。

好啊好啊，那你看我们怎么操作呢？沈邦安对这方面是一窍不通的。

沈源便说，这不难。首先是把稿子弄出来。依我看，沈家人里面，你写这部传记最合适。因为你去台湾和公公一起生活了很多年，对公公最了解，聆听公公的教诲也最多，对公公在台湾事业上的成就也一清二楚，所以担当这本传记写作的作家非你莫属。

一听说自己马上要成为作家了，沈邦安便更是快乐。只不过还有些不放心，略显谨慎地问沈源：

我的笔头子能行吗？你爹爹会有什么看法？或者你大孃孃会有什么想法？如果他们提出请一位正式的作家来写这本传记，我们怎么办？

放心，爷叔。你是当过建工学校语文教研组长的，这种纪实性的文字，你弄起来不是小菜一碟？沈源已窥探到沈邦安想借此书成名的愿望，便进一步打包票说：另外，即使请专业作家写，要付一笔很厚的稿酬，爹爹和大孃孃他们舍得付吗，我们为公公出版传记，本着勤俭节约的原则办事，他们应该高兴才是！

对对对。沈邦安连声附和。但转而一想，又问道：

小源，我听说目前这种个人传记或回忆录之类的书，因为印数少，出版社都是让作者掏出一笔经费的。那以你的了解，我们这本书大概要准备多少钱？

沈源呷了一口咖啡，表面的神情若无其事，内心却惊喜地想道：嗨哟，我的爷叔！明明赚钱的生意，被你说成了赔钱。你如此拎不清爽，就千万别怪我以后宰你一刀啦！

见沈邦安稍有犹豫，沈源胸有成竹地对沈邦安说：放心，爷叔，只要你把这部书稿写出来，我们不仅不会赔钱，而且还能够赚一笔发行费！

噢，真的呀？沈邦安一听是名利双收的事，镜片后的一双眼睛又发出光来。

不过，这本书出版后，你必须负责对浙江各地政协和统战部门的发行……沈源终于说出了这笔生意的利润来源。接着又说：爷叔，你以前不是对我讲过，浙江老家的各地政协负责人不都熟悉公公的事迹，称公公是家乡最了不起的文化名人，一直对公公敬重有加吗？并且也邀请你回家乡投资，回家乡观光吗？正好，我们就抓住这个机会，让他们多掏出些公款来购买你写的这本公公的传记，全省几十个市县，估计发行两万本绝不会有问题！

好的，这件事就包在爷叔我身上了。正好我下星期还要去趟杭州，出席浙江省政协的一个座谈会。他们是为纪念你公公逝世五周年特地召开的会议。沈邦安又说：只是与出版社方面的通融，如何使稿子尽快终审过关，这就全靠你多费心思了……

笃笃定定，爷叔。沈源说：我那位老同学和总编辑关系极好，保证对我们绿灯放行。

叔侄俩的这笔交易，就这般商量妥当了。

经过一个冬季的搜肠刮肚与绞尽脑汁，小舅终于完成了这部关于外公的传记。但小舅在和外公共同生活的那些日子里，其实对外公是疏于理解和沟通的，他也不具备发现外公人性独特魅力的慧眼，更无法体验到外公那样一位清廉正直的知识分子的胸襟和品质。所以他虽然有一度时间笔耕不辍，以为自己就已经当上作家了，但他哪里知道成为一名真正的作家，灵魂究竟要穿越过几层地狱的煎熬？而填补他这本书稿绝大部分内容的，无非是他案头那本台湾出版的外公的部下与同事对外公生平的回忆录。经过对这本回忆录的东抄西摘，东拼西凑，洋洋洒洒的十八万字里，小舅最终在他书稿中完成了对外公形象的描写，当然只能停留在一种表层的意义上。

书稿很快通过了送审。出版社并且决定在全国新华书店范围发行十万册。

接到那位当编辑室主任的老同学打来的电话之后，沈源喜出望外。他很快便在心头有了一遍计算：即使是每本书仅抽两元钱的版税，他与出版社的分成也该有二十万。而这恰恰是小舅并不知道的一个秘密，将来完全可以自己吃独食。

小舅也领到了一笔稿酬。但那时的稿酬是很微薄的，千字才三十元，沈源用四千八百元便打发了小舅。虽然后来在浙江各地政协的发行，小舅也赚了一笔，但与沈源二一添作五之后，小舅在这桩生意里其实还是吃了沈源一个大亏。不过，吃亏归吃亏，不知生意内幕的小舅，当时依然对沈源连声道谢，脸上堆满了一种由衷的感激之情。

出版的新书很快便在沈家的亲戚里面传阅。是小舅亲自去一家家上门送的书。在与亲戚们如此的走动中，他自鸣得意地体验到了被别人恭维为作家的快乐。

只是大舅沈国安读罢此书之后，怒气冲冲地将沈源喊回家里，劈头盖脸地朝儿子便是一顿臭骂：

你这个没良心的奸商，赚钱居然赚到你公公头上啦？！

我怎么啦？沈源一脸错愕：出版一本公公的传记，我难道不是为沈家光宗耀祖吗？何况我还吃了那么多辛苦！

舅母钱月娥也附和道：是呀，国安，我看小源是为沈家做了件好事，怎么反倒落你埋怨呢？

大舅却愈发生气了，狠狠地将那本新书朝沈源脸上摔去，呵斥道：你仔细看看，这本书里的内容，大部分不都是台湾出版的那本回忆录里发表过的吗？你公公独特的经历、性格，还有许多在他身上的鲜为人知的历史真相，在这本书里根本没有得到发掘，结果就被你们弄成了这么一本不伦不类不尴不尬的传记！

我早在前面说过，我的大舅沈国安对文史方面的记忆具有过人的禀赋。那本台湾出版的有关外公的回忆录里的史实，他早就一目十行地记在了心里，所以小舅靠资料东拼西凑写出这本书的拙劣，怎么能逃过他的火眼金睛？况且他也早与我母亲沈国丽谈过，出版外公的传记一定要召开家庭会议，一定要慎重，不仅仅是占有外公部下和同事提供的回忆录作为资源就能万事大吉了，还必须发动沈家所有的亲戚提供回忆外公的史实，甚至包括发动外婆柳嘉宜家族的亲戚。比如我的舅公公柳平沙，1940年为外公抢购船票，掩护外公在日伪特务的盯梢中秘密乘船奔赴香港，柳平沙当年与外公的交往就极为频繁与密切。所以如今沈源和小舅为着赚钱，随随便便地就把外公的传记出版了，这怎能不令沈国安义愤填膺，怒发冲冠？！

沈源狡辩着说：我怎么知道还有这本回忆录？我只是以为爷叔在台湾和公公朝夕相处过七年，对公公最了解，所以我们沈家由他来写这本传记是最合适不过的。

狗屁！他对你公公的了解只是个皮毛！

怒不可遏的大舅竟然连小舅一同骂了起来。

此后，倒是我的父亲江宝顺对小舅写的外公传记还颇有好评。那是翌年的端午节前，小舅买了两篮乔家栅出品的粽子登门来看望他的姐姐与姐夫。吃中午饭时，江宝顺边为小舅倒了杯绍兴产的加饭酒，边很有兴致地说：

邦安，你写的书我看了，不错！沈老先生在"中央图书馆"和台北故宫博物院的事迹被你这么一宣传，大陆的读者都了解了这位民族文化事业上的栋梁之材！

我的母亲于一旁只是淡淡一笑，未做任何应答。

1982年

对于我的外公沈慰堂一生的博学，我们这些做后代的常常只得为之羞惭叹息。外公不仅精通于图书分类学、哲学、史学，并且对艺术作品的鉴赏与对中国美术史的研究，也都有极深的造诣与成就。这在他为故宫博物院举办的许多次特展所写的序言中就可以得到领略。比如为《故宫瓷器选萃展》作序，为《故宫玉器选萃展》作序，为《故宫铜器选萃展》作序，为《故宫名画选萃展》作序，为《故宫玺印选萃展》作序……等等，那些精湛准确的文字里，都体现了他在艺术、历史、收藏等方面所具有的深厚修养。特别是他为《故宫藏画精选》那本书所写的序言中，有段对中国历代藏画归纳精当的文字，令我至今仍念念不忘：

　　我国宫廷收藏名画，自汉而下，五帝创制秘府；
明帝别开画室，魏晋收藏，毁于胡寇入洛。宋、齐、
梁、陈之君，雅尚丹青，搜罗不断。隋帝得天下，于
东京观文殿后起二台，东日庙楷，藏自古法书；西日
宝迹，收自古名画。唐太宗耽玩书画，购求于人间，
至武后修内库图画，真迹每为张易之乘间所盗。惜以
年代湮远，真迹流传，难求统绪。自宋而后，或不戒
于兵燹水火，而内府藏珍，递嬗之迹，仍宛然可寻。
徽宗所藏，远迈前代，康靖之变，汴京珍宝，多被金
人车载北去。蒙元建国，则金与南宋内府之收藏，大
抵又分而复聚。元明而后，递相保守，及清康乾之际，
益以新舍藏品之风遂冠绝今古。本院所藏接收于清宫，
故所有名品，可谓聚千古之精美，为一时之独步……

　　四月里台湾的阳光，已让人有了一种热辣辣的感觉。外
公起身去窗前拉下百叶窗之后，又走回案头，继续俯身观赏
那本他刚收到的《张大千画册·第三集》。恰这时，秘书走进
办公室通报：沈院长，张大千先生前来拜访。外公顿然很高
兴，便匆匆走出办公楼长廊，走到电梯前，专门等候着迎接
世界闻名的中国画家张大千先生。

　　在我的外公沈慰堂眼里，张大千无疑是中国画家中才华
最出众，并极具个性魅力的一位。不仅创作甚丰，且对美术
史上大师作品的临摹也达到了炉火纯青、以假乱真的地步。
传说上海滩有一位大师级的画家吴湖帆，历来以雅腴灵秀、
缜丽清逸的复合画风独树一帜，在民国早年的山水画家中鹤
立鸡群。更重要的是吴湖帆还有一副好眼光，一般名家作品

的真伪，经过他的鉴定，大致都不会发生差错，这也是使得吴湖帆当年在上海滩的画界与收藏界声名鹊起的原因。但张大千客居上海时，吴湖帆对张大千的画并不服气，于是，张大千有一日心生一计，临摹了一幅清朝初年的石涛的作品之后，找了两个"托"，让一个"托"以极低的价格买下，且保证这个"托"日后肯定赚钱；再对另一位"托"说：去拍卖会，你只要一路举牌，保证会有人随你水涨船高，最终以比你更高的价格拿下这幅作品。恰巧，吴湖帆也到这场拍卖会上看热闹，看到一位"托"将石涛的这幅赝品抬到一定的价格时，吴湖帆实在忍不住了，便一口价将这幅赝品买了下来。过了几日，吴湖帆按捺不住内心的窃喜，请张大千到一家饭庄小聚。酒宴开始之前，吴湖帆笑眯眯地对张大千说：我上星期得了一件宝贝呢。张大千说：不妨拿出来看看，让我也为你庆贺庆贺。吴湖帆便喜滋滋地将那幅石涛的赝品铺展到张大千面前。不料，张大千看罢，朗声大笑：哈哈，这是我的仿品，你居然也称作宝贝啦？吴湖帆顿时蒙了，嗫嚅着说：难道我还会看走眼？……但当张大千指明赝品背后那个特地做上的记号时，吴湖帆便不得不叹服张大千技艺之精湛，不得不日后对张大千刮目相看了……这一刻，我的外公沈慰堂想着发生在张大千先生身上的这些趣事，忍不住悄悄地笑了起来。

彼时，张大千先生已结束了大半个地球的游览，离开他居住多年的西班牙的"八德园"，早于上世纪七十年代迁移到台湾定居了。外公最初结识张大千先生，是在一九四四年的重庆。那年，张大千先生将他临摹的四十四幅敦煌壁画，向抗战胜利前夕的陪都人民进行了隆重展出，外公观看后印象极深，曾撰文称赞张大千那些临摹作品无疑是国宝再现。张大千先生对外公的学问和人品也早有耳闻，于是两人几十年间便一直有书信往来。直至七十年代，张大千先生将这批敦煌壁画的临摹捐献给台北故宫博物院后，外公与张大千先生的友谊与交情便变得更加浓厚与密切。

将张大千先生迎进接待室，至沙发上坐定，秘书端来茶之后，外公对张大千先生说：

得知你前一阵子为赶制《庐山图》，劳累过度，住进了荣民医院，我还正想探望你去，你怎么不好好在病床上休息，瞒着医院跑到故宫博物院来啦？

不碍事。张大千先生捋捋他那满下巴从二十岁便蓄起的胡子，笑着说：病情早有好转。病房里住得闷，便想出来透透气，散散心。

张大千先生比外公晚出生一年，当时已年届八十三。外公关切地对他说：

还是不能太辛苦了。作《庐山图》固然要紧，但你的身体是我们民族和国家的宝贝，更要紧。

张大千被外公的关心所感动，便承诺了他会静心修养，再住院观察一段时间。

两人说话间，张大千先生让一位随从他的学生，取下肩上背的那只画筒，打开，将一幅他前年创作的巨幅泼墨山水，郑重地递到外公手里，语气极为恳切并诚挚地说：

慰堂兄，我的这幅画，你一定要留着，不能像前两幅送你的那样都捐给了故宫博物院。我知道，你一生清廉，积蓄不多，但不久你就要退休了，汽车、房子、司机、保姆，统统要交回政府，到那时候你有的是需要用钱的地方。如果周转不灵，你卖了我这幅画，相信你晚年生活尚不会成问题……

1975 年与 1976 年，张大千先生曾相继向我的外公赠送过两幅他亲手绘制的作品。一幅也是泼墨山水，另一幅则是《大千居士自写乞食图》。外公认为那两幅作品都是价值连城的国宝，便毫不犹豫地向他自己供职的故宫博物院做了捐献。外公还对故宫博物院的工作人员说过：与其一人收藏，不如使普天下的艺术爱好者都有观赏的机会。所以张大千先生此次三度向外公赠送他创作的作品，无疑是他为了再一次表达自己对外公那种敬重有加的情意与心愿。

这幅画，外公仅收藏了极其短暂的光阴。翌年春天，当外公闻知张大千先生心脏病复发，病逝于荣民医院时，外公还是毫无保留地将这幅画捐献给了故宫博物院。

翌年冬天，小舅已赴台湾与外公团聚。在故宫博物院，小舅见到了外公捐献的这三幅张大千先生亲手绘制相赠的作品，他心里边埋怨外公从不为家庭生活考虑，边扼腕叹息这些白花花的银子都付诸东流时，确实为时已晚。

2006年

我后来听小舅说过，李家熊为了佳雨河景观房开发的征地进度能尽快朝前推进，为了让张锡林对陶东村拒迁的农民的拆迁补偿款尽早到位，他第二次向张锡林投其所好，是向张锡林送了一幅画，一幅张大千的作品，画作题名便为《大千居士自写乞食图》。

台北故宫博物院的藏品，怎么会到李家熊手里呢？

这自然是不可能的。

小舅对我说：那位临摹者是位颇有本事的高手。并且一定是长年累月对张大千的画风与技法有过精深的钻研与细心的体悟，才能作出如此以假乱真的高仿。并且也一定是在台北故宫博物院的那幅真迹面前揣摩了许多日，才下笔如有神助，将张大千先生自画的那副乞食者的神情临摹得惟妙惟肖。

小舅去台湾时，是在故宫博物院里不止一次地观赏到这幅作品的。况且那又是外公捐献的张大千先生的馈赠，小舅当然还保留着十分深刻的印象。

李家熊却不知其中的实情。虽然去台湾游览过，李家熊在故宫博物院里只是走马观花，并未发现历代名画展的展厅中还有这幅作品，于是当他将《大千居士自写乞食图》于小舅面前展开时，不无得意地说：

怎么样，用这发炮弹去轰张锡林，会不会马到成功？

小舅直截了当地说：高仿！根本不是真迹！

李家熊一下子惊呆了，大声叫起来：怎么可能呢？

小舅说：真迹在台北故宫博物院里陈列着。

李家熊便急得来回在办公室里踱步，叹着气说：唉，我还让上海朵云轩的书画鉴定师鉴定过，他们都说不是赝品，难道这些专家都看走眼啦？

小舅笑着说：人家不过是赚你一笔鉴定费而已。

于是李家熊不得不说出了这幅赝品的来源。2001年夏天时，李家熊曾去澳门逛了一星期，恰巧赌运极好，在赌场赢了一大把钞票。在临回上海的前一夜，他兴冲冲地从赌场走到旅馆门口时，遇见一个模样失魂落魄的中年男子，正逢人便兜售这幅《大千居士自写乞食图》。李家熊不假思索地以二十万元的价格将其买了下来。那个失魂落魄的中年男子，还不住地于李家熊耳边絮叨着：先生，如果不是手头紧，急着去赌场扳本，我才不会以这么便宜的价格卖给你！……

小舅忍不住插嘴说：家熊啊，你想想，这幅画虽然尺寸不算太大，但按当时市面的价格，起码一千万以上，这个失意的赌鬼怎么舍得二十万块就出手了？你还真以为自己捡了个皮夹子？！

小舅毕竟跟随外公生活了七年，耳濡目染，环境的熏陶，使得他在书画与收藏方面的知识早就令李家熊自愧弗如。李家熊搞收藏，不过是一般的暴发户式的收藏观，以财富的占有为目的，哪里会花功夫和心思研究书画作品艺术上的高低之分，研究该如何发现作品收藏的历史呢？因此眼下他一见小舅指出了真相，便只好手足无措地问道：

那你看怎么办，邦安，这张画是不是就送不出去啦？

小舅想了想，反倒不以为然地说：

怕什么！你认不出这幅画的真伪，他张市长也未必就能认出！况且这还是朵云轩的书画鉴定师鉴定过的，以后即使穿帮了，我们也有可以抵挡一番的理由！

李家熊这才重新壮起胆子，这才重新精神抖擞地去了张锡林的住处。

张锡林的住处在军分区大院的一幢小楼里。是市政府为省里与邻省来临江挂职的领导干部专门租用的。张锡林此时尽管未让家眷从省城迁来，但他一个人仍独自占据着一套一百多平方米的三居室住宅。

果然，张锡林见是张大千的画，大喜过望，开着玩笑说：哈哈，我们张家老祖宗的作品，如今市面上可遇而不可求啊！

张锡林自然是笑纳了。他对收藏的目光，确实如小舅所料，与李家熊基本不差上下，仅是凭着一股贪婪，恨不能占有天下所有名家的作品，但根本无从知晓这幅《大千居士自写乞食图》收藏的历史。

不过两年后，当李家熊为着政府关于佳雨河商品房三期工程的开发，景观带建设必须赶在住宅开发前的承诺，又去找张锡林时，张锡林把李家熊的催促都当成了耳旁风。并且还在某次李家熊为之宴请张锡林时，张锡林把李家熊拉到一旁，悄声说：

你前年送我的张大千先生的那幅画，我请人去北京荣宝斋鉴定过了，人家说那不一定是真迹。

李家熊举着酒杯，顿时愣住了。

这也促使李家熊后来偷偷卷走了二期工程的售房款，并赶在向三期工程的建筑单位未付出足额的建筑款之前，果断地换掉手机号码，无声无息地从临江市溜之大吉。

反正李家熊身上是有两本护照的。还有一本是他上海的姐姐都不知道的瑞士护照。

而当时这一切，小舅尚蒙在鼓里……

1999年

初春时节，经济开发区管委会刚挂牌成立，我便接到政府的指令，率领一个开发区的招商团去台湾招商。

临行前，大舅沈国安专门关照我，小舅写的那本外公的传记，太表象化了，大舅决定自己重新写作一本。为此，大舅让我去台湾有空闲时，再留意收集收集外公生前的各种事迹，以便他日后重新写作时能掌握更多有分量有深度的详尽史实。

经过几天与各路台商的会面与洽谈，签署了多份意向性的协议之后，我抽空去了一趟"中央图书馆"，拜会了事先有过电话联系的黄秋兰馆长。

见是沈慰堂的外孙，黄秋兰自然很高兴，也不免流露些怅然，引起她对我外公的思念。听我讲明了来意，她又快言快语地说道：

是啊是啊，你小舅写的那本沈慰堂先生的传记，我们也看过了，书中确实有些遗漏。可能还是你小舅与你外公一起生活的年数少，对你外公观察也不够仔细，有部分能反映你外公品质与人格的史实，他尚未都记录进去。

我忙说：黄馆长，我很想听您谈谈……

我掏出随身带的笔记本，摆出一副急欲采访的样子。于是，黄秋兰以一种对外公特有的情感和回忆，向我说起外公临终前，最后一次去"中央图书馆"，特地为一批从事版本目录学研究的在校研究生、大学教授、图书馆员举办一期讲座的经过：

那次讲座从 1989 年 3 月 2 日开始，至 5 月 25 日结束，大致相当于学校里的一个学期。外公当时已是九十一岁的高龄，但在跨度如此之长的一期讲座里，每次课堂上讲授时仍能思路清晰，谈锋睿智，考证确凿，引得学员们都兴致盎然，不时地在课外还向外公提出各种请教。对于善本书的分类，外公要求学员们都能够做到：一、著录书名与篇目；二、叙述謦校之原委；三、介绍著者生平与思想；四、说明书名之涵义及书之性质；五、辨别书之真伪；六、评论思想或史实之是非；七、叙述学术源流；八、判定书之价值。特别是对论述易经与易经的学问这类书，老馆长从《善本书目》卷一的《经部》之"易类"讲起，讲授得尤为精到与通达。沈慰堂说：易学各朝各有主张。宋人对汉、唐的注疏下过一番功夫，能辨认得失，且都有所本。但元根据宋人之说法，其言差矣，也有附会，元不如宋。明朝经学不发达，清朝之经学则大放异彩，超乎唐宋，直迫两汉。……于是 1989 年 5 月 25 日，外公的最后一堂讲座结束时，学员们纷纷要求外公延续讲座档期，致使他们可以跟随一位学识渊博的长者继续从事学习与研究。可是外公只得抱歉地对大家说：本来，这样内容繁复的讲座，应该有两年时间才能够讲授完毕，但因为七月初要去德国与比利时探亲并讲学，此后这讲座的档期究竟该如何安排，只能由外公从海外归来后才能定夺了……

不料……黄秋兰说到这，眼圈突然红了起来，哽咽着对我说：不料，你外公八月份从欧洲回来后，身体一直不好，情绪也不稳定，以致于"中央图书馆"《版本目录学》的讲座无人能够替代，直至翌年九月他仙逝而去，他最后的讲座竟成了图书馆余音绕梁的绝响……

所以，在我的采访笔记本上，也因了这位对外公无限留恋的女性无意中滴下的一滴泪珠，有些字迹骤然间便洇了开来……

2010年

刚过完元旦，临江市最有实力的开发商之一李家熊便失踪了，这条新闻无疑像一块巨石激起了临江商界这潭池子里的阵阵波澜。

其实，这其间除了政府承诺过的佳雨河景观带建造搁浅，使得以景观带商品房价格出售的佳雨河三期开发的光顾者日渐凋零，而李家熊赠送张锡林的那幅张大千的伪作又遭穿帮，让张锡林此后无法再对李家熊有求必应之外，另一层李家熊不得不溜之大吉的重要原因，便是自2008年起源于美国的金融危机已席卷世界，其后续影响正在当时的中国经济生活中开始显现。有实力的购房者或炒房者都做好了过冬的准备，秉持现金为上的理念，对房地产市场形势流露出观望的态度。况且佳雨河一期开发的购房者，大都来自南京，因为南京距离临江毕竟只有四十分钟车程，他们是完全有理由将佳雨河当作南京的后花园的。但随着开发的深入推进，南京的购房者渐渐稀少，二期工程的商品房销售便现出了销售疲劳，因为本地的老百姓不像南京的那些大款，对待购买这种有景观带的高端商品房，他们无论如何是要反复掂量的。所以再展望景观带尚未建起的三期工程，失去了地貌优势的一片住宅，怎么会具备市场竞争的潜力呢？李家熊想到这便不寒而栗。可以预料到的糟糕透顶的销售前景，令他感觉到临江已根本无利可图了……

我前面早就说过，新中国成立前当过资本家少爷的李家熊，可能出于他那种家庭的血脉的传承，他对市场的嗅觉与判断都有着过人的敏锐与精明。这如同香港首富某老先生，认为近几年开放了的东南亚各国的劳动力价格比中国更便宜，未来的制造业红利肯定会在东南亚产生，便于 2016 年之前彻底变现了在中国大陆的全部资产，向十三亿中国人民说一声"拜拜"，便扬长而去了那样，李家熊也换掉手机号码，卷走他在临江人民头上赚到的全部利润，便悄无声息地在临江大地上蒸发了。

离开了李家熊的支撑，小舅的日子自然是王小二过年，一年不如一年。虽然一期工程的销售，使他的投资翻倍报偿，但后来因为李家熊加大股份，掌握了财权，说是二期工程销售款尚未全部回笼，让他再等一段时间领取分成，这样，待李家熊出逃之后，他根本没有财力独自应付三期工程还未完工的局面。于是那些日子里，天天有各路要债的人马坐在他办公室朝他死缠烂打。建筑商来追讨工程款，园林绿化公司来追讨树木草坪款，政府部门的人来追讨三期工程买地未结清的余款……都听说李家熊逃跑了，各路要债的人马都生怕他们的希望变成竹篮打水一场空。如此，小舅便不得不经常变换他办公的场所，不得不购买了另外一张少有人得知的手机卡，即使晚上睡觉的地方，他也会穿梭于一家又一家不知名的旅社与宾馆。

日子熬不过去时，小舅曾苦着脸来找过我，哀求我说：

援朝，能不能想想办法？以开发区管委会的名义，帮我担保一笔五千万的贷款，等我周转灵光后，一定连本带息如数奉还。

我婉言拒绝说：这是名不正言不顺的事情。小舅，我实在无力为你效劳。

这年深秋，临江街道两旁的梧桐树上已飘下枯黄的落叶，宝岛台湾仍是一派姹紫嫣红的盎然生机。因为纪念外公沈慰堂逝世二十周年的学术研讨会在"中央图书馆"召开，母亲沈国丽和大舅沈国安都收到正式邀请，我便专程赶往上海，陪同两位八十多岁的老人一起乘飞机去了台湾。

听着一位位与会代表对外公的追忆，对外公学术成就的推崇，望着会议室中央外公那副笑容慈祥的遗像，我不禁浮想联翩：独自沦陷于台湾数十年的外公，以他的一己之力，为民族文化事业做出了那样不朽的贡献；而我那位至今还沦陷于临江的小舅沈邦安，会否在他七十多岁的晚境中，在他为生意奔忙得殚精竭虑的日子里，收获他人生最后的成果呢？……

绝对记忆

一般都是在将近上午十点钟的时候，岑建安手头无论正做着什么工作，或这件工作正如何地使他投入精力，他都会突然感到大脑恍恍惚惚，突然变得心烦意乱起来。

岑建安放下笔，从桌上的烟盒里摸出一支烟，吸了一口，目光便不由自主地向办公室门口移去。

门是紧关着的，并没有人进来。

而岑建安却再也无法恢复到刚才的那种工作状态中去了。岑建安此刻的心情似乎是生怕有人进来，又似乎是盼着赶快有人进来。

生怕有人进来，是岑建安生怕有人妨碍自己的工作。盼着有人赶快进来，是岑建安盼着赶快结束自己这种惶惶不安的感觉。反正是祸躲不了。岑建安想，干脆豁出去它半个小时的工夫，陪那位迟早总是要来访的不速之客扯些陈年老账的话题，再赶快把他打发走，自己倒还好安下心来继续做手头正忙碌着的事情。

自单位搬迁到离休老干部住宅小区对面的这幢办公大楼之后，岑建安觉得自己真是撞上了鬼。三十年河东，三十年河西。岑建安万没料到三十年未见面的老同学金南城如今成了精神病患者。而就是这个精神病患者，如今每天上午买完菜，居然都要顺道来岑建安的办公室里闲坐片刻。

亏得金南城还是个文疯子。不幸之中的岑建安暗暗庆幸。假如金南城是个武疯子的话，自己万一出口有所冒犯，这间刚装修好的办公室，恐怕早就被金南城砸得七零八落了。

应该说，岑建安以往对金南城的印象并不十分深刻。因为岑建安读中学时的同学大部分是从小学一起升到中学的，而金南城则是初二下学期从外地转到岑建安班级就学的。并且，金南城的学习成绩在班里一直比较差。可能是小时候患过脑膜炎的缘故，金南城的智力不甚发达，背诵课文常丢三落四，在课堂上对老师提出的问题也常常答非所问。

冬日的中午，太阳暖融融的，住校的同学们都围聚一起，吵吵嚷嚷地在操场上打篮球，或踢足球，唯有少言寡语的金南城搬了条板凳，独自倚在教室外的墙角上，耷拉着一颗硕大的脑袋闭起眼睛晒太阳。应该说，岑建安那时对金南城唯一的好奇，便是金南城很细的脖子上怎么会架着一颗如此硕大的脑袋？偶尔，晒着太阳的金南城也会睁开眼睛，抬起头，望一望高远的蓝天与刺眼的太阳。于是，那一刻里，金南城那双眼珠很鼓的眼睛里流露出的目光便显得有些呆滞与茫然了……

但岑建安无法否认，他当年对金南城的家庭背景还颇有记忆。因为当时班上的同学们都传说，金南城的父亲是部队的一位高级军官，刚转业，正出任市委分管组织工作的副书记。所以金南城上学时穿的衣服靴子，还有背的书包与水壶，是令那个年代的孩子们都非常羡慕的军用物资……

如今，金南城的父亲虽然早已离休了，但金南城父亲的名字，在岑建安生活的这座城市的许多公民心目中，仍存有深远的影响。因此，金南城如今走进岑建安工作的这座新落成的办公楼，到各个办公室东游西逛时，一进门，总要对众人趾高气扬地自我介绍道：

我父亲是金某某。

我家就住对面老干部小区某栋某号。

这一来，便有不少人对金南城不得不刮目相看。

这一来，还有不少根本不知金南城是个精神病患者的人，居然会对金南城露出些巴结的神情。

当然，金南城每天来这幢大楼报到的第一个地方，大多还是老同学岑建安的办公室。但岑建安对待金南城的态度和旁人却大相径庭了。这一则因为岑建安是一家事业单位，也就是一家文史类杂志社的总管。岑建安每天上午要处理很多的稿件，要打很多的电话，要和杂志社事务相关的各个部门交往联络，还要为杂志社十几号员工的工资奖金操劳烦神。因此，在每天各种事情像乱麻一样交缠的上午，岑建安对下岗后无所事事的金南城这般有意无意的骚扰，常常是非常痛恨，并恨不能一拳立刻将金南城打出办公室门外去的。好在岑建安还真的没有如此，因为他面对的仅是个精神病人。岑建安心里明白，若真的与金南城计较，自己反而便显得神经不正常了。另外，岑建安自青年时代到中年时代，从未对自己的仕途有过任何觊觎。凭本事干活，凭本事过日子，是他做人的根本信条。即使是金南城父亲后来荣升为市委第一书记，成为这座城市最高权力层中说一不二的人物时，岑建安也从未想到要通过老同学的关系使自己的职位有所升迁。因此，对待老同学兼精神病患者金南城的来访，岑建安总之是抱着一种既厌烦，却又不得不疲于应付的态度。

当然，偶尔遇到岑建安心情很好的时候，或刚巧是做完了手头的一件工作，想松松脑子歇口气的时候，若金南城这时推开门，很随意地坐到岑建安办公桌对面的那张沙发上，岑建安也会为金南城泡上杯茶，并主动与金南城嘻嘻哈哈地拉扯几句。

"喂，南城，我记得咱们中学毕业后都下乡插队去了，当年班上好像只有你一个是留城待分配的。"

"没错，我毕业那年刚巧得了风湿性关节炎，有医院证明，所以学校和街道办事处就同意我留城了。"

"那你先到什么地方上班的？"

"锅炉厂。"

"后来呢？"

"晶体管厂。"

"再后来呢？"

"晶体管厂垮了，我就下岗回家了。"

"那你靠什么生活呀？"

"厂里还发生活费。每月两百五十块。"

"怎么够呢？"

"没关系，我老爹老妈有的是钱。我哥和我妹妹早搬出去住了，只剩我光棍一条在家里伺候老两口。反正我在家里吃住都不用花钱……"

就在岑建安与金南城这么一问一答的功夫里，岑建安深深地惊讶于金南城思维的清晰及措辞的准确。要不是金南城谈话时那双眼珠很鼓的眼睛里仍露出一种直直的目光，一眨不眨地盯着岑建安打量的话，岑建安便根本不会意识到自己面前的这位老同学竟然还是位精神病患者。

特别当金南城提到他所在的晶体管厂，厂长是如何腐败，如何搞垮了工厂，如何害得厂里不少工人都下了岗时，那种流利、连贯而义愤填膺的语言，不禁让岑建安感觉到金南城几乎就是在背诵一篇大批判稿，或是一篇经报社某位写社论的高手指点过的反腐败檄文。其语言的流利与连贯程度，也使岑建安不能不联想到作为同窗的金南城，当年在课堂上被老师喊起来背诵课文时，总显得那么吃力，那么结结巴巴与丢三落四……

岑建安见金南城唾沫星四溅，眼睛直直地盯着自己说：

"不铲除这些害群之马，怎么行？他们从来都是把国家的利益置于脑后，只会将国有资产悄悄地流失进他们个人的腰包里。等他们个人的腰包都装鼓了，我们广大工人阶级就要喝西北风去了！"

岑建安听着，心想，金南城后来变成神经病，很可能是因为受到厂里下岗的刺激。作为前市委书记的儿子，金南城大概万万预料不到自己竟会沦落到下岗的厄运……

但无可否认，岑建安心情如此好，主动想与金南城搭讪几句的机会并不多。在金南城到岑建安办公室闲坐的大部分时间里，他还是为自己工作被中断而对金南城感到非常厌烦的。好在金南城已成了个精神病患者，根本就觉察不到岑建安脸上流露出的那种厌烦与敷衍。他不管岑建安是否爱搭理自己，只顾滔滔不绝唾星四溅地向岑建安诉说着。

尤其是金南城喜欢对岑建安扯到的话题，无外乎总关系着金南城的父亲，关系着父亲的同僚与下级，关系着因受父亲影响的市里某些高层干部的人事变动，关系着金南城的哥哥最近又由市人事局局长升为市委组织部部长等等，这便更让岑建安感到无聊至极。岑建安心想，你这个神经病对我说这些有什么用？莫非还指望我把你供成一座能保佑我升官的菩萨吗！

与此同时，岑建安更惊诧于金南城大脑某种记忆力的异常发达。因为金南城每每说到市里又有某位领导去省里走马上任了，市里又有某位领导因贪污受贿问题被抓起来了，市里又有哪位哪位领导去他家拜访他父亲去了，那一刻，从金南城嘴巴中吐出的每一个名字，绝对是准确无误，绝对与本市报纸上所披露的没有任何两样。为此，岑建安也常常会打量着金南城那颗硕大的脑袋，心里反复琢磨：你这个神经病究竟是他妈真的，还是假的？

但无论如何，作为精神病人的金南城的病症特点，其实在岑建安眼里还是表现得十分明显的。比如，金南城每回临离开岑建安办公室时，都会走到办公室门边的期刊架旁，拿起一本杂志，装着随意浏览，一旦岑建安未注意，金南城便会偷偷地将那本杂志藏进自己的衣襟里，然后扬长而去。其次，金南城在滔滔不绝地对岑建安正说着话时，常常会突然中断话题，突然伸手向岑建安要钱。那一刹间，金南城绝不会想到自己刚还说过"我老爹老妈有的是钱"，也绝不会意识到伸手向老同学要钱有什么羞惭与难以启齿之处。

"建安，你身上有零钱吗？有就给我几块。我如今下岗了，生活真他妈困难，偶尔要看看电影或买买书什么的，穷得连一分钱都掏不出来。"

岑建安自然无法拒绝。

但一次行，两次也行，而次数多了，岑建安还真的难以招架。因为岑建安毕竟是位"瘾君子"，每月工资都一文不少地交给老婆了，抽烟基本上靠杂志社每月发的那可怜巴巴的两百多块奖金。一旦那两百多块奖金都用完了，到月底，岑建安便必须忍受断烟时的"大脑缺氧"。记得有天下午，岑建安在办公室里起草着一份文件，正写着写着，桌上的烟抽完了，岑建安便只好起身去大楼外的杂货铺买香烟。但到了杂货铺，才发现上午衣服口袋里装的那六七枚硬币，早已被金南城索要一空。

因此，如今每每临近上午十点钟光景，岑建安在等待着金南城造访的心情里，不仅是厌烦，甚至更怀了一种莫名其妙的紧张。

岑建安很想干脆将办公室门反锁起来，但又怕影响正常的公务。若这时编辑来讨论稿件，或有外单位的人来联系工作，一旦见门是反锁着，他们很可能会立马转身离去。于是岑建安左右为难，只好独自默默地忍受那种惶惶不安的心情的折磨。

这天上午，一般也就是金南城平日里跷着二郎腿坐到岑建安对面的那张沙发的时刻，岑建安已接连吸了两支烟，却一直未等到金南城的身影在办公室门口出现，岑建安便觉得有些奇怪。后来，因有位编辑交来了一篇题名为《万历五年新考》的稿件，岑建安抓起一看，竟不知不觉地看得十分投入，看得不时为作者的精彩论述拍案叫绝，岑建安便渐渐把金南城的影子完全抛在了脑后。

但第二天上午，金南城仍没有出现，岑建安便觉得奇怪了。岑建安心想：我这个神经正常的人，怎么反而被这个神经不正常的人搞得思维错乱起来？好像他每天不来这里胡说八道一通，我还必须眼巴巴地盼着他来？岑建安这么想着的时候，就起身离开办公室，到大楼外的杂货铺又买了一包香烟。

买完烟，岑建安重新返回大楼时，在楼门口遇上了传达室的老张，于是从消息灵通的老张嘴里，方才得知了金南城这两天失踪的原因。

原来，昨天上午，金南城不知怎么闲逛到离此处不远的市政府大院门口。见政府大院门口正被某个厂的数百名下岗工人围得水泄不通，金南城很兴奋，便一头挤进了群情激昂的人堆里。开始，金南城还只抱着看热闹的态度，但到后来，金南城便管不住他那张嘴巴了，又像往日在岑建安面前背诵反腐败的大批判稿那样，滔滔不绝并唾星四溅地向周围人们诉说起国有资产为何流失、广大工人为何下岗的社会根源。这一来，金南城很大的嗓门便引起了在场维持秩序的两名年轻武警的注意。那两名年轻武警这时肯定以为金南城是这群下岗工人的领头羊，并且也一定是今天围攻政府事件的策划者与煽动者，于是他们毫不犹豫地冲到金南城身边，反剪起金南城的双臂，将他拖出了人群。

但金南城哪吃这一套？金南城永远忘不了在他上幼儿园的时候，每天早晨，总是有一位他父亲的警卫员会准时将他抱进一辆草绿色的军用吉普车，然后，那辆载着他的草绿色军用吉普车便驶进了市区，驶进了给过他很多童年快乐的幼儿园……因而眼下，金南城绝对无法忍受自己竟然会遭遇坐"喷气式飞机"的现实。他拼命地蹬着双腿，拼命地扯起嗓子大喊道：

"你们别乱抓人！瞎了你们的眼！我父亲是市委书记金……"

但那两位武警毕竟太年轻了，或者是刚从农村入伍进城的新兵蛋子，他们根本就不知道这座城市的历史，也根本不知道这座城市的历史上还书写过一位姓金的市委书记的名字。为了忠于职守，他们只能义无反顾地将拖出人群的金南城塞进了一辆白色的警车。很快，那辆白色警车载着金南城驶向了一个不知去处的远方……

岑建安听传达室老张说罢这条新闻，没有吭声，独自在办公大楼门口怔怔地站了半天。

其实，岑建安的心情一点都不觉得轻松。岑建安想，金南城这几天自然不会出现了，但再过几天呢？再过几天金南城总是要被放出来的。一旦被放出来，金南城每天还是要来自己办公室骚扰的。现在的关键问题是必须尽快搬迁办公室，尽快向政府提交要求搬迁的报告。据说政府大院里最近因机构调整合并，腾出了不少办公室，虽然那些办公室比较陈旧，比不上自己刚装修的新办公室，但这绝对是一个好机会……

想到这，岑建安点燃一支香烟，开始构思呈送这份要求搬迁办公室的报告的理由……

豪华是一种装饰

一

看罢两集连续剧，电视屏幕上的时间已过了九点半。潘立贞先给电玩城的下属王九月打了个电话，问今晚是否有派出所的民警来袭扰？因为潘立贞事先听公安系统的内线传出信息，今晚有扫黄行动，虽然主要是针对各家歌舞厅的，但怕大棒子抡远了，可能会波及网吧与电玩城这类娱乐场所。王九月在电话那头回答："放心，潘总，我正盯着呢。目前为止平安无事。"于是潘立贞放心了，在沙发上伸个懒腰，然后站起身子，准备去一楼的卧室看看母亲蒋婉芬是否已经入睡。

自去年搬进这幢豪宅，日子过定当之后，潘立贞每晚这个时刻都会去母亲房间里请个晚安。

今天可能是雇来打扫卫生和烧晚饭的钟点工走得急，临走时未能像往日那样将这幢豪宅底层的灯盏都捻亮了，这便使潘立贞从明晃晃的客厅走到通往母亲卧室的过道上时，觉得眼前的景色有些影影绰绰的。她还是第一次在这般缺少光线的大宅子里独自转悠，浑身难免会有一点点紧张和惊悚。潘立贞便忍不住心里暗暗骂了老公宋大森一句：真是瞎了眼！舍得花那么多钱装这座豪宅，就不知道走廊里多装几盏灯啊！

去年，宋大淼买这座宅子花了五百万，后来装修与买齐所有家具及陈设的钱，几乎和买房子的钱打了个平手。因此，一旦灯火通明时，这幢豪宅在这片别墅区里还是显得格外富丽堂皇的。潘立贞偶尔吃罢晚饭，牵着那条长毛波斯犬去小区外散步，只要望见自己家那幢豪宅在这片别墅区中现出一派辉煌的奢华，她心里其实还是十分沾沾自喜的。潘立贞与宋大淼是二婚。一个二婚的女人，对家庭的安全感与老公的经济实力，便有了一种更刻意的讲究。当年和潘立贞一批下岗的工厂姐妹中间，如今也有两位和潘立贞一样做生意做成了富婆，在富婆圈里谈论起潘立贞时，都说她嫁的宋大淼是如何如何靠谱，如何如何有社会地位，那种羡慕的语气确实令潘立贞一直感到非常地舒坦与受用。

潘立贞轻轻推开了母亲卧室的房门。老太太蒋婉芬正站在五斗橱旁焚香的观世音菩萨面前，双手合十，两眼闭起，嘴里念念有词地默诵着经文。潘立贞站在门口未再朝前挪动脚步，只是等母亲这套每日奉行的仪式完毕之后，才悄声问："妈，还没睡呢？"

蒋婉芬叹了口气，说："睡早了也没用。半夜老是做噩梦。"

潘立贞忙说："家里一切都平平安安，你有啥噩梦好做的？"

蒋婉芬说："昨晚我又梦见了你弟弟。"

潘立贞从母亲朝自己投来的哀怨的眼神里，明白了那是对自己的一种提醒，甚至是一种警告。

潘立贞父亲去世早，她和弟弟潘立根是蒋婉芬含辛茹苦地拉扯成人的。

20世纪80年代中期，提前从纱厂病退的蒋婉芬在纱厂子弟学校附近的街角，开了一爿专卖各种文具的小店。后来店里新置了柜台，又增添了不少种学生们爱吃的零食。比如芝麻糖、鱼皮花生、油炸薯片等等。一到天气炎热的季节，店门口又会推出冰柜，卖些冰棍、雪糕、冰淇淋、冰镇汽水等降温食品。如此三年下来，蒋婉芬的小店吸引了纱厂子弟学校的无数学生。特别是每天临上学之前和刚放学的那一刻工夫里，蒋婉芬更是忙得马不停蹄，穿梭于柜台前不停地收钱、递货、找钱，恨不能立即长出个三头六臂来。

蒋婉芬是个细心的人。偶尔一次，她随纱厂几位退休的同事去一家铺面不大的饭店聚餐，刚走进饭店，她看见大堂的墙角放着一台小型游戏机，有不少食客正买了一堆筹码，在游戏机上玩耍着类似于老虎机上的那种赌博游戏。蒋婉芬便站人群后细细地看了一会儿，发现能在这台游戏机上捞到意外之财的毕竟是个别人，而大部分人都是输了十几块钱后只得扫兴地抽身离去。于是聚餐结束时，蒋婉芬特意向饭店老板打听了这款游戏机的价格及生产厂家。于是几天后，蒋婉芬将一张邮局寄来的提货单交到儿子潘立根手里，潘立根便乖乖地踩着三轮车，去火车站行李处把这款从温州发货的游戏机运了回来。

此后的日子里，蒋婉芬的小店便被孩子们踏破了门槛。至月底一结账，蒋婉芬方才明白，这个月的营业额竟然大部分都是来自那台游戏机的收入。蒋婉芬想：亏得孩子们还只是把买练习本或各种零嘴的三五块钱换作了游戏机的筹码，不然的话，踏破门槛的肯定便是孩子们背后那些气势汹汹的骂上门来的家长们了！

但以小赚为乐趣的蒋婉芬的这台游戏机虽然没遇凶险，最终却挡不住贪心的潘立根开起三家大型电玩城惹来的杀身之祸。

潘立根高中刚毕业便成了待业青年。头两年，他去几家工厂打过临工，但都觉得收入少，便三天打鱼两天晒网地和一批小兄弟在社会上厮混。后来，凑巧被一位炒股票的大鳄雇用，经常三更半夜裹着毛毯去证券交易所门口排队为那位大鳄买原始股。潘立根从中领到了佣金，尝到了甜头，心便开始野了起来，软磨硬泡地从母亲蒋婉芬那里要来三千元钱，自己也买了一支名为"浦东强生"的原始股。结果，1993年潘立根将这批"浦东强生"在二级市场抛售时，当初的区区三千元居然相隔两年暴涨成了一百二十万。潘立根彻底发家致富了！发了家后的潘立根便也像许多人模狗样的大鳄一般，天天去证交所的大户室上班，天天盯着自己面前一台电脑上的红红绿绿，神情紧张地进行着追涨杀跌。但幸亏潘立根是个聪明人，他很快便明白了在信息不对称的局面下，凭着自己这点家底到二级市场赌博，最终必然是玩火自焚。于是赔了二十万元之后，他果断地止损收兵，心情有些沮丧地离开了证交所大户室。

潘立根觉得自己往后的生意，必须像买原始股那样，只能做稳赚不赔的生意。如此一来，潘立根便打起了母亲蒋婉芬小店里那台游戏机的主意。潘立根最落魄时，曾在蒋婉芬的小店里打工过两个星期，那台稳赚不赔的游戏机给了他十分深刻的印象。恰逢彼时这座四线城市里诞生了第一家大型电玩城，潘立根便看准这政策开放的大好时机，迅速出击，倾其所有，创办起了这座城市的第二座电玩城。当然，这种虽然是日进斗金，却把不少人家往火炕里推的生意，是无法于阳光下招摇过市地维持长久的。不出一年，政府便专门成立了文化稽查大队，便时常对各种非法牟利的网吧与电玩城进行了抽查与扫荡。潘立根尽管在这条道上混得早，通过行贿打点结识了不少公安系统的内线，几次能够逃过劫难，都是靠了那些内线预先的通风报信，但长年在这种提心吊胆里做生意，潘立根后来还是渐渐感到厌倦和疲惫不堪了。特别是记不清有几次陪着那些内线去高档酒楼胡吃海喝，去舞厅或桑拿房泡妞狎妓，潘立根每次看着白花花的银子从自己手里撒出去时，心里总会涌起一种极其憋屈与苦涩的滋味。于是到了1996年中的某一天，潘立根事前听说毒品走私猖獗的云南，如今开电玩城还是桩光明正大的生意，他便匆忙席卷着资金孔雀西南飞了，到昆明市区开了两家更加招摇过市的大型电玩城。

从亏损企业下了岗的潘立贞，便是在弟弟潘立根飞去昆明之后，接手营运起了潘立根留在家乡城市的那座电玩城。可能是一个漂亮女人做起这方面生意来，更加委婉得当，周旋有余、巧舌如簧，好几年下来，钱倒赚了不少，她人却从来没栽过什么大跟斗。尽管目前全市仅剩的几家电玩城都进入了半地下营业状态，但她凭着眼观六路、耳闻八方的本事，还是把自己家那座电玩城变成了一棵家庭进项必需的摇钱树。

今晚，潘立贞突然听母亲提到已死去多年的弟弟潘立根，便有些惊讶地问：

"妈，您是怎么啦？我一切不都好好的吗？我是我，立根是立根。我做起事来不会像他那么鲁莽！"

蒋婉芬说："嗨，你弟弟做生意做得顺风顺水时，心气不知比你高多少倍呢，但到头来怎么样？向债主逼债，反而被债主雇黑道上的杀手把他劫杀了。"

潘立贞说："立根那是犯犟，死心眼！赚了那么多钱，至于为几个小钱把人家债主朝死路上逼吗？"

蒋婉芬露出几分讥讽地说："他不是怕坏了你们这行的规矩吗？"

潘立贞忙说："可规矩是死的，人是活的。立根做事就不能多动动脑子啊？"

"你别给我嘴犟！"蒋婉芬有些生气地说："你以为我不知道啊，你们现在的好日子，都是靠刀口舔血换来的。什么时候你彻底金盆洗手，像我这样立地成佛了，我才能对你的生活真正放心。"

潘立贞见母亲真的动怒了，便安慰母亲说："放心，妈，等我投资给小娜办的生物炼油厂正式开工了，我保证立马卖掉电玩城，往后咱们家只做合情合法的生意。"

方小娜是潘立贞与前夫方明辉生的女儿。大学毕了业，方小娜考研没考上，便花钱去英国攻读了两年化工专业，混个硕士头衔回国后，去北上广深等大城市却未找到薪水优厚的职业，于是便回到家乡城市和许多富二代一样百无聊赖地挥霍着青春时光。前年冬季里的某一天，方小娜在网上聊天聊到无锡炼油厂一位名叫杨雪涛的炼油工程师，听说如今办生化炼油厂很赚钱，因为原料仅是些棉籽、菜籽，甚至是地沟油之类的极易弄到手的廉价物品，方小娜便动了心，便怂恿母亲赶快上马这个资源再生能受到国家政策优惠的大好项目。恰巧潘立贞原本就想把这些年从赌博机上挣的钱都洗白了，所以经不住方小娜几把火一烧，脑子一热，便去市经济开发区买了块地，又购进了设备，建起了简易厂房，还专门聘来那位无锡炼油厂的杨雪涛工程师做技术负责人。眼下只等着各种证照办理齐全，便可以择日招工开厂了。

蒋婉芬对女儿和外孙女这些日子的奔忙心里是清楚的，于是听潘立贞这么一解释，脸上的神色便显得和缓了，说：

"这就好。只要你往后做的生意合情合法，妈也就放心了。"

潘立贞说："妈，那你就不要老是念叨立根了，过去的罪梦就让它过去吧！"

蒋婉芬叹了口气，声音变得有些哽咽地说："唉，立贞，你是不知道妈这么多年来心里藏的苦楚。当年，我如果不让立根来我的小店里打工，不让他明白还有游戏机那种生意，他日后不至于去开电玩城，不至于那么贪得无厌，更不至于会在别人的刀口下丧命！"

潘立贞忙掏出手绢，替母亲擦去了那张沟壑纵横的脸上滚下的泪珠，柔声安慰着说："妈，不怪您。爸病死得早，要不是您拼命挣钱养家糊口，我和立根怎么能健健康康地长大成人呢？"

好不容易将母亲激动起来的情绪劝慰得渐渐平息下去，潘立贞把蒋婉芬哄上床入睡之后，她脚步轻轻地走出母亲房时，心想：难怪五年前母亲宣布从此吃素，并且天天虔诚地念经拜佛，难道都是出于她这么一种从未透露过的赎罪心理吗？

二

一般是看完两部热播的连续剧，剩余的电视节目，潘立贞便会看得心猿意马。她会不住地摁着手里的遥控器，从戏曲到体育，从科技到美食烹饪，从法制破案到炒冷饭的电视剧，她迅速地调换着频道，但看起来又都觉得索然无味。毕竟近五十岁年纪的人了，身体已不需要那么多酣沉的睡眠，此刻不住地摆弄遥控器，似乎只是为了打发一阵真正的倦意袭来之前的无聊时光。

茶几上的手机铃声突然响了起来。潘立贞俯身拿起了手机。

电话是宋大森打来的。宋大森告诉潘立贞：今晚有几位市里重要的官员需要陪同和应酬，回家可能会迟一些，让她别等自己了。

未等潘立贞回话，电话那头已经挂断了。潘立贞便想：哼，今晚还不错，还知道打个招呼。其实已经多少日子了，你不在外面混到深更半夜，不喝醉成一摊烂泥，不累得精疲力竭倒上床便睡成一头死猪，你还会惦记有个家吗？

客厅里那架红木座钟当的一声敲响了十点半，茶几上潘立贞的手机又传出了急促的铃声。这回是方小娜打来的。潘立贞开了电话便是一顿厉声训斥：

"都几点了，还不快回家？！夜晚总去那些娱乐场所疯疯癫癫，还像是从咱们体面人家走出去的孩子吗？"

电话里传出剧烈的迪斯科音乐，潘立贞明白方小娜准又是去泡舞厅了，便更气不打一处来：

"你赶快给我回家！"

方小娜像是刚喝过酒，软绵绵的略带醉意的声音里却透出一股平日少有的底气："妈，你别只对我凶，有本事对你老公宋大淼凶去！他不是早给咱们画了饼，说是帮助炼油厂贷五百万吗？究竟贷到没有？"

潘立贞这才想起自己向银行贷的五百万炼油厂基建工程款，下个月就要到期，如果不及时堵上这个窟窿，后面的工厂开工和生产流动资金都会受到严重的波及与影响，于是她不得不降低了嗓门，开始耐心地朝方小娜解释：

"小娜，你听我说，你爸不是不帮忙，只不过最近他的银根也有些紧张……"

方小娜似乎没心思听母亲啰嗦，打断潘立贞的话说："妈，我不管，我只是提醒你，反正还有一个月就到还款期了……"说罢，方小娜已挂断电话，潘立贞的手机里只剩下嗡嗡的电流声了。

　　潘立贞重重地将手机摔到咖啡色的真皮沙发上，深深地叹了口气。

　　其实，潘立贞内心清楚：她的第二次婚姻并非像富婆圈里传说得那么美满，宋大淼也并非是位让她真正觉得靠谱与称心如意的老公。

　　宋大淼发家成功，与潘立贞姐弟有着相同的历史。潘立根当年开起皖江市第二家电玩城之后，宋大淼紧随潘立根的步伐，亲手打造了皖江市第三座电玩城，并且成为全市规模最大、设备最高档的一家。宋大淼能够踏入这一行，是完全受其父亲宋福星的点拨。宋福星原先是市无线电厂的工人，因为有一手修理收音机与电视机的出众技术，看到市场开放，便提前病退回到家开了一爿电器修理铺。有了一些资本的积攒之后，宋福星瞄准了全市学生最多的实验中学附近的地段，开起了一家电子游艺厅。这家游艺厅里的游戏机比当初蒋婉芬买的要大一号，也是从温州进的货。不同的是宋福星是一下子便买了二十台，于是游艺厅里整天五光十色，学生们川流不息，宋福星很快便有了不菲的收入。终于，当宋福星看到潘立根装修完毕电玩城时，心头也难熬住痒痒的感觉了，对儿子宋大淼说："大淼呵，咱们家也该大干一票了。只要你能把公安部门的关关节节打通，爸一定给你投资办个电玩城！"如此一来，宋大淼的电玩城不久便成为临江市的巨无霸。

　　男人有了钱就学坏。这种一般性的民间推理放在宋大淼身上还是蛮合适的。钱多起来的宋大淼，渐渐便对相貌平平、长年在医院倒班当护士的老婆心生厌倦了，时而会馋猫偷腥地去外面做些风流出轨的事情来。也就在两人结婚尚不满三年的一天上午，宋大淼老婆下了夜班回家去，路过一家宾馆门口时，看见宋大淼正被一位娇艳女子挽着臂膀，刚走出玻璃旋转门，亲亲热热地走下了台阶。宋大淼老婆顿然被气得五官变了形，义愤填膺地冲上前对准宋大淼身旁那位娇艳女子便是一记响亮的耳光。此后，宋大淼老婆再没回过家，只是让娘家的弟弟执笔写了诉状，又让法院送来了她要求离婚的一纸传票，宋大淼和他老婆便草草结束了这段尚未来得及育子生女的婚姻。

潘立贞倒是有过一段较长年头的婚姻。潘立贞与前夫方明辉婚姻的破裂，属于温水煮青蛙的过程。因为看着自己弟弟潘立根迅速地发家致富，潘立贞便对当时就任着石油公司工程师方明辉的无所作为，开始心怀不满，常嘲笑方明辉每月领回家的那份死工资，还不如在汽车加油站门口卖茶叶蛋和油炸春卷的那个老太婆收入多。方明辉本身便是一副文弱相，面对潘立贞的冷言冷语，他常常憋红了脸却憋不出一句伶牙俐齿的反击来。于是，忍到方小娜十八岁上大学那年，憋了一肚子屈辱的方明辉冷静地将一份自己已签过字的离婚协议递到了潘立贞手里。潘立贞先是有几分诧异：怎么竟是方明辉先甩了自己？但她态度上还是很爽气，没有任何拖泥带水地与方明辉很快办妥了离婚手续。实话说，潘立贞最初能够嫁给方明辉，她心里还是十分满意的。那是20世纪80年代后期，文凭还比较吃香，方家上下两代都是工人阶级，找了这么个知识分子撑门面，使得潘立贞在工厂姐妹中间谈起自己老公时，语气里都会情不自禁地透出一种骄傲与炫耀。因此刚和方明辉离婚的那些日子中，潘立贞心头还是平生过一阵迷惘和失落的。也恰恰在那些日子里，本来就在业内熟悉的宋大淼便进入了潘立贞情感饥渴的视线。宋大淼早于三年前，卖掉电玩城，把赚得盆满钵满的黑钱洗白了，成为皖江市如今有头有脸的媒体业大亨。潘立贞亲眼看见，常有些挂着本市小号码牌照的轿车，也就是市里头头脑脑和各机关领导乘坐的专车，会有事无事地停在宋大淼创办的报社门口。邻省省会城市的钟山晚报社为扩大在长三角地区的影响，授权不知通过什么关系攀附上报社社长的宋大淼办了一份名为《钟山晚报·皖江版》的报纸。如此一来，皖江市的报社、电台、电视台等媒体的广告份额，就被宋大淼这只峨眉山上下来的猴子从中分了一杯羹。宋大淼既可以体面而文雅地赚取着皖江市广告市场的经营收入，又可以有权力发布事关皖江市社会方方面面的新闻报道。这便算是进入意识形态，进入上层建筑了。既然在上层建筑中添砖加瓦，宋大淼难免会受到全市各级政府部门领导的青睐与重视。于是，宋大淼便像一个黑夜里在河滩上抓螃蟹的人，凭着一柱手电筒的光照，他眼看着一只只螃蟹正朝自己鱼篓跟前越爬越多，没多久功夫，他便有了成群结串的上层建筑里的社会关系。潘立贞当时也正是眼热于宋大淼这般社会关系的改变，宋大淼竟然由一个从事赌博生意的老板变成了诸多官员政要的座上宾，这对于像他们这样出身的人而言，该是番多么光彩夺目的景象呵！为此，潘立贞利用各种机会，向宋大淼抛去了含情脉脉的媚眼，加之宋大淼多年来对潘立贞的姿色一直是觊觎在心的，于是两人像两堆干柴烈火，很快便燃烧到了一处。

当年，宋大淼尚未购得他们现今共同居住的这幢豪宅，两人约会的地点经常是潘立贞电玩城里的那间办公室。在一片游戏机喧嚣起的声浪中，一排宽敞的紫红色防火布面蒙起的沙发上，至今还留有他们苟合时在上面翻滚扑腾的痕迹。这几天电视里播放的连续剧是《风车》。每每看到《风车》中的主人公何爽与康胜利在"文革"年代的偷偷摸摸的约会，潘立贞便会想起自己和宋大淼当初约会时的情景。毕竟年代不同了，虽然她和宋大淼的约会也避人耳目，但他们似乎从来没有过偷偷摸摸的感觉。靠着游戏机声浪的掩护，他们都几乎不加掩饰地在那宽敞的沙发上发出了男欢女爱的呻吟。只是何爽太傻了。潘立贞想。何爽何必为一个有妇之夫康胜利，为一场看不到结局的爱情，以殉情的方式去结束她年轻的生命呢？情究竟是什么？难道自己和宋大淼的相爱也全出于情？但反过来，宋大淼对自己的情感就那么赤诚炽热？未必。潘立贞甚至觉得宋大淼在这方面还不如电视里的康胜利。康胜利尽管怯懦，不敢兑现他的承诺，但他对何爽的爱还是非常纯粹的，倒不像宋大淼当初对自己的爱，仿佛更多的是贪恋于自己的肉体，是更满足于在那排蒙着紫红色防火布的沙发上赤条条地扑腾与翻滚。

打开二层和楼梯上的所有照明设备，潘立贞有些疲倦地上楼了。只不过在这么大一座宅子里，她从心底第一回涌起一种孤魂野鬼的感觉。

淋浴器的热水徐徐地淌了下来，舒服地流遍全身。潘立贞用淋浴液轻轻地搓洗着柔软的躯体、婀娜的腰肢、还算比较饱满的胸脯，她突然想到：半夜回家倒头就睡得死猪一样的宋大淼，已接连多少天，他都不再有兴趣和激情碰一下自己的身体了？……

三

宋大淼这一天的工作节奏确实比较紧张，以至于他晚上九点多钟时给妻子潘立贞打了个电话，也并非完全是平白无故地扯谎。

　　上午，宋大淼提前与市发改委主任祁质斌联系过，请祁质斌拨冗光临报社，为全体记者和编辑人员做一场关于全市经济发展形势的报告。祁质斌以往和宋大淼打交道不多，仅仅是在主管经济的副市长办公室里与宋大淼照过两次面，还接受过一次乘着他去开发区视察的机会，宋大淼亲自带记者到现场对他进行的采访。祁质斌根本算不得是宋大淼平日可以交流的那批官员，可以勾肩搭背，可以推杯换盏，可以暗中输送利益的关系。因此宋大淼打电话来邀请自己去报社做报告，祁质斌一开始便客气地推辞了，说是自己最近正忙于去全市很多家有创新能力的民营企业调研，实在抽不出功夫，还是等日后忙定了再安排这场报告吧。但架不住宋大淼的软磨硬泡，祁质斌最终只得在电话里无奈地说：

　　"既然你们非常急于了解这方面的问题，那你就把记者和编辑们派到发改委来，我把他们集中到委里的会议室，我和他们聊个把小时，不就算对你交差了吗？何必还专门兴师动众地让我去你们报社做一场报告？"

　　宋大淼听祁质斌这样表态，心头窃喜，知道祁质斌已经上钩了，便进一步强调理由地说：

　　"嗨，祁主任，那怎么行？我们报社编辑加记者七八十人号呢，你们发改委的会议室撑破了也坐不下，还是劳您大驾，来我们这里的报告厅放开了倒一倒你满肚子的学问吧！"

　　其实宋大淼对祁质斌又撒了个谎。他的草台班子报社，记者加编辑不过二十多人，大部分还是其他报社退休下来，再出门找一份外快的老记者、老编辑。而剩下的那么多年轻人，都是宋大淼雇来拉广告的临时工，每月都靠广告提成领薪水。有着这么一支规模不算小的专门经营广告的队伍，宋大淼那张《钟山晚报·皖江版》，确实对全市体制内媒体争夺广告市场构成了不小的威胁。

于是今天上午，祁质斌便在宋大淼这番热情邀请下，专程来到了宋大淼报社装修一新的多功能厅。

多功能厅名副其实。当祁质斌主任做着报告时，他事先准备好的笔记本电脑中关于全市经济发展的各种数据，可以通过电脑连线的投影仪，在大屏幕上向听报告的人们清晰地显示出来。当然，这台投影仪和这块大屏幕还另有他用。在某些风高月黑的夜晚，宋大淼那几位可以勾肩搭背的官员朋友便来到这多功能厅，享受着性能良好的视听设备，个个脸上表情垂涎三尺地观看着宋大淼特地为他们放映的少儿不宜的电影。彼时，宋大淼便会严厉地命令门卫不许放任何人进入大楼，自己则在大屏幕下为那几位特殊的观众殷勤地递烟倒茶。这多功能厅顶上旋转的几个球能够发出迷幻的灯光，是宋大淼为不少位喜欢跳舞的官员特意布置的。跳着跳着，某位官员对舞伴动了欲念，跳成了相互紧紧搂抱的贴面舞，这种鬼鬼祟祟的灯光无疑会掩护他们接下来还有如何进一步加深的动作。也正是组织了几次这样的舞会，宋大淼脑洞骤开，在自己报纸上用一块醒目的版面做出了广告：欢迎各机关团体来本多功能厅举办专场舞会，欢迎各机关团体来本多功能厅举办大型学术报告会。由此一来，商人出身的宋大淼很快将自己报社的多功能厅变成了一条预约热烈的敛财渠道。

祁质斌这场报告整整做了两个小时，让大家听得聚精会神。这确实是位非常有实干精神与理论素养的领导干部，报告中从数据的论证、瓶颈的应对、未来的预测，都对全市经济发展形势梳理得一丝不苟且令人信服。宋大淼坐在多功能厅前排的位子上，边听边埋头做着笔记。宋大淼不止一次地从电视新闻里看到过，凡参加这样的会议，体制内的干部都是要认真做记录的，他虽然只是个民营企业的老板，但现在好歹也算是个上层建筑中的人了嘛，所以他明白自己做笔记时的神态也一定要像电视新闻中的那些干部一样，显得相当认真，相当虔诚，才会赢得做报告者的欢心。至于他究竟在那本蓝色封面的笔记簿上鬼画符了些什么，那只有天知道！

临近十一点，祁质斌结束了报告，获得了全场一阵热烈的掌声。见已是中午时分，宋大淼便盛情地挽留祁质斌去报社食堂共进午餐。宋大淼知道祁质斌身处掌管全市经济工作的重要岗位，平日身边肯定围满了大大小小的巴结他的企业家，他难免不涉足全市各处豪华的酒楼与有特色风味的饭店。而眼下正宣传反腐倡廉，据说很多领导干部都不愿大摇大摆地走进酒楼饭店了，因此宋大淼想：报社食堂是个不惹眼的地方，请祁质斌去食堂吃顿午餐大概不会招致祁质斌的拒绝吧？其实，宋大淼报社的食堂里有个装修雅致的包间，凡宋大淼认为身份特殊的客人，他都会在那个食堂包间里隆重设宴。加之宋大淼又是个细心人，他昨晚便已吩咐厨师长今天早晨一定要去菜场买些老鳖、螃蟹、野生黄鳝之类的可口清淡的荤菜，他确实十分渴望在这个极不容易逮住的机会中，让祁质斌在一个不惹眼的地方受到像模像样的招待。但不料，祁质斌还是婉言谢绝了：

"老宋，不好意思，我还要赶紧回办公室处理些事情，今天就免了吧。"

宋大淼有些尴尬，只得提出另一个请求：

"祁主任，大家都希望你临走前和我们一起合个影，这总该可以吧？"

"行。"祁质斌这回表态得很利落："但请大家务必抓紧时间。"

于是众人簇拥着祁质斌，站到了报社装修得富丽堂皇的门厅前的台阶上，让摄影师迅速按下了快门。

宋大淼报社租用的那幢办公楼，已临近城郊接合部，是一家原先倒闭的服装厂腾出的空房子。宋大淼将这里租下来时，有过他自己精明的打算。一则，在市里政务、文化、商业集中的区域租房子，不仅房价贵，而且如果自己租个价格适中的楼房，在体制内媒体那些高楼大厦面前，自己一下子不就矮了一截吗？不如远离市区，在临近城郊接合部的地方，这幢独特的三层楼还能另成一片风景。因此宋大淼尽管对大楼内部装修简单，但对楼的外表和大楼门厅的装修，宋大淼还是刻意讲究地用做广告换来的橘黄色饰面砖与光亮的花岗岩，将其打扮得焕然一新。况且宋大淼肚子里的生意经念得很清楚：和体制内媒体比的是谁在广告市场分的羹多，并非是比谁的高楼大厦豪华气派！二则，宋大淼早就看中了这座原先闲置的空大楼门口的停车场。宋大淼想：自己那些政府部门的朋友一般都是开车来，或是由司机开着专车送来的，若缺了这个停车场，那将会多么不方便自己与他们的交往？所以宋大淼至今考量起自己当初为何选中这个地方，他仍然觉得其理由和依据是十分令人满意的。

宋大淼单独送祁质斌到停车场后，见四周无人，便从西装口袋里拿出一个信封，递到祁质斌手里，说："祁主任，这是你上午的讲课费。一点小意思，不成敬意。"

祁质斌却把那只装有厚厚一叠钞票的信封坚决地推了回去，说："老宋，你别胡来！普及大家对全市经济发展形势的认识，是我分内的义务，我怎么可以收你的钱呢？"

宋大淼脸色变得极不自然，结结巴巴地说："你去……市里那两所大学做报告……人家不也给你讲课费吗？"

祁质斌认真地说:"学术部门有学术部门的规定。我收了他们的讲课费,并不违反纪律,可到你这种三不像的单位来,我拿了你的钱真不好向上级交代了。"

宋大淼只得怔怔地望着祁质斌乘坐的那辆帕萨特牌公务用车一溜烟地开远了。

但宋大淼内心并非十分地纠结,他反而觉得自己和祁质斌的关系已拉近了一步。特意请祁质斌来做报告,借此与祁质斌加深交往,是宋大淼蓄意已久的一个计划。因为宋大淼早就打听到发改委内部有一个上市企业调研科,直接归祁质斌主管。也就是说,本市预计未来盈利能力强,并有创新项目的企业,只要入了祁质斌法眼,祁质斌都可以代表市政府向国家证监委推荐。也就是说,这些被推荐的企业今后都有了排队上市的希望。这也是宋大淼近期特别想和祁质斌套近乎的真正目的。宋大淼早就意识到那家由潘立贞投资,再由并非亲生女儿方小娜打理的生物炼油厂,属于利用再生资源进行生产的企业,十分符合国家对节能企业优先考虑上市的政策。因此一旦在股票市场上融到一笔可观的资金,还需要伸手向银行贷款吗?贷款总是要还的。如果企业生产没有效益,宋大淼出面以个人资产抵押贷到的厚厚的一笔款子,日后还不是要他宋大淼背债吗?在那幢豪宅里,这对二婚夫妇对钱的问题从来都算得清清楚楚。宋大淼只负责平时家中一切日常开销,包括方小娜的零花钱,甚至包括潘立贞偶尔于富婆圈里打麻将输的钱,都可以拿到宋大淼面前报销,但唯有夫妻俩各自生意上的支出,绝对井水不犯河水,这在他们结婚前,便有过君子协议,所以宋大淼断断不愿让自己陷进一个将来有可能发生的债务危机的泥坑里。但宋大淼又没勇气得罪潘立贞,生怕潘立贞认为自己是隔岸观火。因为真的把潘立贞惹急了，撕破了脸和他闹离婚，这会使他落入十分被动的境地。宋大淼意识到自己如今在社会上也算个有头有脸的人物了，如果为后院着火而毁掉自己的前程，那无疑是一桩赔本的买卖。于是宋大淼愈发觉得必须和祁质斌亲近关系，可能才是自己目前弥补家庭已隐隐出现裂痕的有效办法与手段……

想到这，宋大淼心里深深地叹了口气：看来，一对男女从相互肉体需要联成的婚姻，这种婚姻确实有着脆弱和无法水乳交融的另一面。

祁质斌和大家合影的照片很快便印制出来了。照片被挂到了大楼的荣誉室里。照片上方还有一行醒目的蓝底白字：2013 年 9 月，市发改委主任祁质斌视察《钟山晚报·皖江版》编辑部。尽管祁主任根本不是来视察的，但祁主任已完全无从知晓了。照片装进镜框，挂到荣誉室的墙上，宋大淼其实只是为了向所有来报社参观和洽谈业务的人炫耀：市里各级领导对我们报社是多么多么重视，多么多么关怀，以使更多的人增添对这张后起之秀的报纸的信任度，以便于宋大淼今后在全市广告市场的争夺中更加顺风顺水，更加所向披靡。更令祁质斌无从知晓的是：他这张和大家合影的照片在墙上并非是很显眼的，有更多比这张照片更大的照片，用更高级的镜框镶裱着，让所有走进这间荣誉室的人一眼便能够发现：这是某某某市长，这是某某某市委副书记，这是某某某市委宣传部部长，这是某某某省委宣传部副部长，这才是支撑宋大淼的信心和底气！并且那些照片还都是与宋大淼的单独合影。那一个个重要领导人物亲切的笑容、和蔼的神态，似乎都体现了他们与宋大淼之间一种深深浅浅的缘分……

下午，宋大淼更是忙得喘不过气来。因为全市新闻出版

业的改革经验交流会在宋大淼报社的多功能厅召开，宋大淼
浑身兴奋得如钟表里上足了劲的弹簧发条。会议两点半开幕
之前，宋大淼便早早地来到了停车场。这片宽敞的停车场也
从未像今天这样云集了如此多的本市小号码牌照的轿车。宋
大淼点头哈腰，四处赔笑地迎接着光临会议的同行业单位的
领导与来宾，还有不少报道会议消息的媒体记者。最后，见
两辆挂着003与008牌照的黑色奥迪轿车一路风尘地驶到了
停车场，宋大淼便明白是市委分管文化的邵书记，还有市委
常委宣传部桂部长都亲自出席今天的会议了，宋大淼便更是
在心里不住地叮嘱自己：一定要好好表现啊！千载难逢的扬
眉吐气的机会，可千万别出差错掉了链子！

　　专程被市委宣传部邀请来的邻省省会城市的钟山晚报社
的鲍副社长，看模样便是位长期从事新闻工作的清瘦斯文的
知识分子，先以他那种具有吴语韵味的普通话作了发言。鲍
副社长说：钟山晚报社为促进长三角地区的城市信息交流，
进一步构筑起在全国最有影响力的长三角经济圈，报社于长
三角各城市都开设了专版。但毋庸置疑，各城市中办得最出
色的一张报纸，就是《钟山晚报·皖江版》。鲍副社长说：由
于我们的宋大淼老总锻炼了一支过硬的记者队伍，狠抓新闻
稿件质量，使皖江市政治经济社会各方面的改革、人民安居
乐业的各方面消息、企业创新发展的各方面新闻，都在长三
角地区得到了迅速而广泛的传播。总之，鲍副社长近二十分
钟的发言里，就是只字未提宋大淼每年如何以管理费的名义
向钟山晚报社上交了他从广告收入中扣除的一百万。况且这
还不包括逢年过节时，宋大淼向报社各位领导发出的购物卡
已超过了十万元。但每年有了近千万元的广告费，宋大淼是
根本不会再计较这些成本支出的。宋大淼坐在台下，听着台

上那番具有吴语韵味的普通话的发言，心头不禁窃喜：鲍副社长的讲话真是高明呵！不仅掩盖了大家都想到市场中捞一把的私欲，并且还将自己表扬成一位新闻素质高、能够体现专业精神的办报人！如此一来，自己于今天在座的同行和市领导眼里，不就堂而皇之地占有了一种相当的资格和资本吗？

会议结束前，市委邵副书记为会议做了总结性的讲话。邵副书记说：咱们到场的新闻出版界的领导同志一定要努力啊！市场竞争确实是激烈的，但你们不要总哼哼唧唧地朝我提出各种收入减少的理由。你们看，人家民营企业的宋大淼这方面不就做得很好吗？你们的人手比人家多，具备的各种资源比人家多，为什么就不能想办法、挖潜力、动脑筋，为全市的文化产业创收和发展多做些贡献呢？……宋大淼听着邵副书记这番讲话，暗暗地欣喜若狂。无疑，这是邵副书记公认了自己商人办报的合法性，并强调了在市场竞争中只有赚到钱才是硬道理啊！宋大淼手心激动得捏出了汗，他从未像今天这样深刻地体悟到政府政策的开放和开明。

此时，宋大淼已感觉到身边周围的同行正朝自己投来或羡慕或嫉妒的目光。从这些目光中，宋大淼似乎领略了自己今天俨然已是政治和经济两手都过硬的成功人士的滋味。不过他外表上未流露出一丝一毫的得意，还是显出精神专注地聆听着台上邵副书记语重心长的讲话。

会议结束时，宋大淼的食堂又派上了用场。食堂大厅里摆了四桌。从已端上桌子的荤素搭配的冷盘来看，这次名义上称为工作餐的宴会后面的菜肴肯定会很丰盛。尤其是包厢里的那一桌的菜就更加丰盛。宋大淼特意将几位重要的领导和钟山晚报社的老鲍安排到了包厢。他便在包厢内外和大厅四周来回穿梭着向各位客人殷勤地敬酒。宋大淼原本酒量是很大的，但今晚架不住那么多杯酒要喝，最终还是喝得舌头打滚、语无伦次。待强打起精神送走市里几位领导和鲍副社长，宋大淼被由他任命的办公室主任、浑身上下都显现着女人特有性感的施春云搀扶着，钻进他自己的那辆白色奔驰500轿车之后，一阵浓重的醉意很快便压迫得他扯起了响亮的鼾声。

在车里睡了一小觉，车子到达宋大淼住的那片别墅区门口时，他的神志基本上已经清醒了。看见别墅区门口车行道的栏杆刚升起，宋大淼突然对前排座位的司机吩咐：

"掉头，去皇冠假日酒店。"

施春云故意用软软的肩子碰了一下宋大淼的肩胛，问："怎么，又不回家啦？"

宋大淼顺手在施春云裙子下露出的大腿上抚摸了一把，声音像是故意传给前面司机听的："今晚实在喝多了，去那里要杯饮料醒醒酒。不然的话，回到家满身酒气，又该让老婆一大顿数落了。"

施春云轻声笑了起来。

其实，施春云明白，宋大淼突然要车子掉头去皇冠假日酒店的真正意图。

下了车，宋大淼关照司机不用等候了，说自己与施春云醒醒酒之后会打出租车回家。于是那辆白色的奔驰500很快便消失在城市的夜色中。

宋大淼在总台办理了住宿手续，领了房卡，向远远地坐在大堂咖啡吧喝橙汁的施春云做了个手势，施春云会意地站起身，两人一前一后，乘两部错落有致的电梯，不约而同地来到了12楼的1208房间。

"先洗个澡吧。"施春云边说，边亲热地帮助宋大淼脱去外套，将其挂到了衣帽柜里，然后自己先宽衣解带，在宋大森面前毫无羞涩地裸着身子，晃动着她那硕大的屁股先进了卫生间。

宋大森脱罢衣服，紧随其后，与施春云搂抱着站到同一个淋浴器下面。

关小了水龙头，就在施春云用淋浴液殷勤地为宋大森不停地搓洗着后背时，施春云无意中感到自己的乳房和宋大森的身体有了几次轻微的接触。而这种接触，使施春云霎那间便觉得浑身血液加速流淌了起来。施春云想起自己刚进这家草台班子报社才工作不久的一个夜晚，宋大森也是喝多了酒，便邀请她去洗桑拿。当然，那里两人什么关系都没发生过，洗的是规规矩矩的桑拿。洗罢后，两人走在桑拿中心通往自助餐厅的长廊上，施春云因为穿着桑拿中心所发的浴衣里面没系胸罩，那对丰满的乳房便在浴衣后颠颤得特别惹眼。于是宋大森便在一长排食品陈列桌前，乘着周围没人注意，乘着施春云正俯身专注地夹着那盘子里的几只基围虾时，便伸手隔着施春云的浴衣在那对饱满的乳房上摸了一摸。边摸边还笑着说："真大。"施春云顿然涨红了脸，站直身子瞪了宋大森一眼："你爪子犯贱呀！"施春云爆粗口了。爆粗口的施春云才真正显示她昔日的身份：一位已下岗的纱厂女工。只不过施春云是比潘立贞母亲蒋婉芬要低一个辈分不止的纱厂女工。蒋婉芬在纱厂干活时，那家国营大厂效益还不错，但到了施春云这代人，她当挡车工未满三年，工厂便因为连年亏损，被贱卖给了某家私营企业，于是施春云便像被流失的国有资产一样流失到了就业角逐剧烈的社会上。应该说，宋大森对施春云是有知遇之恩的。因为凭着施春云的文化程度，她根本没资格做一名报社的记者或编辑，但当初招聘面试时，看着施春云凹凸有致的身材，宋大淼立刻两眼就放出了贼光。宋大淼想：这个女人仅靠她的姿色，今后去洽谈广告和进行各方面的公关，胜算几率肯定是很大的呀！果然未出半年，施春云青云直上，一下子便成了全报社广告提成收入最多的业务员。赚到钱之后的施春云，便有钱买漂亮的衣服，买漂亮的手提包，把自己打扮得愈发漂亮，也吸引得宋大淼愈发欲火中烧。于是宋大淼干脆当众宣布：原来的办公室主任调换岗位，由施春云接替新的办公室主任，于是两人每日都有了形影不离的机会。其实，自从宋大淼那天敢于在桑拿中心摸了一下施春云隔着浴衣的胸部，施春云虽然表面上装着生气，心里却明镜似的：只要把这个有钱的男人真正俘虏到自己的肉体下面了，绝对不愁自己往后的生活会有一番苦尽甘来的新景象。那时，在纱厂当着机械维修工的施春云的老公，已无力负担施春云膨胀起来的消费，更无法满足施春云开始对生活有了新的奢望，所以只好眼睁睁地看着施春云朝宋大淼投怀送抱，任两人如胶似漆地厮混到一处去了。

淋浴器冲洗净了两人身上的香皂液，宋大淼搂着施春云滚到席梦思大床之后，施春云亲昵地钻在宋大淼怀里，突然抬起脸对宋大淼说：

"宋总，你手头宽裕吗？能不能先借我三十万？咱们纱厂职工小区的房子实在太破了，我想去刚开发的翡翠园选一个新住宅。据说那里的房价不贵，户型还很实用。"

宋大淼心不在焉地问："多少平米？"

施春云说："一百零五平米。才五千多一平米，很抢手的，我把旧房子卖了，再加上积蓄和公积金，能凑够一半，你要是肯借我三十万，我就有新房子住啦！"

宋大淼想起潘立贞正催促他向银行贷款，尽快解决生物炼油厂开工的流动资金问题，心里便有些烦，叹了口气说："我最近手头也紧呵。老婆和女儿办的炼油厂，我正愁着会不会发生无米之炊呢！"

施春云便将自己的身体朝宋大淼怀里贴得更紧了，发嗲地说："你宋总财大气粗，哪个旮旯捡捡都是钱，这区区三十万还会想不出办法吗？"

施春云一发嗲，宋大淼心头便痒痒的。特别是当他用手抚摸着施春云的像缎子一样光滑绵柔的皮肤，并能清晰地感觉到施春云那对丰满的乳房正紧贴着他肚腩上方时，宋大淼浑身的欲火"嗞"的一下便被点燃了。但今晚宋大淼还是竭力忍了忍，因为他讨厌施春云无端提出的要求，那种要求里无疑有一种交易的成分。不错，我是贪恋你的肉体，是和你经常苟合在一起，宋大淼想，昔日和潘立贞苟合时，潘立贞倒是从不向自己提任何要求的，两人都仅仅出于相互肉体的需要。看来，有钱人家的女人和穷人家女人相比，就是要爽气得多。于是宋大淼沉思了一会儿，耐着性子对施春云说：

"我可以答应借你三十万，不过你得先答应帮我办件事。"

施春云蹭地一下拱到枕头上，盯着宋大淼的脸，问："什么事？"

宋大淼想，既然是交易了，大家不如都彻底表白干净，便直截了当地说："你下星期去找一下宣传部的桂部长。"

"找他干嘛？"施春云疑惑地问。

"当然是有求于他。"宋大淼胸有成竹地说："你是不知道，春云，桂部长手里的权力可是太大啦。市里文口的每条线，只要被他拽一拽，那每条线上都会生出银子来。我听说宣传部正准备花八百万元委托市电视台拍摄一部四集的系列纪录片，每集二十分钟，是反映我们皖江市近十年来改革开放取得的全面成就，并号称还要拿到中央电视台播出。其实，这里面的水究竟有多深，我太清楚啦。你看我们报社不也有影像部吗？平常给一般企业拍个二十分钟的宣传片，报价顶多是五万八万的，所以像宣传部这次的纪录片摄制，花个四百万就撑死啦，这里面甚至包括疏通央视各种关系的打点费用。怎么样，你有兴趣去桂部长那里攻关拿下这个项目吗？只要拿下了，咱们的利润就是四百万，我给你百分之十的提成，你一下子不就买起新房了吗？还需要磨磨蹭蹭地找我借钱吗？"

听罢宋大淼的设想与计划，施春云有些丧气地说："嗨，宋总，你胃口也太大了！我有那号本事攻下桂部长吗？今天刚刚认识他，凭什么他就非要朝我网开一面？"

宋大淼露出狡黠的笑容，说："春云，你没注意到桂部长今天专门盯着你的眼光吗？那是一种欣赏的眼光呵。我听他身边的朋友闲传，桂部长长期和他老婆性生活不和谐，更长期与市教委一位有姿色的寡妇偷偷来往。虽然桂部长表面上把每月的工资加奖金都一分不少地交给了老婆，但每年许多人孝敬他的厚厚的一叠购物卡，他全送给了那位寡妇……"

听到这，施春云方才明白了宋大淼今晚这番话里的意思，便狠狠地在宋大淼膀子上掐了一把，娇嗔地埋怨道："你真坏！你是想让我去勾引他呀！"

宋大淼哈哈大笑："就算让你去勾引，也不是让你去献身啊！"

施春云反唇相讥："我真要去献身，你舍得吗？"

宋大淼便猛地抱紧了施春云，翻滚到她身上，再也憋不住体内欲望像岩浆一样地沸腾了……

就在宋大淼与施春云这般说说笑笑时，豪宅里的潘立贞关起了淋浴器的水龙头，怀着对宋大淼的期期艾艾，披上浴袍，默默地走进了她和宋大淼共同布置的那间宽大的卧室里。

四

当整座城市刚垂下夜幕，马路上各处商家的灯光都绚丽地亮了起来的时候，王九月背靠粗大的梧桐树干蹲守的这块地方，几乎就成了五颜六色的城市里的一个阴影。离王九月不远处的那家"头等彩电玩城"门口的招牌，未用任何霓虹灯装饰，浅蓝底黄字的招牌在夜色中显得依稀难辨。三三两两走过的路人若不对招牌仔细观察，根本就不会留意到这里还有一家正在营业的店铺。店铺的门也是紧闭着的。光顾电玩城的客人一般都是熟客，他们会依照电玩城事先规定好的节奏敲几下门，然后门被拉开，再接受一位保安模样的人例行的盘问，方可走到大厅里一台台喧嚣的游戏机前去一搏今晚的财运。而此时，王九月则背靠树干默默地吸着烟，像一条嗅觉灵敏的警犬，目不转睛地盯着这条马路前方是否出现三五成群的城市文化执法大队队员疾步走来，以防备这些穿制服与戴大盖帽的执法者乘着夜色的掩护，用迅雷不及掩耳之势，将"头等彩电玩城"这家赌窝来个关门打狗。

有好几次，当那些准备关门打狗的人刚刚出现，王九月便立即将手里摇控器设定好的一个程序快捷地按了下去。顿然，电玩城大厅内铃声骤响，灯光熄灭，赌徒们霎那间都从店铺的后门鱼贯而出，溜之大吉。

王九月是从西安交大电子工程系退学的。搞这种稍动脑筋的小把戏，于他而言只是小菜一碟。若不是在他毕业的前一年，家里传来消息，告知他父亲患了白血病，一个工人家庭的积蓄转眼间花得精光，那么他绝不会提前走出校门，回到老家找了这份虽然收入很高却同时风险也很高的职业。依照王九月导师对这位聪慧的学生的评价：王九月将来前途无可限量。但如今自己的前途又在哪里呢？抑或就是在这种不清不白的职业生涯里厮混与煎熬？……想到这，王九月又吸了口烟，心情忽然便陷入一片无比烦躁的深渊之中……

自从全市对电子赌博业的打击频繁起来，潘立贞将"头等彩电玩城"转入到半地下营业的状态之后，潘立贞已很少到这里坐班或巡视了。反正有娘家可以信赖的亲戚管理着，再加上有一批对她比较忠诚的长年跟随的工作人员和负责治安的打手，她对这里的经营基本上是很放心的。虽然出过两次小麻烦，但凭着她多年与公安系统内部的熟人维持的良好关系，最终都摆平得天衣无缝。偶尔，只是出于减肥的需要，她才会吃罢晚饭，牵上那条长毛波斯犬，特意走个四十分钟的路程，到她这棵已摇出许多果实的摇钱树前来转一圈。

有一天夜里，见王九月正躲在梧桐树干旁吸烟，像条可靠的警犬，潘立贞便走上前亲热地拍拍王九月的肩膀："又是你值班呀？"王九月嬉皮笑脸地缠着潘立贞说："潘总，再借我两千块钱吧，昨天下半夜手背，今晚想空的时候去扳个本。"潘立贞故意问："游戏机里的电脑程序都是你调的，你怎么会输？"王九月回答："输红了眼，哪还记得什么程序？再说人脑算总不如电脑算，一旦走起背运挡都挡不住！"潘立贞便不假思索地从精致的小皮包里掏出两千元，交到王九月手里，郑重其事地说：

"记住，你要是不还，我就从你下个月工资里扣。"

王九月高兴地说："还还还，一定还。"王九月边说，边握着那叠钞票不住地向潘立贞作揖道谢，这一举动惹得潘立贞不禁扑哧一声笑了起来。

当然，潘立贞说话是算数的，王九月被扣工资的事不是没发生过。好在王九月总是赢多输少，绝对不会像那些倒霉的赌徒那样输得倾家荡产。他甚至指望凭着自己对这里游戏机门道和诀窍的掌握，终有一天大获全胜，然后砸碎这个不清不白的职业饭碗，拿着大把的钱可以高枕无忧地金盆洗手。只是王九月赢了点钱，便忙着去医院替患白血病的父亲交治疗费用，于是在周转不开的日子里，他便会缠着老板潘立贞伸手借钱。

昨晚不巧又输了钱，今晚潘立贞偏偏没有出现，靠着树干吸烟的王九月不免等得心焦起来。

正当王九月心情焦急的时候，坐着出租车准备去酒吧蹦迪寻欢的方小娜在无法开快的车速中，辨认出了靠着树干朝马路上东张西望的王九月的身影，便从敞开的车窗里大喊一声：

"王九月！——"

出租车在路旁吱的一声急刹车，方小娜袅袅婷婷地从斜对面朝王九月走了过来。

晚风轻轻的吹拂中，方小娜穿着一袭白色连衣裙，在王九月的眼中显得苗条而迷人。

王九月像遇到了救星，忙奔上前来问："方小娜，你身上带了多少钱？"

方小娜反问："你需要多少钱？"

王九月说："我想找你借两千块。"

方小娜说："你要那么多钱干嘛？"

王九月说："这你就甭管了。有，就借我，保证下个星期还你。"

方小娜笑着说："我还能不信你吗？"说着，方小娜挽起王九月的手臂："走，咱们去前面银行的自动取款机。我今晚皮夹里没装这么多现金。"

王九月被方小娜挽着臂膀走路时的姿势显得有些僵硬，浑身也涌起一种难以言喻的别扭。而方小娜却很开心。王九月终于有求于自己了，自己终于能够像情侣一样挽着王九月的膀子逛马路了，方小娜早就有过的一种渴望顿然在心胸间幸福地弥漫了开来。

走了一截路，王九月还是用力气挣脱了方小娜那双发烫的手，声音低沉地说："小娜，你别对我这么亲热好不好？咱们现在是两个阶层的人了！"

"不！——"方小娜噘着嘴，猛地把王九月的手臂挽得更紧了。

方小娜和王九月从初中到高中都是同学。只不过方小娜上学早，比王九月高了一年级。但学霸王九月在学校还是大名鼎鼎的，每当在学校的光荣榜前看到王九月那张青春男人英俊又有些坚毅的脸，方小娜便会痴迷地在那张照片前驻足很久。方小娜临毕业的那一年，她和王九月都被学校选中，共同去市里参加奥林匹克数学竞赛，王九月在比赛中取得的优异成绩，更是让方小娜芳心萌动与想入非非了。后来因为方小娜考取的是南京理工大学，距离王九月读书的西安交大甚远，两人便渐渐失去了联系。尽管这期间方小娜给王九月写过两封信，但王九月都没回，方小娜只得把从未向旁人说起过的初恋深深地压抑到了心底。

"你真坏！"方小娜边走，边对王九月说："我那时给你写信，你为什么不回？"

王九月说："学习那么忙，哪有工夫写信呢？再说，学校反对学生早恋，我也不敢给你回信呀！"王九月说着，自己先笑了起来。

"你就编理由吧。"方小娜娇嗔地将脸贴到王九月的肩膀上。转而，又突然盯着王九月的眼睛问：

"你这些年谈过恋爱吗？"

王九月老实坦白："没有。"

"我也没有。"方小娜提高了嗓门像是有意强调着。

王九月便像老大哥似的劝导起方小娜："你那么好条件，干嘛不找个好人家，趁着这年纪把自己嫁了呢？"

方小娜有些郁闷地说："找不到好人家。我妈倒是给我介绍了对象，听说还是什么市检察长的儿子，但我听别人传言，那位少爷有同性恋倾向，这让我往后跟他过日子不活受罪吗？"

"那确实不行。"王九月说："但你别着急，像你这样有才有貌的女孩子还愁嫁不出去？说不定明天就有一个如意郎君出现在你面前了。"

"不是明天，是现在。你现在不就出现在我面前了吗？"方小娜笑着说："怎么样，敢娶我吗？"

王九月忙又一次挣脱了方小娜挽着他臂膀的手，认真地对方小娜说："别别别，你千万别开这种玩笑！你看，我不正给你妈的电玩城打工吗？你要是真嫁了我，嫁给一个为你妈看家护院的狗崽子，别说你妈不会同意，就是这个世界也彻底黑白颠倒了呀！"

方小娜睁圆了眼睛问："啊？搞了半天，你真的是在为我妈的电玩城站岗放哨呵？"听罢王九月结结巴巴的交代，方小娜这才明白了王九月近两年的处境。当然，潘立贞并不知道方小娜和王九月的同学关系，更不知道方小娜对王九月还有过那么一段少女时代的暗恋，因此在家中从未向方小娜提及过有关王九月的一切情况。但此刻方小娜一旦明白了王九月的生活和境遇，便深深地为王九月感到不平和委屈。方小娜想：一位当年前途无量的学霸，怎就会混到眼下这种狼狈不堪的境地呢？

从自动取款机里取出两千元，递到王九月手里后，方小娜特地给王九月留下自己的手机号码，真诚地说：

"九月，往后你遇到什么难处，尽管来找我。"

王九月有些感动地点点头，目送着方小娜坐上出租车，去继续进行她那种醉生梦死的夜生活了。

果然，有方小娜的拔刀相助，王九月今晚的手气出奇地好，至凌晨四点钟时，他已赢了两万多块钱。于是王九月见好就收，又去了方小娜不久前取款的那家银行。只不过是在另一台自动存取款机上，王九月将整整两万元都存进了柜机里。然后，王九月朝着东方已露出一抹鱼肚白的方向，心情愉悦地回家去了。

王九月回的其实不是自己的家。

听见外面的防盗铁门哐当一声响，宋福星老人便醒了。本来已是七十多岁的年纪，一晚上要醒来两三次，宋福星知道自己此刻又醒，断然无法再入睡，便干脆起身摸摸索索地穿上夜服，拖着那条两年前因患过一次中风而有点跛的左腿，拉开房门走到了客厅里。

王九月刚端起牙缸，准备刷牙，听见缓缓的脚步声，便从卫生间探出头，问：

"宋老爹，你干嘛起这么早？五点半还不到呢。"

"嗨，睡不着了。"宋福星反问："你怎么今天回来那么迟？"

"昨晚电玩城人多，生意好，没法早下班。"王九月回答说。王九月瞒去昨晚自己赌得性起的情景，有意撒了个小谎。

宋福星便语气十分关怀地说："这不行啊，年轻人哪能常熬夜呢？老话说得好：一觉呼，胜过吃了一头猪。"

王九月这时把挤上牙膏的牙刷插进嘴里，懒得再和老头多啰嗦。但刚刷了两下，牙膏刚冒起沫子，他又走出卫生间，指着桌上他刚买回来的油条与豆浆，舌头打卷地对宋福星认真地说：

"宋老爹，这是今早第一批出锅的油条，脆着呢。豆浆也是热的，你赶快吃早饭吧。"

"不急。"宋福星说："我还要先烧一壶水，泡杯茶。倒是你吃完早饭尽早休息吧。熬了一夜，下午还有力气上班吗？"

自从患了一次小中风，能够下地走路，能够生活自理之后，潘立贞便辞去了原先专门请来伺候老爷子的保姆，让王九月搬到这里与宋福星做伴。潘立贞早就听王九月抱怨过，说他家住房拥挤，大弟弟上长白班，小弟弟正准备高考，父亲还躺在病床上，他因为职业需要，半夜回家时常闹得全家人鸡犬不宁。精明的潘立贞便意识到：这是个机会。让王九月来和自己的公公做伴，既省去了保姆的工资，反正王九月白天不上班时可以照顾老爷子，又使王九月解决了住房问题，他肯定会对自己感恩戴德。如此一来，潘立贞认为自己就能长期拴住电玩城这位难得的技术人才的心了。但王九月心里清楚，潘老板不会平白无故给自己加薪的，增加薪水的成分里便包括他平时要为宋老爹买菜、烧饭、洗衣的义务。王九月想，这都没什么，自己总是要煮饭、烧菜、洗衣服的，顺带着一起做了，能累倒么？因此王九月和宋福星相处得还很友好，真心诚意地把宋福星当作一位自己应该尊敬的老人。只是在王九月的心底，他根本不会以为这是潘老板给予自己的一种情分，他也没有任何领情和感恩的必要。

宋福星居住的无线电厂职工宿舍，是20世纪70年代末兴建的老房子，两室一厅的面积五十多平方米。三个儿子结婚前共住一间屋，宋福星和老伴便住另一间屋。宋大淼发财后曾多次想为其父亲去新开发的小区买套宽敞高档的房子，但都被宋福星拒绝了。因为宋大淼后来办起了报纸，电玩城所获的赃款分赃不匀，兄弟三人彻底撕破了脸。宋福星夹在其中左右为难，只好眼睁睁地看着三个儿子从此不相往来。于是每当宋大淼恳切地向自己提起："爸，我现在好歹是有头有脸的人了，如果让社会上的人背地里戳着后脊梁骨，说我连套房子都不肯给你买，说我一点都不愿尽儿子的孝心，你让我这张脸还往哪里搁？"每每这时，宋福星都会唉声叹气，说："大淼呵，你为我贴钱，你两个弟弟会怎么想？他们说不定以为你腰包里藏着花不完的钱呢！算了，你还是省点事吧，别再三个人大吵一场，让我跟着你们白白折寿。我老了，对生活已经没啥多讲究的，只希望你们和和气气地过日子，我也好眼不见心不烦地多活上几年……"宋大淼只得顺遂了父亲。不过他还是悄悄地花了十万元，将宋福星的老房子好好装修了一番。特别是煤电厨卫等设施，装修得格外精心，生怕父亲在这套老房子里生活有任何的不便与不适。

吃罢早饭，宋福星靠在沙发上看了会儿电视新闻，闭起眼迷迷糊糊地睡了半小时回笼觉，便打起精神从院子里推出那辆三轮的残疾人专用电瓶车，徐徐地驶到不远处街道他重新开张的家电维修部上班去了。自从将开游艺厅赚到的大部分收入交给宋大淼创办电玩城后，宋福星手头所剩积蓄已经不多，加上退休金也比较微薄，宋福星不得不干起了他熟悉的老营生。虽然近几年家电更新换代快，一些有钱人家很少来修家电了，但由于家电普及，生意总归还是有的，宋福星每月赚个两三千块钱补贴家用倒不成问题。尽管宋福星如今拿起扳子和钳子等工具已缺少力气了，甚至端着烙铁焊接的手还时而微微地颤抖，但他凭着技术仍赢得了不少顾客的信任。宋福星由衷地以为，日子只有这样过，才能让自己老得慢一些，才能使自己不断地品尝到日子里的滋味。

当然，手头多些活钱，宋福星每隔两个月上山看望一趟老伴时，他便可以多为老伴买些人参或虫草之类的补品。三兄弟为分赃不匀闹得不可开交之后，老伴一气之下跑到市郊临江的翠螺山上的归隐寺当老尼僧去了。对于老伴离开尘世做出家人，宋福星内心是一直怀有深深的歉疚之感的。若不是先开游艺厅，后开电玩城，钱赚多了才闹得三兄弟反目为仇，宋福星想，老伴是断断不会离家出走的。特别是听到有一个蒙蒙细雨的夜晚，老二和老三领上两个帮手，将宋大淼揍得鼻青脸肿，鼻孔和眼角流血不止的消息，宋福星老伴一下子便气得吞服了大半瓶安眠药。好不容易经过医院抢救苏醒后，老伴噙着眼泪对宋福星说："老头子，你昧心钱赚多了，咱们该受到老天爷的报应啊！"

今年初春的一个星期天下午，王九月曾陪同宋福星去了一趟翠螺山。生怕打搅，王九月只是倚在归隐寺的栏杆前，望着两位老人坐到庙门口的石阶上，神态安详地说着悄悄话。王九月望见老太太气色红润，容光焕发，似乎有种返老还童的模样。虽然老太太比老头子还大了三岁，王九月闲时曾听宋福星对自己絮叨过，说他的婚姻是因父母信了"女大三，抱金砖"的俗话，才为他订的这门亲，但眼下老太太看起来比老头子年轻了许多，精气神也饱满了许多。于是王九月便想：是否一个凡人真要脱离了尘世，真要赎净了昧心钱的罪孽，才能活得平静，活得神清气爽呢？想到这，王九月不禁不寒而栗，那么自己的这种活法，究竟活到何时才能脱胎换骨或洗心革面呢……

五

昨天晚上，见宋大森难得回家早，潘立贞便提前关了电视，扔下那两集正看得凝神屏息的《风车》，提前登上楼梯到卫生间淋浴去了。

淋浴完毕，潘立贞特意穿上一件橘黄色的、时而若有若无地隐现着玉体的真丝睡衣，扭动着腰肢走进了宋大森正靠床头看报纸的卧室。那件睡衣还是结婚前宋大森为潘立贞选中的。在潘立贞的意识里，宋大森那时只要看见自己穿上这件睡衣，便会两眼紧盯着自己，瞳仁里顿然就会放出兴奋的光芒。当然，那时两人感情还不错，无论穿什么颜色，穿什么质料的睡衣，只要都空闲着，或都精力过剩，两人上了床便会欲望炽烈地翻滚到一起。

果然，这天晚上宋大森兴致很好，抚摸着潘立贞睡衣里光滑软弱的身体，不禁动起了欲念，很快便和妻子在宽大的床上翻云覆雨地折腾起来。

做毕房事，宋大森从床头柜上的盒子中抽出两张纸巾，擦去额头微微沁出的汗珠，喘了口气，侧过脸朝潘立贞说：

"魏检察长家的少爷，你对小娜透过风后，她有反应吗？"

潘立贞难得这般温柔地搂着宋大森壮实的躯体，笑着说："怎么，你这个当继父的人，又着急不是亲生女儿的婚事啦？"

宋大森认真地说："魏检察长是市里的高层领导，这种联姻关系的重要性，我想你也不会不明白。咱们要是早攀上了这门亲事，我至于那么早把电玩城出手卖掉吗？你还会为你这种半公开的生意时常提心吊胆吗？"

"不错。"潘立贞说："这门亲事真要成了，咱们家的社会背景会强硬得多。但小娜有同学对她透露，说那位魏家少爷可能是同性恋，就死活不肯去见面，你让我能拿她怎么办？"

宋大淼一骨碌从床上坐了起来，厉声说："纯属胡扯八道！人家魏晓林平日只是很少结交女孩子，说明人家作风正派，这有什么不好？再说，魏晓林的朋友圈里虽然是一群小伙子，但都是些追求上进的年轻人，都一个个考到政府各部门当上了公务员，说明魏晓林刚踏上社会就懂得拉扯这些社会关系，如果咱们两家往后真成亲家了，一个好女婿会给咱们办事带来多少方便啊！"

潘立贞听宋大淼这么一说，也忙从床上坐起来，将床头灯调亮了，一本正经地说："看来，我是得好好动员小娜了，千万不能让她把这样一门打着灯笼都难找的婚事，就稀里糊涂地给白白毁了。"

"是啊！"宋大淼说："魏检察长已经向我暗示过，说他家儿子读中学时就觉得小娜漂亮，就等着小娜回国后和小娜有接触的机会。"

潘立贞恨铁不成钢地叹了口气："唉，小娜太任性了！顶着硕士头衔从英国回来，就骄傲得目中无人，整天只知道及时行乐，喝酒、蹦迪，逛街购物，实实在在的一副堕落潦倒的模样！"

宋大淼说："那还不是你惯的！"

潘立贞只得支支吾吾地说："都是她爸惯的！……她小时候只崇拜她爸，以为她爸是工程师，嫌我这个老妈子没文化，她自然要常常拿我的话当耳旁风了。"

两人说着说着，宋大淼好像愈发着急起来，拿起枕头边的手机立刻给魏检察长发了条短信，然后对潘立贞说：

"老魏原先答应要来我农庄钓鱼的，可能他一直抽不出空，就把这事忘脑后了。现在我发短信请他后天周末带儿子来农庄相亲，看看他究竟还有没有兴趣来钓鱼？"

宋大淼对潘立贞说到农庄时，故意没提"咱们的"，而是强调了"我的"。尽管两人刚有过颠鸾倒凤的欢娱，但出于对各自财产的敏感，宋大淼遣词造句时还是显得十分讲究与刻意。当然，那座郊外农庄的餐饮、钓鱼，还有果蔬的销售，并没给宋大淼带来很大的利润，他当初租这块地，只是为了方便自己今后在这里交结更多的各路有用的神仙。

魏检察长居然很快回了短信。字迹显示：一定去，不见不散。这一来，潘立贞立刻笑了起来，摸摸宋大淼那张胡茬扎手的脸，高兴地说："还是你这家伙鬼主意多！"

转眼到了周末。

农庄在郊外长江堤岸的附近，站在江堤上，一面可以望见通往长江的锁溪河，河面上渔帆点点，一面可以望见一片绿色的乡村风景，绿色中偶有刚刚黄里透红的一丛丛柿子树点缀，景色便如浑然天成的一幅巨型水墨画。宋大淼站在农庄门口，边张望着魏检察长那辆深蓝色的越野吉普是否已出现于公路上，边心里暗暗地得意着自己选中的这块地方真是令人心旷神怡。

吉普车开进了农庄的大门口。检察长魏世贵刚走下吉普车，宋大淼和潘立贞便忙不迭地跑了上去，满脸堆笑地竞相与魏检察长握手表示欢迎。魏世贵对宋大淼自然是熟悉的，而潘立贞虽然见面不多，但有两次在全市企业家的联谊会上，魏世贵对这位漂亮的女企业家还是留有印象的，因此今天又遇见潘立贞，魏世贵握着她的手时便握得很紧。潘立贞也能清晰地感觉到自己纤弱的手在魏世贵那只有力的大手里，正接受着对方传递过来的热情与另一层无法言喻的深意。潘立贞便不禁脸微微地红了。她忙移开视线，有些窘迫地朝边上瞥了一眼。这一瞥，潘立贞看见了从吉普车后座跳下来的为老子拎着渔竿的魏晓林。见小伙子眉清目秀，身材挺拔，潘立贞内心喜欢，于是她又笑了，对魏世贵说：

"你家晓林真是一表人才啊！"

魏世贵高兴地说："承蒙你未来丈母娘夸奖。"

方小娜确实是在国外见过世面的，大概过多地接受了西方世界平等自由的思潮，不屑于像继父和生母那样轻易朝达官贵人露出一副巴结相，迟迟才从农庄那栋两层高的白色小楼旁姗姗走来，招呼了一声"魏伯伯"之后，方小娜便对中学时的老同学魏晓林说：

"走，我陪你去江堤上逛逛，那边风景不错。"

见方小娜今天居然如此主动，魏世贵向宋大淼与潘立贞夫妇会意地一笑，三个大人便任两个孩子朝相反的方向远行了。

接着，魏世贵风急火燎地要去钓鱼，宋大淼却说："别急，魏检察长，我先陪你在咱们农庄参观参观。"说罢，宋大淼径自引路，众人随行其后，一起向前面不远处的那栋铺有黑瓦尖顶的小白楼走去。

小白楼表面看起来虽然装修简单，里面每间客房的布置却令人感觉十分舒适。宋大淼殷勤地朝魏检察长介绍说：如果来农庄休闲的客人想在这里留宿了，我们这个客栈就能为他们提供应有的便利。魏检察长表情满意地频频点头："嗯，不错，不错……"

宋大淼领着魏世贵登上楼梯，来到套间。宽敞的客厅内视听设备齐全，朝南的落地窗前一袭白纱被微风吹起了帘角，轻轻柔柔。撩开白纱，阳光洋洋洒洒地投向室内，窗外的菊花尽情绽放，里间布置温馨的卧室内配备了智能卫浴。宋大淼有意陪魏世贵在这里细细地打量了一大圈，边献媚地说：

"魏检察长，这个套房是专门留给你用的。往后遇双休日，你只要想来这里度周末，提前给我打个电话吩咐一声就可以了。"

"好哇！"魏世贵立即喜形于色，"干我们这行的，确实每天脑袋中那根弦都绷得紧紧的，有时也真想找个安静的地方放松放松。老宋，难为你想得周到，给我准备了这么一个世外桃源的度假基地。"

就当两人正说着话时，施春云不知从哪里突然冒了出来，一步窜上前握住魏世贵的手，笑嘻嘻地说："魏检察长，欢迎你来农庄度假。"

魏世贵从没见过宋大淼身边还有这么一位三十多岁的颇具姿色的女人，先是一怔，脸上有几分矜持，仅微笑着对施春云点了点头。魏世贵深知自己的身份是不能随意在美艳女色面前有一丝轻佻或不庄重的。后经宋大淼介绍这位女子是他们报社的办公室主任时，他与施春云交谈的表情才慢慢显得放松起来。

其实，今天让施春云出马，潘立贞事先也向宋大淼表示过反对。潘立贞虽不知自己老公和施春云有床第之欢，但她以往听宋大淼谈起他们报社有位妖娆女性，到各企业洽谈广告十有九成，心里便对宋大淼手下的这个女人有了几分警惕。但潘立贞架不住宋大淼的坚持。早晨起床之前，宋大淼还对潘立贞再三强调："你千万别当醋坛子！我和小施属于工作关系，没你想得那么复杂！只不过今天机会难得，老魏好不容易同意出面来和咱们家相亲了，我必须使点手段把他牢牢套住！"前两天，施春云与宣传部桂部长接触初战告捷，桂部长基本上同意将那个八百万元的大单抛给《钟山晚报·皖江版》影像部承接了，这使宋大森进一步增添了对施春云在一些老男人眼里魅力无穷的信心。于是他以为如法炮制，魏世贵很可能也会被施春云的石榴裙紧紧地裹挟得喘不过气来。但潘立贞听着宋大森这番再三强调，心头还是涌上了一种悲哀与无奈。她想，这门亲事固然重要，固然影响到她和宋大森在社会上的立足与发展，只是这其中的插曲如果让方小娜知道了，竟然靠一个不三不四的女人插手促成这门婚事，自己今后还有何脸面向方小娜交代呢？

果然，当施春云领着魏检察长走到阳台上，两人一起并肩看着田野周围清新的景色时，魏世贵与施春云的交谈已渐渐显得亲热起来。宋大森见魏世贵对施春云已产生好感，便不失时机地说：

"小施，你陪魏检察长去钓鱼吧，他一来就急着试竿子呢。我和你嫂子还要去后厨帮忙，今天是星期六，食堂里人手少，等会儿不能准点开饭就要让大家饿肚子了。"

施春云便会意地领魏世贵下了楼，两人说说笑笑地一同向鱼塘走去。

中午时分，一顿由江里的鱼虾和农庄的新鲜蔬菜做成的宴席，丰盛地摆到了魏检察长面前。魏世贵当即高兴地说："来，咱们今天敞开了喝几杯，好好放松放松。"潘立贞提醒说："还是等等两个孩子吧，他们也该快回来了。"说着，便拿起手机拨通了方小娜。不料，方小娜却在手机的另一头说，她和魏晓林已回到了市区，正准备去必胜客吃牛排。方小娜还说："农庄里的土菜她早领教了，味道实在不咋样，还不如回市区去吃西餐。"听方小娜这么一说，魏世贵便大大咧咧地笑着说："好啊，这说明两个孩子已经对上眼啦！来，咱们只管放心地喝酒！"于是，施春云先端起酒杯，朝身旁的魏世贵表情暧昧地凑了上去……

但那天傍晚，两家的大人都失算了，方小娜回家后对潘立贞与宋大森说：魏晓林中午请自己吃这顿西餐，是为向自己挑明，他根本就没有谈恋爱的意愿，专程到农庄来见个面，完全是出于他老爸压力的缘故。而魏晓林回家时则是这样向老子交代的：方小娜早就有男朋友了，自己何必再热脸去蹭人家冷屁股呢？……

六

这天早晨吃早饭的餐桌上，宋大森忽然对潘立贞宣布，经过自己的软磨硬缠，市发改委主任祁质斌终于同意抽空来潘立贞投资的生物炼油厂视察和调研了。潘立贞听到这消息，漫不经心地问：

"他来厂里调研，对我们有啥好处？"

宋大森望了一眼潘立贞，见妻子正用刀叉认真地对付着她面前镶金边的白色瓷盘里的那份火腿煎蛋——自从方小娜留学归来，带了几副英国出产的吃西餐用的刀叉之后，潘立贞生怕赶不上时髦，该用筷子的地方也改用了刀叉。眼下听宋大森说话时稍稍一走神，结果把切火腿的西餐刀捅到了煎蛋上，很嫩的蛋黄立刻溅满了她的手背。这情景使宋大森不耐烦地皱皱眉头，张大嗓门说：

"真是个女人家！头发长，见识短。你知道祁主任手里的权力吗？他要是调研满意了，替你张罗着把企业弄上股市，你就不需要四处苦巴巴地找银行贷款啦！股市上哗啦啦融进来的钱，你想怎么花就怎么花，还会为那区区五百万的流动资金发愁吗？"

潘立贞一听，忙喜笑颜开地站起身去端来一杯热牛奶和一份老公喜欢吃的烤培根和茶叶蛋，放到宋大森面前还空荡荡的餐桌上，高兴地说："行，我听你的。这方面当然是你头脑灵活，整天混在官员堆里见到过大世面！"潘立贞说着这番话时，已经忘记前些日子为催促宋大森替自己去银行贷款时，曾有过的耍泼放赖："你要是办不成，我就跟你离婚！"

宋大森一口气喝完杯中的牛奶，又说："你待会儿去喊醒小娜，她习惯睡懒觉。祁主任说是十点钟准时到你们厂的，你让小娜千万在祁主任来临之前做好生产工艺流程汇报的准备。我先去单位开半小时晨会，然后到发改委接祁主任一起去你们厂里。"

"行行行，我这就把小娜喊起来。"潘立贞已顾不得吃早饭，匆匆忙忙地奔上楼梯去了。

但方小娜还是迟到了。潘立贞因为要送母亲蒋婉芬去医院挂号，一直有心脏病史的蒋婉芬昨晚血压又异常升高了，潘立贞便急着要去医院找一位熟悉的专家为母亲就诊，于是紧随宋大森其后，潘立贞也开车出门了，结果便使方小娜多睡了个把小时的回笼觉。等方小娜好不容易才从床上爬起来，梳洗打扮完毕，开着那辆红色的现代跑车赶到厂里，奔进董事长潘立贞办公室时，祁质斌与随同前来的一位发改委的调研科长，还有潘立贞和宋大森夫妇已在那里足足等候了一刻钟。

见方小娜穿着一双银色高跟鞋，一身浅蓝底白碎花的连衣裙款款地走了进来，宋大森沉着脸，没吱声，潘立贞还是忍不住朝女儿发火了：

"你看看，几点啦？祁主任百忙中抽时间来调研，全是为我们厂着想，你耽误人家领导宝贵的时间，好意思吗？"

祁质斌倒是豁达，笑着说："人来都来了，咱们就不抓着海归的年轻厂长的细节不放了，好不好？"但接下来，祁质斌还是温和而严厉地批评方小娜说："你这个厂长不称职呵！没有一顶安全帽，没有一身工作服，就像逛街似的这么随意逛了进来，往后还怎么在工人们面前树立形象？虽然工厂目前没开工，但养成良好的职业习惯，是一个企业管理者必备的素质与自我要求。"

方小娜的脸微微红了。她很少与政府官员打交道，而眼前这位官员的一丝不苟，着实让她吃了一惊。至于第一次见到祁质斌的潘立贞，她敏感地意识到这位有些书生气的中年人，与自己以往周旋的官员有着明显的区别。祁质斌的干练、较真、温和而严厉地批评起人来的那种滴水不漏，都让她觉得这绝非是一位花费打点就能随便给你开绿灯的官员。这样的官员可能会实事求是地按照政策为你办事，但也可能会给你设置从根本上无法逾越的障碍。唯有宋大淼是明白祁质斌底细的。宋大淼认定了祁质斌是那种面冷心热的人，只要你把企业开工的困难向他陈述清楚了，他作为政府主管经济工作的官员绝不会熟视无睹。宋大淼的认识显然比潘立贞进了一步，他已摒弃了生意场上一般小老板的思维：凡是能用钱摆平的事，就不是事。他倒恰恰以为：凡是遇上真正讲道理、讲政策的官员，所面临的麻烦便不会成为真正的麻烦。更何况宋大淼今天要感谢祁质斌还来不及呢：平日，出于并非亲生女儿的关系——宋大淼见到方小娜那种懒散与玩世不恭的做派，他很少会在家里对方小娜直面批评，今天正好祁质斌帮他出了这口气，他心里怎会不偷偷地高兴呢！

去会议室之前，潘立贞生怕方小娜向祁质斌汇报工艺流程不够周全，便打电话吩咐无锡炼油厂来这里帮助生产的杨雪涛工程师也赶快到会议室，等候听汇报的祁质斌大驾光临。

听罢方小娜和杨雪涛对炼油工艺流程的介绍，祁质斌意犹未尽地说："走，你们领我去现场转转。"众人便陪同祁质斌先视察了办公楼里的电脑程控室，然后来到楼外的厂房、原料库、工人休息间，还有高高矗立着的流水线上的蒸馏反应釜。

祁质斌看得很仔细，询问得也很仔细。特别是看到反应釜下出油管道上包裹的石棉纱有些地方露出了间隙，他上前用手摸了摸，发现石棉纱都包裹得比较稀薄，远达不到厚紧严实的标准，他便认真地说：

"这可不行啊！一到零下五度以上的天气，你这出油管里的油还淌得动吗？油管可不比水管，即便是水管，管子里还有结冰的时候呢！"

众人面面相觑。方小娜顿然傻眼了。潘立贞却心里明白：准是负责采购的人偷工减料，或从中吃了回扣。于是她扭过脸，朝身旁自己的几位随从迅速地扫了一眼，看到无锡来的杨雪涛并未与自己正视，而是怯怯地将目光移到别处，她便心里有几分直觉地对杨雪涛生起一团疑云。但碍于祁质斌尚未离开现场，她不便立刻调查这采购中偷工减料的猫腻，所以只得耐心地听祁质斌继续提出各种问题，继续强调每一个设备环节上安全的重要性。

终于，祁质斌结束了调研。走到厂门口时，他朝身旁发改委那位年轻的调研科长小声耳语了几句，然后转过身，放开嗓门对大家宣布：

"我看，你们利用再生资源进行炼油生产的工艺，完全符合国家鼓励循环经济发展的政策。我回去后一定敦促委里的创新项目发展基金会，为你们向银行担保五百万开工流动资金，以表示市发改委对有市场潜力的中小民营企业坚决的支持！"

众人高兴得立刻鼓起掌来。方小娜雀跃着奔到母亲身旁，激动地抱着潘立贞说："妈，怎么样，我的眼光没错吧？"潘立贞一上午绷紧的弦也彻底松了下来，但她依然是清醒的，轻轻拍拍女儿的肩膀说："别高兴太早。我们后面还有很崎岖的路要走。"宋大森此时虽有些落寞，意识到祁质斌的表态使他想让企业上市融资的希望落空了，但总之心情还是比较愉悦的，因为解决了五百万贷款问题，他日后不会再招致潘立贞到他耳边絮叨时的那种厌烦和不清静。

祁质斌婉拒了宋大森与潘立贞留他吃午饭的盛情，坐进那辆黑色桑塔纳，轿车便一阵风地朝市区疾驶远去了。

潘立贞没有随宋大森和方小娜回家吃午饭，尽管蒋婉芬最近身体不适，家里的钟点工已换成二十四小时全职保姆。她执意要在厂里留下来，是为着潜心调查刚才发现的石棉纱采购中的漏洞。潘立贞想，方小娜虽然平日疏于管理，但厂内未必就没有知晓内情的明眼人。比如自己的前夫方明辉。前两年石油公司效益不好，潘立贞便劝方明辉办了停薪留职手续，让这位她认定有能力的工程师来厂里从事管理。果然，从基建开始，到如今工厂初具规模，方明辉都尽心尽力，功不可没。更重要的是，潘立贞认为方小娜对她父亲还是比较顺从的，潘立贞企图让方小娜在方明辉的照应和监督下，稚嫩举动不至于闯太大的纰漏，慢慢可以独当一面。但现在纰漏还是出现了，潘立贞真不知其中究竟是怎么回事……

方明辉正趴在桌上吃盒饭。边吃，边搜看着电脑页面上的体育新闻。方明辉是乒乓球迷，球打得不错，更主要的是他对国家队历届冒出的尖子如数家珍，解说得比当年央视体育节目主持人宋世雄还要清晰无误。见潘立贞走进自己办公室，方明辉便转脸问："你怎么来啦？"潘立贞笑眯眯地说："来看看你，不行吗？"方明辉熟悉前妻的秉性，鼻子轻轻哼了一声："你肯定是无事不登三宝殿。"潘立贞便有些语塞了。见方明辉的午餐仅是一盒简单的盒饭，潘立贞的心情难免有几分复杂。潘立贞知道方明辉离婚后，至今未聚，生活上常常是一副马马虎虎的模样。为此，方小娜多次数落过母亲，潘立贞也从未敢与女儿计较。随着岁月的流逝，潘立贞对方明辉的那份感情并未彻底消逝，方明辉从马马虎虎的生活中透出的那般优雅和斯文，一直赢得了潘立贞心底里的喜欢和欣赏。潘立贞时常想：这个尽管日子混得不让人羡慕的家伙，其实骨子里是个很硬朗的男人！因此潘立贞当初特地请方明辉来炼油厂工作时，开出的薪水比方明辉原先的单位高出了整整一倍。当然，方明辉最初是不愿接受前妻恩惠的，但经不住潘立贞再三恳求，特别是她哀婉地说道：

"看在小娜的份上，你就答应了吧。你想想，你女儿国外回来后挑三拣四，高不成低不就，找不到一份她满意的职业，整天泡吧酗酒，再这么潦倒下去，你能放心吗？现在她好不容易想创业，选中了一个再生资源利用的项目，你就尽力帮帮她吧。凭小娜的阅历，她根本没在社会上打磨过，她有本事把这样一个企业经营好吗？只有你看管着她，督促着她，才能使她上进，才会让她明白该如何经营管理，才能真正把孩子送到未来光明的前途上！……"

方明辉一颗做父亲的心，终于软了下来。

抹净桌子，去墙角的纸篓丢弃了快餐盒，方明辉在潘立贞面前坐下来，认真地问：

"说吧，你今天来究竟是什么事？"

潘立贞知道自己的心思瞒不过方明辉，便说："输油管上的石棉纱，是小娜批准采购的吗？"

"没错。"方明辉反问："出问题了吗？"

"问题大得很！"潘立贞说："上午发改委祁主任来调研，说是石棉纱包的厚度不够，还有缝隙，以后一到结冰的日子，可能会影响油管正常出油。"

方明辉忙说："厂房和道路的基建，还有大宗设备的采购，是我主抓的。常常忙不过来，那些小的材料采购清单，小娜签字之前我就没再帮她审核了。"

"是啊，你看你这女儿多不省心！"潘立贞说："你稍不盯着，她就捅纰漏了吧？"

方明辉脸上顿然涌上几分内疚的表情，说："那你看眼下该怎么办？"

潘立贞说："当然要重新采购。另外，我立马把经手此事的杨雪涛辞退了。"

方明辉忙劝阻道："你先别急着把他辞退。虽然这生物炼油的工艺原理并不复杂，我基本上已经掌握，但最好还是等投产正式出油了，我已完全把这条流水线的每道工序都弄明白后，你到那时候再辞退他才万无一失。"

潘立贞心想：还是方明辉细致，不愧是工程师出身，便点头同意了方明辉的建议。

七

风云突变。本来波澜不惊，没有任何征兆的皖江市，一日之间就掀起了扫黑除恶的惊天巨澜。

宋大淼与潘立贞都熟悉的市检察长魏世贵，还有几个常为他们通风报信的公安系统的内线，都已遭致市纪委双规。据说他们的罪名都是充当了黑社会的保护伞。当天晚上，宋大淼回家向潘立贞传递了这个市委内部刚透露的消息之后，神色慌张地说：

"你明天上午第一件事，就是赶快去工商局，把你电玩城营业执照上的法人代表重新变更。随你换上谁，就是不能有你的名字。至于人家冒这个风险替你出头，你分人家多少利润，那是你们之间的交易，我就管不着了。"

因为老魏被双规，宋大淼深感这场扫黑除恶的运动肯定来头不小。虽然这几年他已洗白了钱，但他知道只要潘立贞的电玩城一旦被端了锅，他还是会牵扯其中的，还是会有人顺着他妻子这条线翻起他以往有血腥味的发家历史。

潘立贞见宋大淼叮嘱得这般郑重其事，也猜度到事态的严重性，便点头说："好，我明天一早就去把这事办了。"

翌日早晨，潘立贞先去自己公公宋福星的家，敲门唤醒了仍在酣睡之中的王九月。

王九月一脸倦色地开了门，见门口站着的是潘立贞，便有几分惊诧地问："潘总，你怎么来啦？"

潘立贞怕尚未去上班的宋福星听见自己与王九月交易的声音，便走进王九月的房间，轻轻掩上门，小声说："九月，我跟你商量个事。"

"什么事？"王九月问。见潘立贞今天异常客气，他心里根本摸不清女老板突然光临的用意。

潘立贞编了个谎，一本正经地说："九月，你是知道的，小娜的炼油厂马上要开了，我得去替她照管着，往后就没空来电玩城了。我看，这电玩城的企业法人干脆换成你的名字，就由你全权管理吧。当你，你出勤出力比我多，我会给你百分之三十的股份，也就是说今后你可以从电玩城每年的总收入中分到三成，你看怎么样？"

王九月迅速将数字在脑子里过一遍。一年好几百万的利润，居然有三成归自己，这实在是太有诱惑力了！于是王九月先谦虚地推让了一番，说有一成便足矣，但架不住潘立贞再三真心诚意地承让，最终只能拍着胸脯说：

"放心，潘总，我绝不会辜负你的期望，一定尽心尽力使电玩城的经营业绩再上一个新台阶！"

但王九月正式当上法人代表没出一星期，电玩城便沦陷了。由于市公安局新下达了文件，对于全市的电玩城和违法经营的网吧一律取缔，王九月便措手不及地落入一次突如其来的取缔行动的法网之中。

幸亏铃声大作后，赌徒们撤离及时，公安人员未抓住现行，也未搜到台面上的赌资，王九月以电玩城为窝点聚众赌博的证据不足，他只是作为经营者被公安局先拘押了起来。

从两位警官审讯的提问中，王九月方才明白自己是为潘立贞当了替死鬼。

露出马脚的地方是营业执照上法人变更的日期。因为根据周围片区居民的反映，以及经常走过这段街面的行人的证明，"头等彩电玩城"确实开设有很多年头了，企业法人怎么可能是个未满三十岁的小伙子呢？虽然潘立贞事前有伏笔，买通了市工商局企业登记科的关系，使其在近五年的存档登记上都将法人代表更换为王九月，但千虑仍有一失，潘立贞匆忙中还是未考虑周全，王九月毕竟太年轻了，显然与这家经营了十多年的老店历史根本对不上账，于是无论王九月如何东拉西扯，瞒天过海，都难以自圆其说，都难摆脱那两位提审警官紧追不舍的质问。

在那些被关押的日子中，王九月脑海里的斗争非常激烈：如实招了吧，自己当然立刻能走出局子，能立刻见到头顶上明朗的蓝天，能大口呼吸自由的不再憋屈的空气——但这一切又会使自己幸福吗？会使自己获得潘立贞曾承诺过的那样丰厚的报酬吗？王九月想起仍躺在病床上的父亲，想起自己那个一贫如洗的家，心头便隐隐作痛……而反过来，不招，坚决扛住，等熬到重见天日之时，说不定还能与侥幸地未蹲班房的潘立贞谈一笔交易，还能迫使潘立贞良心发现，让万贯家产且富得流油的潘总重新给自己一个待遇优越的职位。……王九月终于认定，唯有走第二条路才是吃得起眼前亏的好汉子，于是他摆出一副死猪不怕开水烫的架势，继续与那两位提审警官谎话连篇地周旋着……

听说王九月由公安局关到拘留所之后，潘立贞意识到事态已变得愈发严峻。那天晚上她一走进家门，便神色紧张地问宋大淼："这王九月该不会被判刑吧？"宋大淼沮丧地说："判刑是免不了的，就看判几年了。遇上这打黑的风口，办案恐怕只会从重、从紧、从严。"宋大淼说着，叹了口气："唉，我就担心这小子扛不住，上了法庭竹筒倒豆子，把你彻底卖了，那咱们俩到头来都得统统完蛋！"潘立贞听宋大淼这么一说，更加六神无主了，便哀求着催促老公："你不是还有不少官场上的朋友吗？看看能不能找个一言九鼎的人发个话，先把九月保释出来再说。"宋大淼气急败坏地说："连魏世贵这么大的官都抓进去了，还有谁敢当出头椽子给公检法系统打招呼？"于是，夫妻俩一筹莫展地商议了半天，最终还是决定给王九月请个全市有名望的辩护律师。这一则因为电玩城被端的当晚，警方未掌握聚众赌博的真凭实据，通过律师的辩护，或许能减轻王九月的罪责。二则也想在律师进拘留所约谈当事人的时候，让律师暗示王九月：只要上法庭后不如实招供，作为交易，潘立贞事后肯定会拿出足够的补偿。

这正中王九月下怀。果然，在拘留所隔着无法传递声音的玻璃，通过两部话机的沟通，王九月答应了律师代表潘立贞提出的交易条件。

未出三个月，王九月的案子很快便在法庭上有了结果。法官当庭宣布：判三缓三。没收"头等彩电玩城"所有资产。

开庭那天，潘立贞未敢在法庭上露面，但宋大淼还是心事重重地去法庭做了旁听。当听到法官最终的宣判结果时，他那颗悬着的心才算真正落回了胸腔里。

但宋大淼还是高兴早了，他万未料到潘立贞答应给王九月付出的报酬竟是先开出了一张五十万元的假支票，因此在王九月走出拘留所的第四天中午，宋大淼回到家便看见怒不可遏的王九月把客厅中的陈设砸得稀里哗啦。特别是古董架上那两只宋大淼收藏了多年的宋代钧瓷手绘花瓶，此刻也被摔成了碎片，宋大淼顿然气得捶胸顿足，心痛万分。待宋大淼好不容易抱住发疯一样的王九月，满脸挤出苦笑，好言好语地连声相劝，信誓旦旦地保证这之前的报酬承诺绝不反悔，总算将王九月哄出了门时，老太太蒋婉芬已气得在沙发上晕厥了过去。潘立贞忙打了120，喊来救护车，夫妻俩将老太太送进医院抢救。蒋婉芬醒来时哀哀地望着面前的女儿和女婿，声音无力地说：

"你们这是造的什么孽啊！……"

待蒋婉芬病情平稳了，医生对潘立贞和宋大淼说，老人家还需要暂且住院观察，夫妻俩只得快快地离开了医院。刚走到马路上，宋大淼便对潘立贞张大嗓门发起火来：

"你凭什么反悔？区区五十万你拿不出来么？要知道，你这张空头支票会引起多严重的后果吗？"

潘立贞喃喃地说："不是厂里才开工么？资金周转紧，我就想缓口气再兑现王九月的。"

宋大森不耐烦地说："行了行了！你赶快从银行贷的五百万里挤一部分钱，先摆平王九月再说。不然的话，把这小子逼急了，真要去法院翻供，不仅你乖乖坐牢，我也会被顺藤摸瓜地跟着遭殃！"宋大森说着话时，自然是为自己的未来涌起了一种隐隐的忧虑。经过这几年的奋斗，好不容易才在一个新产业中站住了脚，若就这样受潘立贞牵连，他无数个日夜曾有过的绞尽脑汁的算计，屡受挫折后的不懈努力，为到达成功的彼岸像一个精疲力竭的溺水者在恶浪中的拼死挣扎，不就霎那间灰飞烟灭了吗？一条本已见到希望的越走越顺当的坦途，也从此会日月无光，使自己真正地陷入一片难以自拔的深沉的黑暗之中！

潘立贞自知理亏，便不再向宋大森多辩解什么了，小声说："好吧，我尽快把这五十万送到王九月手里。"

但过了两天，潘立贞因为忙于照顾生病的母亲，又忙于处理炼油厂一堆棘手的事务，未能及时将钱送出，于是接下来的事态发展到令她和宋大森都难以想象的地步。

本来，王九月被关进拘留所之后，家里缺了一个烧饭的帮手，宋福星每天中午只得在家电维修部打电话要一份外卖，随便凑合一顿了事。但这天中午，宋福星刚吃罢午饭，恰恰遇上一个客户送来修理的微波炉的保险丝烧坏了，他便只好骑上残疾人三轮电瓶车回家来取。不料，回到家，宋福星见王九月住的那间屋子的房门是虚着的，便推门走了进去，一看，眼前的景象使宋福星傻了眼：原来，王九月正在床上摆弄一堆炸药与雷管。宋福星忙神色慌张地问：

"九月，你这是干嘛？"

王九月沉着脸说："你别管。宋老爹，我有我的用处。"

宋福星很不放心地说："孩子，你千万别去做脑子一时转不过弯的傻事啊！你不像我老头子，这么年轻，命还值钱呢！"

王九月不再吭声，只顾将像子弹带似的炸药绑到胸前，然后穿上外套，扔下宋福星便径自出门去了。

下午一点多钟，是刚走出电脑程控室的方明辉先发现了远处二十多米高的反应釜的铁梯上，正有一个人影朝顶端攀爬。方明辉忙奔上前去，朝已爬到反应釜顶端的王九月大声喊道：

"上面危险，你赶快下来！"

王九月朝底下大声说："想请我下来，除非让你们潘董事长来和我谈条件！她如果不敢来的话，"王九月解开外套纽扣，露出胸前那排炸药，恶狠狠地说："我今天就把你们这些设备全炸了！"

方明辉大吃一惊，赶紧问："你是什么人？潘立贞和你有怨有仇？"

王九月坦然回答："老子坐不改名，行不改姓，潘立贞的债主王九月是也！潘立贞耍老子，骗老子，我看她欠老子的五十万块钱今天还敢不敢赖掉！"

方明辉这才明白事情的原委，忙拨通了潘立贞的手机："你赶快来厂里，有个叫王九月的人要炸反应釜了！"说罢，他又朝铁梯顶端大声疾呼：

"行行行，潘董事长答应你条件，她马上开车过来，求你千万先别把炸药点爆了！"

此时，像铁塔似的反应釜下已围起密集的人群，方小娜也从人群中焦急地钻了出来，泪眼婆娑地朝头顶上喊道：

"九月，你千万别想不开啊！你还有我呢！我还等着有朝一日你能够娶我呢！"

望见铁塔下的方小娜泪流满面，王九月的心有一瞬间被软化了。王九月真的没想到方小娜会当着那么多人的面，毫无羞涩地向自己表白了爱情。王九月想：看来，这位貌似玩世不恭的资本家小姐，其实她内心还是有着认真与纯真，她的心底并非是没有一块她竭力保护着的神圣的地方，于是王九月便觉得自己以往确实对方小娜过于冷漠和疏忽了……

当潘立贞和宋大淼气急败坏地赶到厂里，向反应釜上的王九月举起了一张真正的支票，王九月才以一位胜利者的姿态从二十多米的高处走下来，方小娜便疯了一样地扑上前紧紧抱住了王九月仍绷得很紧的身体。宋大淼望着眼前这一切，心情颓丧地想道：完了，没有不透风的墙，今天这里的情景一定会成为明天某家报纸博眼球的新闻。自己吃尽辛苦洗白了钱打造起的好名声，往后一定会在皖江市日薄西山奄奄一息了……

尾　声

就在王九月搬出宋福星的住宅后不久，宋福星的住宅彻底人走楼空。宋福星变卖了所有家产，也退租了那间家用电器维修部，上翠螺山归隐寺，与他那位当老尼僧的老伴朝夕相处去了。宋福星成了归隐寺里一位年老的新和尚。在老伴的辅导下，他对经文的研究日见长进，并且青出于蓝而胜于蓝，居然两年后还在国家佛教协会的会刊上发表了他体悟独特的长篇论文。

自受了王九月事件的打击后，蒋婉芬的血压一直不稳定，身体一直很虚弱。忽有一天半夜，她脑溢血发作，送医院抢救无效，未留下任何遗言地驾鹤西去了。在她那间空闲的卧室里，香火却不曾断过，潘立贞虽不能像母亲那样每晚在观世音菩萨面前祈祷与默诵经文，但她每晚会准时地去小香炉里插上两炷青烟袅袅的焚香。

豪宅显得更加空荡、更加冷清，更加令人感觉阴沉沉的了。以至于方小娜每晚回家时，竟不敢独自走过有一条走廊通往外婆原先卧室的客厅，总要先用手机招呼潘立贞或宋大森下楼来打开别墅的院门，她才敢在大人的陪同下，咚咚咚地快速奔上楼梯。

热带雨林与热带季风

出发

虽然都是热带国家，但热带国家与热带国家之间的气候还是有区别的。比如新加坡属于热带雨林气候，泰国属于热带季风气候，而马来西亚的国土上则是两种气候兼而有之地分布着。

本世纪初的头两年里，去新马泰旅游，还是有钱或有闲的人才能享受，还是件挺让邻居与同事们羡慕眼红的事情。当然，你若能占一个公派的指标，挤进一个不管以什么名义赴新马泰考察的团里，实则却是省去了自掏旅费的烦恼到那片属于热带雨林与热带季风的土地上尽情地游玩，那么就更是一件让同事与邻居们羡慕眼红的事情了。

一般地说，赴新马泰旅游团的路线，都是先近后远，即先到泰国，再到马来西亚，最终在新加坡观光游览之后，便从樟宜机场飞回国内各大城市的国际机场。但是这个旅游团的行程却是先到新加坡，然后从新加坡搭乘大巴到马来西亚，再从马来西亚飞往泰国，最后从曼谷素万那普机场飞回国内。并且，这个旅游团成员的构成也比较复杂，他们并非像别的旅游团成员那样来自同一座城市，而是分布于两省三市。所以出发前的那天上午，在 N 市国际机场候机大厅的 22 号通道门口，便很自然地簇拥起三堆人群，用三种不同的方言愉悦地在交谈着对即将开始的旅途的憧憬与好奇。

H 市与 N 市仅相距一百八十公里，但分别属于两个相邻的省份。就像古代的徽州地区，不少村落里的先人都是朝廷从四面八方押解来此地的命犯，因此隔了一道山峰，山这边的村庄与山那边的村庄先民们就会操持截然不同的方言。H 市的方言与 N 市的方言更是南辕北辙。H 市人将生气的"气"，通常读成"次"，将孩子说成"霞们"，将老母鸡称之为"老猛滋"。好在今天一大早，旅行社在某个预先通知的集中地点将 H 市的游客们都装进了一辆中巴里，经过两个小时疾驶的车程，H 市的游客们在中巴里都以那种特殊的方言连结得相互感到熟悉与亲切起来，所以此刻涌进 N 市机场候机大厅之后，他们便自然而然地扎堆到了一处。

但二十多人的 H 市游客里，又分成三个不同单位的小群体。当年还不叫住建委的市建委派出的六名旅游团成员又组成了一个独特的小群体。在预先通知的集中地点江淮大戏院门口，李明珠是姗姗来迟、面无表情地最后一个钻进这辆旅行社租用的中巴里的。她未向本单位已坐上车正聊着天的任何一位熟悉的同伴点头招呼，只是闷声不响地走到中巴车后面还空着两个位子的座位上一屁股坐了下来。

李明珠并非市建委的职工，能够参加今天的旅游团，全然因了她是市建委第一夫人的缘故。建委主任林浩东与副主任郭阳岗，早在三年前随着建设厅的一个考察团去新马泰旅游过，因此这次市建委旅游团成员名单的构成中，除了办公室主任徐星、秘书小赵、司机老吴、总工程师梁思茹之外，剩下的两位便是林浩东的夫人李明珠与郭阳岗的夫人花曼丽了。这份名单是在两个月前就由林浩东口授、徐星记录，以建委办公会议纪要的名义敲定了下来。由此可见，林浩东对这份名单是煞费苦心、亲历亲为的。他要尽力使这份名单一则避免了自己和老郭携各自夫人公费去国外旅游的嫌疑；二则本该属于他和郭阳岗在旅游团中的名额，让给各自夫人之后，机关里的同事们除了不好多指责什么之外，同时也偷梁换柱地用公款满足了双方老婆去新马泰一游的愿望；三则他和郭阳岗平日的吃喝拉撒睡，全靠了建委办公室这几名随从的精心伺候，所以在关键时刻抛出一根骨头，让这些随从连续保持对领导的忠诚，也是他这个当一把手的从本能上心知肚晓的精明策略。当然，梁思茹例外。梁思茹虽是技术干部，但她同样是建委的领导人之一，不存在对林浩东与郭阳岗保持忠诚度的问题。不过好在女同志嘛，生性柔弱，不善于搞内讧，也难以成为林浩东政治上的对立面，所以林浩东很乐意地将旅游团其中的一个名额分配给了梁思茹。况且林浩东心里明白，梁思茹这位清华建筑系毕业的高才生，业务能力出众，多项设计获得过国家建设部颁发的鲁班奖，简直就是H市建委最亮丽的一张名片。三年前随省建设厅的考察团赴新马泰，林浩东若不是为了平衡自己与郭阳岗之间的关系，当时其实无论如何应该有一个指标是属于梁思茹的，所以这次若再不给梁思茹一个出国旅游的机会，林浩东觉得自己内心日后会对梁思茹怀有极大的负疚。

可惜林浩东出事了。昨晚八点，两位检察院的工作人员进入他的住宅，将一张依法涉嫌受贿的起诉书递到了他面前，随后奉命实行抄家搜查。过了许久，那两位检察员终于在林浩东家中重新缝制的防火布面沙发里搜出了五十万元美钞与三十万元新台币。看见这情景，站在一旁的李明珠差点当场晕眩过去。肯定是那防火布面的针脚露出了蛛丝马迹，李明珠深深痛恨自己重新缝制的水平太不专业了，以致终于酿成倾家荡产的牢狱之灾。

　　虽然昨晚林浩东被抄家的消息距离今天早晨出发只隔了一夜，但没有不透风的墙，旅游团成员中的花曼丽还是第一个知道了这消息。花曼丽老公郭阳岗不仅是建委副主任，并且还兼任着建委党组书记，因此检察院起诉林浩东这般重大的事情，按惯例事先都是要和郭阳岗这位党组书记打招呼的。经过枕头风的传递，赶在李明珠到达旅游团集合地点之前，快嘴快舌的花曼丽早把这消息向旅游团其他几位成员发布了出去。这便使得此刻坐在中巴车后排的李明珠无意中朝前面望去，发现前面隔着她好几排座位的花曼丽正用手半遮着脸对身旁的司机老吴在交头接耳地嘀嘀咕咕，李明珠的心不禁顿然一沉，暗想道：昨晚的消息一定准是被大嘴巴的花曼丽扩散了出去。这让自己还有何颜面在这群虽不是本单位同事却是同一旅游团的成员眼前，仍能像往日那样保持着建委第一夫人的英姿勃发、尊贵高傲、浑身透着一种冷艳的美丽？李明珠恨不能立刻招呼中巴车驾驶员中途停车，自己迅速跳下车去，提前结束这趟不会再有任何光彩和愉悦可言的新马泰之行。

　　其实，花曼丽当时与司机老吴交头接耳嘀咕的不过是花曼丽家那条萨莫耶犬发情期到了，问老吴能不能将他家养的那条萨莫耶母犬放出来配合一下两条洋狗之间的交媾。

　　旅游团的中巴车在两省连接的高速公路上正以每小时一百二十公里的速度朝 N 市国际机场进发。车内，梁思茹依然靠在航空椅上闭目养神地用耳塞聆听着袖珍录音机里刚换上的磁带：德沃夏克的大提琴奏鸣曲《自新大陆》。秘书小赵在聚精会神地读着手机里下载的司汤达的长篇小说《红与黑》。像他这样上世纪七十年代中期出生、仅有电大中文系的水平,凭着"我爸是李刚"的关系才混入建委谋了个秘书差事的年轻人,眼下能趁着闲暇恶补一下世界文学名著的修养,对他来说何尝不是件赏心悦目的快事。朝九晚五的生活,写不完的重复套话的公文,整天小心翼翼地为领导鞍前马后伺候着,常使他晚上入睡前独自感叹:看来,少年时代曾有过的文学梦已越来越像一个白日梦了。而花曼丽与司机老吴还在交头接耳地小声讨论两家养的萨莫耶犬如何结亲家的问题,李明珠还在脸色阴沉地胡思乱想着:这一趟新马泰之行该如何与其他几位自己熟悉的旅行团成员相处?或者说,为了昨晚的变故,自己想当然地出来散散心,这一决定本身是否就是一个难以弥补的错误?

唯有办公室主任徐星抵挡住了昨晚因睡眠不足,此时随着中巴车的颠簸不断涌起的睡意,坐在最前排座位上头脑仍很清醒地思考着:一把手林浩东昨晚被检察院带走之后,会否影响到这次旅途上将发生什么不测?会否出现那些自己无法控制的局面?作为这次新组成的旅游团的领队,自己将负起何种相应的责任?⋯⋯

新加坡

新加坡,东南亚的一个岛国。国土面积是 718.3 平方公里,海岸线总长 200 公里。新加坡全国由新加坡岛、圣约翰岛、龟屿、圣陶沙、炯岛等六十余个岛屿组成。新加坡别称为狮城,是一个多元文化的移民国家。促进种族和谐是政府治国的核心政策。新加坡以稳定的政局、廉洁高效的政府而著称于世,是全球最国际化的国家之一，也是被誉为"亚洲四小龙"之一的亚洲经济最发达国家。

——《百度·新加坡》

根据导游启程时发放的那本薄薄的"游程安排"的小册子指引，在新加坡游览三天的最后一个下午，全体旅游团成员终于迎来了可以随心所欲自由活动的宝贵时间。每日在举着一面三角形小旗子的导游带领下，穿越了全新加坡最狭窄的街道哈芝巷，参观了印度穆斯林建造的木质结构的阿都卡夫清真寺，游逛了比上海城隍庙还热闹的有各种小贩兜售药草、乌龟、蛇与青蛙的牛车水大厦，也在裕廊飞禽公园这一东南亚规模最大的飞禽自然生态保育公园，还有在隐身于现代都市的热带雨林武吉知马自然保护区里呼吸够了足够新鲜的空气之后，无论如何，这个旅游团的更多成员都想尽早结束这种跟随式的被引领的集体生活。

自由活动时间里大家首先想到的是购物。每天紧锣密鼓的参观游览中，谁都难以撤出空档在某家自己心仪的商店里从容地转一转。特别是司机老吴和两位女性李明珠与花曼丽，早就对大街小巷里琳琅满目的各种具有异域特色的货物看得两眼发绿。于是那个下午之前的午餐刚结束，他们都自愿放弃了旅游团午后小憩片刻的时光，成群结伴地迈着一种获得解放的喜悦脚步上街购物去了。好在华语是新加坡官方用语之一，缺了导游的带领，并不十分妨碍他们与店主或商店营业员之间的沟通。

唯有梁思茹例外。她说她是一直有午睡习惯的，说罢，她便离开餐厅径直去了莱弗士酒店三楼那间她下榻的房间里。

徐星本来并非有过分的购物欲望，只是出于领队的身份，他生怕有人开小差迷了路，或者那两位女同伴采购的东西太多，他也好顺便帮她们搭把手帮个忙，因此他必须付出巨大的耐心陪同众人像走进迷宫似的在各家商场与商铺里穿梭往返。而秘书小赵与众人一起刚转了两条街，已开始耐不住性子了。小赵发现李明珠和花曼丽，还有司机老吴转来转去，目光都盯在了穿戴的服装与首饰上。另外，各种国内不多见的包装精致的美味食品也使他们兴致盎然。小赵深知自己工作年头短，存些钱还准备结婚成家，根本就不具备他们那样狂热采购的能力，特别是见到李明珠刷起银联卡来那股潇洒的劲头，小赵心里暗暗打鼓：这位"第一夫人"卡里究竟装了多少钞票啊？！……终于，趁着众人的目光仍聚精会神地盘旋在各式商品的柜台里时，小赵悄悄将顶头上司徐星拉到一旁，轻声向徐星告了假，说自己还想去滨海大道上那家新加坡最大的书城逛逛，想买两本新加坡出版的世界名著带回国内去。确实，小赵他也没有撒谎，这两天晚上他入睡很晚，早就将手机上下载的那本《红与黑》读完了，若剩下的旅途缺少新的书籍可以消磨时光，那么这趟出国旅游对于秘书小赵而言，除满眼热带风光之外，其余便是令他觉得甚是乏味的珠宝首饰和奇装异服了。

但小赵不该发怵的是李明珠银联卡里究竟装着多少钞票？其实，临来前刚被检察院抄家，银行账号也突然遭到冻结，李明珠本打算是做完瑜伽之后，去夜间银行的自动取款机上取钱的。难得有公费玩一趟新马泰的机会嘛，她也是想带足了钞票好好过一把购物的瘾。只是后来都被检察院那两位工作人员打得措手不及，所以李明珠临出发的那天早晨，翻箱倒柜从家里找出的现金仅有五千多元，加上那张银联卡里常备不懈的五万元，李明珠根本不能像往日去外地旅游购物时真正地在丹田里有一种十足的底气。而作为市建委的第一夫人，李明珠平常对老公林浩东的这些手下都是颐指气使惯了的，从来在他们面前都现出一副难以接近的高贵和冷艳；特别是那个司机老吴，以往市建委逢年过节发米、发油、发水果，老吴总是屁颠颠地将那一包包或一箱箱沉重的东西扛上李明珠住宅三层楼的楼梯，气喘吁吁地摆放到李明珠家中客厅里的，还未及等李明珠道一声谢，招呼老吴歇下来喝杯茶，老吴就会憨笑着知趣地掩门离去；但如今，连老吴这号角色都和自己一起人五人六地刷卡购物了，这怎能不使李明珠刷卡时有意露出一股潇洒的劲头？当然，那不过是在购买些榴莲泡芙、娘惹黄梨酥、肉骨茶礼盒等新加坡特色食品时的潇洒，而真到了服装店面对一件她喜欢的印度丝绸制成的碎花连衣裙时，她便不得不停住步子踌躇了片刻。两千元的标价，若不是临来前当晚的突然变故，李明珠绝不会犹豫，但此刻在李明珠看来，这条裙子即使比起国内的上等衣裙，其价格也是够昂贵的了。后来，还是当看到花曼丽买下一身湖蓝色连衣裙后，李明珠才咬咬牙，将这条她喜欢的印度丝绸制成的碎花连衣裙刷卡买了下来。当然，这又是为着她不肯服输，为着她注重的在众人面前的"第一夫人"的脸面。

　　结束了购物，李明珠、花曼丽还有司机老吴个个都手提肩背的，走路显得渐渐有些吃力起来。见此情景，徐星便说：

　　我看，咱们不妨先回酒店，轻装上阵后再到其他地方逛逛。

　　对此，大家一致同意徐星的建议。

　　李明珠又说：老吴力气大，就不能帮我拿个包呀？

　　老吴没好气地回答：你没看到我手里也没闲着吗？

　　幸亏徐星刚才购物时只为儿子买了一辆式样新颖的电动消防车玩具，装进双肩包之后，此刻居然两手还是空空的。

见李明珠向老吴求援，又遭老吴拒绝，徐星便主动上前将李明珠手里那只装得鼓鼓囊囊的蛇皮袋拎了过来。

其实徐星心里明白：自出发的那天早晨，花曼丽散布了林浩东被检察院带走的消息之后，司机老吴与李明珠的关系已明显变得疏远起来。还是在 N 市国际机场候机厅逗留的时候，李明珠随身携带的那只红色大旅行箱在游客中间显得格外醒目，后来当托运开始了，却未见老吴殷勤地上前帮助李明珠将沉甸甸的大旅行箱推到检测线上。这要搁在以往，徐星想，老吴怎么会轻率错过这个来之不易的讨好的机会呢？

就在这一行人回到莱弗士酒店时，梁思茹已午睡醒来背着画夹上街去了。这两天的旅游过程中，梁思茹对新加坡的小印度区情有独钟，因为那里不少别致的建筑早使她心驰神往。先在实龙岗路商贩的地摊上，买了两块配色亮丽、图案和线条都展现着浓烈的南亚风情的桌布与窗帘，接着逛进一家布料店，花三十元新加坡币买了一块长长的从腰际围成长裙，再环绕到肩膀上的印度沙丽之后，便来到小印度区东侧的斯里尼维沙柏鲁玛兴都庙的门前，在正对庙宇大门的一块石阶上坐了下来，然后打开画夹，开始饶有兴致地临摹着面前这座庙宇大门之上高达二十米的塔楼中层层叠叠的保存完好的浮雕。这些浮雕雕工精致，生动地诉说着毗湿奴天神的故事，在小印度区的建筑群里颇显得巍峨壮观。

梁思茹正专心画着画，有几位感兴趣的路人就在她身旁围观了起来。其中一位印度教徒对梁思茹伸出大拇指，用英语朝梁思茹说：你的画稿比起上世纪 60 年代重建这座庙宇时，我们专程从南印度请来的那位设计师的画稿一点都不差！梁思茹是熟悉英语的，听罢，她便抬起头朝那位印度教徒微微一笑，友好地说了声 thank you！

也就于梁思茹在斯里尼维柏鲁玛兴都庙前作画时，徐星、老吴、李明珠和花曼丽一行又开始逛街了。他们商定好这次逛街的对象是唐城坊。虽然都来自中国，像唐城坊这号专卖中国商品的超大商场是完全可以省略的，但他们听说唐城坊比上海的城隍庙与北京的潘家园更加热闹，从字画古董到吃喝玩乐的所有商品一应俱全，并且还听说这里的各式商品比国内制作得更加地道与讲究，他们岂有不去一饱眼福与一尝口福之理？当然，字画古董是他们几位都不甚有兴趣的，而产地正宗又价格便宜的景德镇茶具还是让徐星爱不释手地买了一套。老吴也随之附庸风雅地买了一套。李明珠和花曼丽站一旁只是袖手旁观，只是不冷不热地说：瓷器易碎，飞机托运不一定保险，千里迢迢飞回去，若回到国内机场望见的却是一堆碎瓷片，那才真正地欲哭无泪呢！其实，两人心里都有小九九，像这种上等的景德镇瓷器早就有关系户向各自的老公进贡了，何必再跑到老远的新加坡来花费这笔冤枉钱？

走出这家景德镇人开设的茶具店，没走几步，众人忽然发现前面有一家门脸不大的铺子外面排起了长长的一列队伍，大家便都一起好奇兴奋地围了上去。原来是唐城坊里很有名气的林志源肉干店。这家肉干店专以出产现做现卖、口味新鲜独特的各种肉干而深得当地居民喜爱，并且在赴新加坡旅游的外国游客中间也树起了很好的口碑。闻着店铺飘出的一阵阵刚出炉的肉干的香味，司机老吴迫不及待地加入排队购买的行列里，一副生怕是机不可失、时不再来的急吼吼的模样。花曼丽便有些鄙夷地笑着朝老吴说：

你呀，真没见过世面！新加坡最好的肉干食品怎么是林志源呢？最好的肉干是美珍香呀！美珍香肉干在新加坡有三十多家分号，甚至在东南亚和台湾还有不少分号呢。前年我在台湾旅游，品尝过美珍香肉干，台湾人都说美珍香肉干是新加坡鼎鼎有名的肉干呢！

李明珠为自己的见地不输于花曼丽，便接着说：美珍香肉干确实不错，但要论品种最齐全的名店，还是数胡振隆肉干。

对于这桩究竟是哪家店铺肉干好的官司的判定，要是搁在以往，李明珠的"胡振隆"肯定会一锤定音的，大家都会朝着"第一夫人"的指引，毫不犹豫地便向胡振隆肉干店蜂拥而去。但今天居然没有人理会，徐星为图省事，便加入到林志源肉干门外排队的行列中，而花曼丽则私自去了美香珍肉干店，仅剩下李明珠被原地干晾着。李明珠自觉得无趣，也怏怏地去了附近的胡振隆肉干店。李明珠知道林浩东一旦出事，自己的"圣旨"无疑会被林浩东的这群手下当成了一阵耳旁风。

待四个人提着一包包香喷喷的猪肉干、牛肉干、鸡肉干，从三个相隔不远的店铺走来汇集之后，他们继续逛了唐城坊的几家玉器店、刺绣店、红木家具店，便觉得这种只看不买的浏览有些厌烦了，便一同走出唐城坊，准备乘巴士回莱弗士酒店享用新加坡最后的晚餐。

巴士站旁边有家水果店。李明珠素来是很喜欢吃榴莲的，尽管别人说榴莲散发着一股奇异的臭味，但李明珠恰恰认为那其实是榴莲的鲜美之味。就如同你去逛南京夫子庙，能拒绝得了夫子庙著名小吃油炸臭豆腐对你的诱惑吗？因而李明珠此刻见到这家水果店有卖榴莲，便随意选了两只，付完钱，装进一只手提的塑料袋，就随同大伙一起拥上了到站的巴士。

但不料走上巴士还未及在一个空座位坐下，一位中年的戴副金丝眼镜的新加坡男性公民便用华语一本正经地对李明珠说：

这位女士，按照新加坡法律，你是不能提着榴莲走进任何公交运输车辆里的。

司机老吴也赶紧在一旁趁火打劫，挤眉弄眼地朝李明珠说：哈哈，我们第一夫人不懂新加坡法律了吧？

李明珠顿时恨不能车底下有个地洞，让自己立即一头钻进去。

于是巴士仅行驶了一站路，李明珠便脸上一阵红一阵白地跳下车，果断地与旅游团另外三位同伴分道扬镳了。

暮色渐渐浓重，新加坡马路上的路灯与高楼大厦上的霓虹灯已提前亮了起来。这一站离滨海大道不远，李明珠决定独自去海边走走，迎着傍晚海风的吹拂，也好使自己从出国开始便一团乱麻的思绪能够得到静静地清理。

这时候，秘书小赵刚刚走出滨海大道旁的新加坡超级图书城。小赵很兴奋，他没想到新加坡的书店与当年的国内书店不同，都是开放式的，你从书架上抽下任意一本书，在购买之前，你可以坐到临窗的沙发上，远眺海景，呷一口免费的咖啡，细细欣赏这本书里的某些章节之后，再决定是否最终掏钱购买这本书。两个多小时里，小赵已将川端康成的小说集《伊豆的舞女》读了一半，读得如痴如醉，读得心潮澎湃。读到感觉肚子有些咕咕叫的时候，读到窗外蓝色的海水慢慢变成灰褐色的海水，小赵才起身走到柜台边，从皮夹里拿出那张存款数字不多的银联卡，心满意足地向柜台里一位很客气的新加坡女营业员结了账。

棕榈，芭蕉，椰林。小赵喜滋滋地捧着书走在黄昏中的滨海大道上。走了不远，他看见前面海边堤岸上的护栏旁，正独自凭栏站着一位任海风吹拂起她秀发和衣裙的中年女子。在夕阳最后一抹余晖的映射下，小赵觉得这位女子在海风中的侧影真是美极了。再走近,小赵才逐渐发现这个独自凭栏站立的女人竟然是李明珠。她不是在闹市区出手阔绰地购物的吗?她怎么又离队一个人跑到海边来了?小赵想起旅游团出发前那天早晨花曼丽发布的特大新闻,心头骤然一沉:李明珠莫非是忍受不住林浩东被拘押的噩耗的打击,涌起了独自来海边寻短见的念头?这么一想,小赵忙快步走到李明珠身旁轻声说:

董大姐,徐星他们那些人呢?你怎么一个人来这里看海景啊?

李明珠嘴角掠过一丝不易被察觉的苦笑,淡淡地说:我想一个人来海边散散心。

小赵热情地说:我有一个散心的好地方,董大姐,我陪你去。

李明珠有些疑惑地无语地望了身边这个毛头小伙子一眼。

小赵急不可耐地说:摩天观景轮,你去过吗?喏,穿过前面这片椰树林就到了。有一百六十五米高,几乎和法国的埃菲尔铁塔平起平坐呢。你坐到上面旋转两圈,整个海滨风光和新加坡城市夜景都会在你脚底观赏得一览无余。

小赵竭力向李明珠兜售着他临出国前啃过的那本《新加坡旅游指南》上面的段落。李明珠也终于被这个毛头小伙子的热情感染了,原本有些凄凉的脸上浮起一层真正的笑意,欣然随同小赵一起来到摩天景观轮游客售票处的窗口边上。

李明珠坚持未让小赵掏钱支付乘坐摩天景观轮的票款。她柔声说:你年纪轻轻的,每月才挣多少工资呀?说着,便将那张下午已刷过多次的银联卡递到了售票窗口里面。

就在李明珠与窗口里面那位售票员结算票款时,从一侧能够很清晰地端详着李明珠那张俊俏冷艳、皮肤细腻洁白的脸庞的小赵，闻到了李明珠浑身散发出的一股淡雅的香水气息。那股气息令小赵立刻便心醉神迷起来。小赵天生属于那种有着恋母情绪的青年男性。他不会对《伊豆的舞女》里那位单纯、善良、美丽的小舞女熏子情有独钟，但对于这位近在咫尺的比他年长十多岁的成熟饱满、高傲漂亮的中年女性李明珠，小赵会像《红与黑》里的于连看到瑞那夫人时一样的血脉扩张，激情万丈。以往常有机会去一把手林浩东家里，送上一份林浩东急需的文件或资料，小赵偶尔会看见李明珠正侧卧在沙发上读小说，聚精会神地读着小说的李明珠并没留意自己那双浑圆白皙的大腿从睡衣下裸露了出来，而这双浑圆白皙的大腿当场便会使小赵开始想入非非，后来在回答林浩东提出的文件上几个数据时也显得语无伦次且脸色极不自然。小赵基本上就是2015年左右国内热播的一部电视连续剧《剧场》中的王扬帆。只不过王扬帆虽然从少年时代便悄悄地爱上了比自己大十多岁的著名话剧演员郁珠，但王扬帆成年之后，还是勇敢真率地向郁珠表白了隐藏于自己心底多年的爱情。而小赵根本弄不清自己对李明珠的情感里究竟有多少爱的成分，他无非是不敢越雷池半步地对李明珠怀有一种永远的觊觎罢了。以至于在李明珠落魄的今天，于他眼中仍然不失为一尊高贵冷艳和熠熠生辉的女神。

景观摩天轮徐徐运转起来。越转越快。当这个风车状的摩天轮转到直径一百六十五的最高点时，眼前新加坡的城市夜景和海滨风光尽管令人赏心悦目，但李明珠已感到了一阵阵使自己恶心的头晕目眩。又转了一圈，李明珠难受得几乎要把腹腔里的胆汁都吐了出来。好不容易撑到走下摩天轮，李明珠跟跟跄跄地朝前走了几步，等一阵海风迎面拂来，神智才算慢慢恢复了清醒。小赵在一旁见李明珠脸色煞白，并且脸上有种被扭曲的痛苦状，知道李明珠乘景观摩天轮已感到了深深的不适应，便忙走上来想搀扶李明珠一同前行，结果小赵伸过来的手却被李明珠"啪"的一声打了回去：

别碰我！你这哪是带我来散心，简直是让我来受罪啊！

小赵顿然唯唯诺诺地不知怎么回答。此后两人一路无语，小赵悻悻地跟随李明珠回到了下榻的莱弗士酒店。

当晚，除小赵之外，旅游团其他几位成员的房门都是敞开的。大家来回穿梭地展示着今天各自购物的硕果，喜滋滋地交流或攀比着各自购物的价格与经验。梁思茹没有兴趣去参与这种七嘴八舌的谈论，梁思茹的房门是被花曼丽敲开的。花曼丽一进门便嚷嚷起来：

梁总，今天怎么不见你去逛街采购呀？

梁思茹微笑着说：去了，只不过没像你们买这么多东西。我去逛过小印度区，在那里买了两块手工制作的桌布、窗帘，还有一块丝绸布料。然后剩下时间都在斯里尼维沙柏鲁玛兴都庙门前画画了。

花曼丽一听，立即来了精神头，忙说：什么丝绸布料呀？能不能拿出来也让我饱饱眼福？

就在梁思茹与花曼丽这般说话的时候，李明珠见梁思茹的房门虚掩着，便随意地走了进来。

花曼丽正展开那块丝绸布料比画着，说：梁总，这么长一块布料，你得做几条裙子呀？

李明珠见花曼丽如此孤陋寡闻，忙有些不屑地插嘴说道：这哪是做裙子用的？这是印度沙丽。你没见印度女人常穿一件贴身的短袖上衣，再将沙丽从腰际围成长裙，最后又环绕到肩膀上吗？

花曼丽被李明珠抢白得大眼瞪小眼，很是尴尬之后，只好自我解嘲地说：哎哟哟，还是梁总有眼光啊，尽买这些国内见不到的服饰。

最终，当花曼丽与李明珠都听明白梁思茹选购的印度沙丽，再加上两块配色亮丽、图案和线条都展现着浓烈的南亚风情的桌布与窗帘，只是统共花了四十五元新加坡币时，李明珠和花曼丽心里都不禁感慨地想道：看来，有品位的人就是不一样！买的东西虽然便宜，却那么雅观别致……

马来西亚

马来西亚，位于东南亚，国土被南中国海分隔成东西两部分。即由马来本岛（西马）和加里曼北部（东马）组成。全国海岸线总长 4192 公里，国土面积 33 万平方公里。全国分为 13 个州和 3 个联邦直辖区。马来西亚是选举君主制、君主立宪制和议会民主制并存的联邦制国家。上世纪 90 年代开始，马来西亚经济突飞猛进，成为"亚洲四小虎"之一，并且也成为亚洲地区引人注目的多元化新兴工业国家和世界新兴市场经济体。

——《百度·马来西亚》

在马来西亚旅游，与在新加坡游览时领略到的完全是不同的风光。除首都吉隆坡还拥有着喧嚣的车流与现代化的都市气息之外，马来西亚各地的山区、高原、湖泊、村舍，大片大片的绿色草坪，给国外游客带来了更多的是心旷神怡和满目清新的感觉。按照导游预先设定的路线，旅游团的大巴驶出吉隆坡之后，便从雪兰莪州驶向了避暑胜地金马仑高原。

沿着雪兰莪州的盘山公路，可以看到路旁众多的雪兰莪州皇室与贵族的坟冢。山下还呈现一些陈旧的政府建筑的遗址。在这条盘山公路附近的摩立，有着马来西亚著名的海滩。1945年，联盟军从这里登陆，结束了日本鬼子对马来半岛的占领，因而雪兰莪州在马来西亚的版图上便体现着一种非凡的历史意义。

金马仑高原分布在雪兰莪州与霹雳州等多个州的地域之间。属于雪兰莪州的弗雷泽山便是金马仑高原上鼎鼎有名的避暑胜地。因此旅游团的大巴驶上金马仑高原后，所到的第一站便是景色迷人的弗雷泽山。

弗雷泽山取名于20世纪初便来到马来西亚淘金的英国冒险家路易·詹姆斯·弗雷泽。他曾在这片深山老林里为庄园种植者和当地矿工提供赌场与鸦片烟馆之类的经营场所。但是就在1910年，此地开始兴建山区避暑胜地时，弗雷泽却丢弃了那些经营场所而不见了踪影。于是大巴在一片盛开着玫瑰与蜀葵的路边停靠时，导游对走下车的每一位旅游团成员再三叮咛：去山中丛林里的各条小径散步，去鸟类丰富的自然保护区观赏，或是到远处观望拉榕金江瀑布，一定不能独自前往，一定要有伙伴随同，最好是成群结队地出发。弗雷泽的失踪，使这里的山区增添了一种神秘的气息。

导游是位热情好客，英语和华语都精通的马来西亚小伙子。一路的讲解与连续多日的相处，使他和这个旅游团成员之间有了友谊的基础与良好的沟通。下车后，导游将大家领到了一排有着花园簇拥的用英式玄武石建起的平房跟前，对大家说：

本世纪初，这片花园和这排平房还都是英国殖民者的领地，现在早由本国政府接管了，经过装修改造，如今这里就是专门接待来山区避暑的各国游客的旅馆。今天和明天晚上，我们旅游团全体就在这里住宿。

不料，导游的话音刚落，旅游团里那个 H 市的小团体中便有了一阵议论和骚动。花曼丽指着顺盘山公路望下去，山底盆地上那个小城镇里矗立的现代化酒店的高楼，尖声尖气地对导游说：

这排平房太破旧了，肯定还很潮湿。明明山底下有很享受的旅馆，我们为什么就不能住到那里去呢？

导游耸耸肩，微笑着回答：你们旅游团提供的经费，只够使你们住到这排平房改装的旅馆里。这样的安排方案事先都是和你们国内旅行社达成协议的。

但花曼丽不肯罢休，转身对徐星说：小徐，你是我们建委的领队，手头不也掌管着一部分经费吗？你看，是否和这位马来西亚导游通融一下，让他把我们原本要住这种破旧平房的住宿费退出来，然后我们再去山下市镇上找家条件好的酒店，反正仅住两晚上，要住就得舒服惬意一些。

徐星一怔，没有立刻拒绝，只是迅速地朝其他几位同伴脸上扫了一眼，发现大家似乎都有别择良栖的意思，便打着哈哈开玩笑地说：花姐，这不太好吧？如果把我们出国旅游搞特殊化的事情传回国内去，我可是要吃不了兜着走的呀！

花曼丽步步紧逼，有些蛮横地说：看谁敢传回去？谁传，我撕烂他的嘴！只是你小徐有权不用，过期作废。明摆着是一个可以替大家做英明决断的机会，你千万不要错过了大家对你的期望！

见这情景，司机老吴也忙在一旁敲边鼓地说：是呀，徐主任，花姐说得对，你真该和导游通融通融，我们自行解决提高住宿费标准的问题，又不触犯马来西亚法令，他有什么好横加阻拦的？

老吴调入市建委当司机，全凭花曼丽老公郭阳岗的关系，所以在这关键时刻他绝没有不力挺花曼丽的理由。当然，徐星也是精明之人，他刚才听着花曼丽的要求，先是一怔，其实就已经在心里有了一阵盘算：看来，林浩东被检察院拘押之后，迟早会判刑，郭阳岗当上建委一把手无非是指日可待的事情，自己何必授花曼丽以话柄，让她日后在枕头边调教郭阳岗发一双小鞋给自己？另外，刚才那番貌似玩笑的婉言推辞，无疑也是个铺垫，往后上面真要有人追查这笔费用，自己顶多只是犯个众怒难违、顺水推舟的不痛不痒的小错误而已。于是，徐星决计顺从花曼丽为首的多数人的意愿，将那位马来西亚导游拉到路边的花园中，轻声嘀嘀咕咕了一大通，最终，大功告成，那位马来西亚导游只不过让徐星签了一份由徐星负责这六位旅游团成员安全问题的协议之后，便把一笔需要补上差额的住宿费账单发到了徐星的手里。

旅游团的大巴很快便将 H 市的这个小群体沿盘山公路送到了山下。而从山下朝山上望去，一排并非是平房改造的旅馆，却是有着红瓦尖顶和壁炉烟囱的都铎式风格建筑的薰烟酒店，很清晰地呈现到了李明珠的眼前，李明珠便兴奋地说：嗨，我们去住薰烟酒店怎么样？……前天于吉隆坡，还在双子塔附近的一家酒店下榻时，李明珠便听那家酒店的经理介绍过，如去金马仑高原避暑，最理想的酒店便是薰烟酒店了。据说薰烟酒店里做的苹果派颇具英国皇家风味；下午，若三两好友再围坐于酒店花园中铺着整洁的白色桌布的圆桌旁，闻着鸟语花香，要上一壶蒂梵诗茶，就着苹果派与精致的奶油甜点边聊天，边听音乐，那简直就是金马仑高原上最浪漫和最有神仙意味的日子！但李明珠的提议立即被花曼丽顶了回去：

明珠，你出啥馊主意？放着现代化的酒店不住，偏要去山腰上住那种陈腐气息的老房子，这不明摆着要大家跟你一起去活受罪吗？

李明珠和花曼丽本来因为她们老公是同僚，两家的关系还不错，逢年过节也常有互访和走动，殊不料花曼丽今天当着大家的面说话如此不给自己台阶，李明珠便敏感地意识到无非是林浩东落难了，花曼丽竟然变得势利起来，再联想到从 H 市出发时花曼丽在中巴上与老吴那番经久不息的耳语，李明珠更是气不打一处来，立即毫不犹豫地伶牙俐齿地驳斥花曼丽说：

你这就是头发长见识短了吧？这种所谓的现代化酒店国内比比皆是，想必你也已经住腻了，何必再专门到马来西亚来住？告诉你，薰烟酒店是金马仑避暑胜地中最大牌的酒店，别看表面不怎么光鲜，可里面的各种设施很讲究，住起来舒服着、享受着呢！

花曼丽顿然被李明珠说得面红耳赤，嘟嘟囔囔地找不到予以有力反击的词语。

见这情形，徐星站一旁颇费踌躇。若论交往关系，徐星是林浩东的亲信，是林浩东一手将其提拔到办公室主任这个重要岗位上的，因此徐星眼下断断没有道理随同花曼丽去拂恩人老婆的面子。但再一想，若满足了李明珠的要求，允许她独自去山半腰的薰烟酒店下榻，万一恩人之妻山高皇帝远的有个三长两短，叫天天不应，叫地地不灵，自己回国之后又该如何向还关押在检察院的林浩东交代呢？……

就这时，梁思茹似乎看透了徐星的心思，主动上前拍拍李明珠的肩膀说：

明珠，我陪你一起上山吧。

徐星立刻大喜过望，说：梁总，那你们住宿的差额费用，我回头替你们报销。

董明表却爽气地挥挥手：算了吧，这点钱我们付得起。

梁思茹和李明珠返身朝那辆准备上山的大巴停靠处走去。

从新加坡到吉隆坡，李明珠和花曼丽一行一直采购频繁，大包小包的弄得李明珠很是力不从心。梁思茹却始终仅拖着一只拉竿旅行箱。此刻，梁思茹见李明珠模样有些狼狈，便伸手将李明珠那只很沉的蛇皮袋提过来放到了自己的拉杆箱上面。李明珠笑着望了梁思茹一眼：谢谢。从出国到今天，李明珠居然感到心头第一次有了一种真正的温暖。

一刻钟之后，那辆大巴将这两位离队的游客拉到了薰烟酒店门前。走进大堂，办完了住宿登记手续，总台的一位女服务员好客地对她们介绍说：离酒店不远，有一处以山上瀑布之水蓄起的天然游泳池，水很清澈，深受来酒店避暑的游客们喜欢呢。两人一听，相互交换一个眼色，顾不及将行李再放进房间，便各自从旅行箱里找出泳衣，然后喜颠颠地朝那个天然游泳池奔去了。

游了约两百多米，李明珠躺到了泳池边的一片草坪上。草坪前方是茂密的森林，四周传递着一种悠远的静谧。李明珠抬头朝天空望去，天空飘着一层山区特有的薄雾，阳光从这层薄雾中射下来，暖暖地洒在沾满水珠的躯体上，再吹来一阵微风，李明珠实在觉得浑身惬意极了。

听到梁思茹的脚步声从草坪上沙沙作响地传来，李明珠继续仰望着天空，说：梁总，你看，这里才是真正的世外桃源啊，而那帮傻帽偏不知道好好来这里享福！

梁思茹笑着说：这是你以为。人家现在说不定也有自己的快乐时光。

但李明珠当夜就懊悔来熏烟酒店享福了。进入梦乡之后，她不断地被噩梦折腾着。那个导游说过的失踪的蓝眼睛高鼻梁的弗雷泽竟然走进了她的梦里，走近了她的床边……李明珠惊叫着，吓得一身冷汗地从被窝中坐了起来。打开灯，房间里一切照旧，根本不见任何人影，但李明珠再也无法入睡了，只得走到隔壁梁思茹房间门前，轻轻地将梁思茹敲醒，说：

梁总，你让我和你一起睡吧。

梁思茹有些惊讶地问：怎么啦？你不该是梦游吧？

李明珠已卸过妆。卸过妆的李明珠便少了往日那样的高贵和艳丽。她垂头丧气地说：我那房间里闹鬼。梁总，你还记得导游说过的失踪的英国人弗雷泽吗？我刚才就看见弗雷泽提着马鞭穿着马靴跑到我房间里来啦！

梁思茹望着李明珠煞白的脸色，知道李明珠是做噩梦了。她微微一笑，握起李明珠那双冰凉的手安慰说：没事的，你别怕，弗雷泽哪有这么高寿，他早就作古了，怎么会跑到你的房间里？

李明珠仍惊魂未定，哀求着说：梁总，还是让我和你一起睡吧。

梁思茹只得允诺了：行，去把你的被子抱过来。

翌日，李明珠本打算立刻去总台结账，告别这闹鬼的熏烟酒店，但又想到去山下市镇上的酒店与大部队会合之后，会遭到花曼丽和老吴等人的讥讽，便只好硬着头皮撑起胆子决定再继续于此地忍受一天。亏得排除一切烦恼的游泳和嬉水，又被梁思茹拉着去周围的农舍参观农舍主人种植的鲜果与蔬菜，还被梁思茹邀请到熏烟酒店花园里一张铺着整洁的白色桌布的圆桌旁，品尝了蒂梵诗茶与苹果派的独特风味，这才使李明珠不至于觉得这整整一天的乏味与恐惧。特别是在花园里喝茶时，望着梁思茹打开画夹，面朝都铎式建筑风格的薰烟酒店做了一番写生，寥寥数笔就把酒店风貌勾勒得那般活灵活现，李明珠更是从心底感到与梁思茹一起相处的时光是那么的美好与快乐。

当然，翌日晚上李明珠还是将自己的被子抱进了梁思茹的房间里。那一晚，李明珠睡得十分踏实与酣然。

如果说，海拔1500米高的弗雷泽山是金马仑高原上出色的避暑胜地，那么海拔2000米的云顶便是金马仑高原中最诱惑的避暑天堂。云顶上面的多家酒店都设施讲究、奢华，且价格不贵。至于价格不贵的原因，是因为去云顶的游客囊中的钞票几乎被赌场搜刮光了，于是这些酒店老板为避免客房闲置，便只好打折向游客们兜售客房了。

云顶是世界上最大的赌场之一，也是马来西亚国内唯一的赌博集聚地。来云顶的游客，大部分人从心底对自己的博赌运都存有一丝侥幸。这里赌博形式的丰富多彩自然不必说了，而且美食、购物、酒吧、桑拿，充满异域风情的歌舞或魔术表演，还有世界各国最精彩的电影，一应俱全，丝毫不比美国的拉斯维加斯逊色，其诱人之处也正是这派喧嚣繁华与醉生梦死在金马仑高原上展露无遗。

通往云顶的山道十分陡峭，只有一种特殊的计程车才能载客爬向山顶。为安全起见，早在旅游团的大巴停靠到山脚下那片巨大的停车场之前，导游便早有准备地向每位旅游团成员发了一张缆车票。乘坐缆车上云顶，虽然不能像坐那种特殊的计程车一样可以饱览云顶周围的景色，但缆车速度快，片刻工夫之后，大家便来到云顶游览区，背着行囊跟随导游走进了一家预先订好的酒店里。经过短暂的洗漱换装，再回

到酒店大堂里，各人从总台取了一份云顶游览示意图，一个
个便兴致勃勃地朝自己准备游玩的目标进发了。

大部分人都去了赌场。包括 H 市那个小群体中的多数成
员。唯有梁思茹背着画夹边逛街，边留意搜寻着自己能够写
生的建筑物。但云顶还是被世界各地来投资的商贾们糟蹋了。
若论现代化，一幢幢巨石建起的高楼绝对缺少吉隆坡双子塔
那样的标新立异；再论民族特色，这里就更不见吉隆坡市区
苏丹阿都沙末那般摩尔风格的建筑。梁思茹失去了写生的欲
望，她索性一门心思地逛起街来。

在一家工艺品商店里，梁思茹突然眼前一亮，发现了早
就寻觅着的图案漂亮别致、雕工精细传神的马来西亚木雕。
梁思茹是位狂热的木雕艺术爱好者。前年去北京出差，正逢
首届非洲艺术博览会开幕，梁思茹在博览会上整整转悠了三
天，最终咬咬牙，花了一大笔积蓄将一大堆各式各样的非洲
木雕千里迢迢地从北京运回家里。为着专门收藏这批木雕，
梁思茹还在家中客厅一隅精心设计与打造了一个伸到天花板
那么高的庞大的展示架。此后，只要家中来了客人，梁思茹
都会兴奋地喋喋不休地向客人们介绍着非洲木雕的造型是如
何奇妙，如何生动，如何的出神入化。当然，马来西亚木雕
与非洲木雕不同。马来西亚木雕很少能够传达出对人物造型
的想象，基本上都做成镶板、门柱，还有窗户门框，常常用
于马来西亚上层阶级家族的房屋装饰。那家工艺品商店里有
一块刻着图形与可兰经诗文的嵌板引起了梁思茹的兴趣，她
请柜台里的营业员拿过来细细端详了片刻，便像捧着宝贝似
的高兴地买了下来。梁思茹想象着将这块木雕的嵌板挂到家
中书房的墙上之后，一定比某些时尚画家的庸常之作更有意
思，更具备观赏的效果和收藏的价值。

　　也就在梁思茹这番寻觅马来西亚木雕的时候，她的同伙已走进了一家富丽堂皇的赌场。秘书小赵因为银联卡里的存款不多，仅买了一百块钱的筹码，很快被老虎机吞噬得所剩无几，小赵紧急止损，将剩余的八只筹码去柜台换回了八元钱，便神情有些沮丧地独自离开了赌场。而徐星原本就没有赌博的兴致，随同大伙来到这家世界最大的赌场，只是想看看于国内根本看不到的西洋景。徐星的筹码比小赵更少，只买了五十块钱，好在他运气比小赵好，居然还赢了十只筹码，但老虎机对徐星缺乏吸引力，他见好就收，很快将这些筹码都统统捧到柜台上兑现成了人民币。剩下的时光，徐星只在赌场四处转悠，在各种形式的赌博前聚起的人堆里，他看见大赢的赌徒发疯地狂叫，惨输的赌徒脸色当场就像死人一样发灰与发暗，于是他心里感慨地想道：这世界真是一瞬间就能改变人生啊！

　　李明珠、花曼丽还有老吴在老虎机前都有不同的斩获。他们各自买了一千元的筹码，酣战了近两个小时，都不见各人有歇手的意思。其中李明珠居然还赢了六百元。一旦赢多了，李明珠顿然心生贪念，胃口随之膨胀，转脸对花曼丽说：

　　走吧，我们不如去赌扑克牌，那种赌法更过瘾，想赢也可以赢得快一些。

　　花曼丽说：那万一输了呢？输起来岂不是更惨？

　　李明珠不屑一顾地说：愿赌服输嘛。人生不就是赌个运气吗？

　　未等花曼丽再作应答，李明珠捧着一大堆筹码变现之后，去了一张更能刺激她神经的赌桌前。

　　就像我们在电影中看到的铺着一层台球桌那样的绿色毡子的赌桌，李明珠在一位穿着马甲发牌的姑娘斜对面坐了下来。李明珠要了一杯咖啡，没有立刻下注，只是专心地观望着周围的赌徒们是如何将筹码押到那位穿马甲的姑娘发来的扑克牌上的。庄家赢的筹码，那位姑娘会用一根像国内晒谷场上扒拉谷子的扫板那样的工具，筹码都会被全数扒拉回去。若赌徒翻开扑克牌的点数胜过庄家的点数，那么你的面前会叠起更多的筹码。李明珠很快明白了这种赌博的规则，便果断地在那位姑娘发来的扑克牌上下注。开始还略有小胜，但紧接着就变得忽输忽赢了。李明珠渐渐感到自己耐心的极限就要被击破，于是在一个连续输过三次的格子里对那位女叠码仔发过来的牌上加倍下注，而殊不料加倍下注输得更多。其实，聪明的李明珠犯了一个致命的错误：扑克牌这种玩法和玩老虎机截然不同。老虎机里电脑控制的负面程序连续出现一阵之后，可能会出现一些赢面的程序。但扑克牌的点数只有天知道了。人能胜过天意吗？所以在吃晚饭时，李明珠买的一万元筹码已输得干干净净。李明珠已毫无食欲回酒店去享用专为旅游团备下的丰盛晚餐，她只是像一个赌红了眼的赌鬼那般在赌场快餐厅要了一份三明治，就着免费的咖啡潦草地对付了一顿。头脑稍稍清醒之后，李明珠又回到那张铺着绿色毡子的赌桌旁，又买了一万元准备扳本的筹码。她在心里不住地告诫自己：耐心，再耐心。要动脑筋，要看准了机会下注。虽然是愿赌服输，但自己不能再输了。如再输下去，自己去泰国还有钱购物吗？或者回到国内于银行账号都被检察院冻结的境况下自己又靠什么维持生活呢？

重新坐到赌桌前的李明珠开始变得理智了。站在斜对面的女叠码仔换成了一位中年人，可能中年人缺少火气，她没有像之前那位姑娘一样三下五除二地吸干了李明珠手里的筹码，而是比李明珠更加耐心地拉锯着，僵持着，以一种蚕食的方式慢慢地吸干了李明珠手中的最后的筹码……

头晕目眩地走出赌场时，已是清晨四点多钟。李明珠站在云顶的一排槟榔树下，朝远处望去，只见几抹微微的光亮已划破黎明前的云彩，正将其光芒逐渐地向四周的天际扩散……

李明珠深一脚浅一脚地刚走进酒店大堂，听到大堂里那尊可以称为古董的紫檀木座钟恰巧敲响了五声。此时，酒店上下一片寂静，旅游团的所有成员几乎仍沉浸在浓重的睡意里。

翌日上午，旅游团出发之前，突然不见了李明珠的身影。花曼丽咋咋呼呼地问梁思茹：

嗨，梁总，你见过明珠吗？

梁思茹回答：好像吃早饭时就没见到她。

老吴在一旁插嘴说：我早晨去花园里练太极拳，走过总台，听值班的服务员告诉我，好像是我们旅游团一位长得挺漂亮的中年女性，彻夜未归，直到清晨五点才独自走回酒店。

花曼丽吃惊地叫起来：莫非是明珠在赌场赌了一夜？到了云顶，她还真变成一个大赌鬼啦！

徐星焦急地说：那我们是不是要去敲门喊醒她。

梁思茹则善解人意地说：让人家多睡一会儿吧。叫你，你不困啊？反正上街是自由活动，我们还是不要打扰人家为好。

过了片刻工夫之后，大家都没兴趣再议论李明珠为何彻夜未归了，分头去街上或是购物，或是看电影，或是品尝一种切成方块、卤上香料，再用竹签串起后递到火上炙烤的牛肉、猪肉、鸡肉——这种被马来西亚老百姓嬉称为"国菜"的沙嗲。

酒店门口有一辆备用的中巴，是专门运载游客去云顶之外十余公里的阿瓦纳高尔夫俱乐部的。梁思茹和秘书小赵便搭上了这辆中巴。梁思茹原本对打高尔夫球没有多少兴趣，远足去那片一望无际的草坪，只是为活动活动身体，呼吸呼吸乡间特有的新鲜空气。

望着梁思茹那根银色的球杆挥起，那粒飞起的白色小球并非很受驾驭地打得很远，更不用说准确地打到球洞附近了，小赵便有些好奇地朝梁思茹说：

梁总，你这号领导平常不打高尔夫球吗？怎么对高尔夫球技术还挺陌生啊？

小赵曾多次陪同林浩东与郭阳岗去关系户约请的地点打过高尔夫。他记得那两位领导的技术不差上下，只不过林浩东挥杆时潇洒的姿势还是给小赵留下了更为深刻的印象。

梁思茹正将一枚白色小球吃力地朝球洞推着，听小赵这么一问，她便扭过脸来笑着回答：

我哪有那么多闲工夫呵，每天一大堆图纸都看不过来呢！

泰国

泰国位于亚洲中南半岛中南部，旧名暹罗。1949年5月11日，泰国人用自己民族的名称，把"暹罗"改为"泰"，主要是取其"自由"之意。泰国是世界闻名的旅游胜地。泰国实行自由经济政策，是亚洲唯一的粮食净出口国，也是东南亚汽车制造中心和东盟最大的汽车市场。

——《百度·泰国》

当旅游团的大巴从机场开进市区时，已是晚间九点多钟了。除李明珠、花曼丽还有老吴嚷嚷着要去酒店附近的夜市上吃宵夜之外，其他人都没兴趣凑热闹，都想在各自的房间里淋浴冲凉后，早早地上床休息。据导游说，明日在曼谷市区的游览项目安排得很满，积蓄些体力和精力以应付明日的疲劳，总该是个不错的选择。

下榻的酒店位于湄南河旁，客房里临窗便能欣赏到小舢板来回穿梭的沿河景色。虽然住宿价格不贵，酒店却干净舒适，并在草坪中间拥有一个五十米长的标准化游泳池。望着灯光下清澈的波光粼粼的池水，徐星和小赵都受不住诱惑，跳下水便在泳池里迅速地游了两个来回。只是梁思茹连日在马来西亚对她喜欢的伊斯兰风格的建筑忙于拍照、速写，忙得有些疲惫，独自在她房间里淋浴罢，打开电视机，看了片刻泰国中文电视台的新闻节目，便渐渐地涌上了一阵睡意。

也就在梁思茹尚未睡熟之时，客房门外的走廊上响起了一阵喧哗声。原来是李明珠、花曼丽还有老吴他们一同吃罢宵夜回到下榻的酒店了。

在走廊上迎接他们归来的徐星与小赵，只听得花曼丽说：那水门鸡饭的鸡肉滑嫩爽口吃起来真过瘾，国内咋就不见这样有特色的便宜美食？又听得李明珠在一旁说：嗨，那道酸辣虾汤别有风味，其实全靠了汤里放的一种柠檬叶，看来，泰国人的食谱真是奥妙无穷呵！……徐星与小赵听得都不知不觉地朝肚里咽了口唾沫。徐星向小赵使个眼色：走，我们也去尝尝？小赵本不想今晚多一番额外破费的，但架不住刚才跳进泳池里的一番扑腾，临来酒店前于飞机上吃的那盒牛肉面早就灰飞烟灭了，于是便乖乖地跟随徐星走出酒店，漫步到曼谷一处灯红酒绿香味扑鼻的小吃夜市上。

翌日上午，这支旅游团乘着小船在丹嫩沙多的水上集市游弋了片刻，买了几样当地百姓制作的精美的手工艺品，又参观了大王庙里多处建筑群之后，便朝着市中心君悦酒店附近香火很旺的四面佛坛进发了。

由于梵天这一神像酷似中国庙宇里的佛像，所以来泰国旅游的中国香客们都将四面神称作为四面佛。

四面佛慈祥地注视着佛坛下源源不断的信徒与袅袅不绝的香火，也注视着旅游团里 H 市这个小群体中诸位成员的一举一动。

李明珠第一个买好祭品，学着排在她前面的一位专程从新加坡赶来求拜的香客所行的礼仪，先上烛祭拜，然后转着圈不断地烧香、献花，嘴里还念念有词地默默祈祷着。那些默念的词语无非是请四面佛保佑她老公林浩东早日归来，保佑她破财消灾，也保佑她往后赌博绝不能像去马来西亚金顶那样败走麦城。当李明珠为此默默祈祷着的时候，她突然转念一想：唉，旅游团的线路如果是先到泰国，再去马来西亚，自己拜过四面佛的赌运不就不至于那么晦气了吗？

唯有梁思茹没有去买那些蜡烛、贡香、鲜花之类的祭品。她只是取下肩上的相机，对着沉默无语的四面佛与四面佛周围的景色拍了几张照片。这一路旅行下来，她的相机里已贮存起许多照片，足够她回家后在电脑上编辑一本新马泰游的电子相册。当然，相册中的大部分照片都和她的专业兴趣有关，都是些国内难得见到的东南亚各种风格的建筑。出于一位无神论者的信仰，梁思茹不会违心地入乡随俗，不会勉强自己去做在她内心认为眼前所有的这一切都显得滑稽可笑的事情。

离开曼谷，旅游团并未先去距离曼谷不远的著名旅游胜地芭堤雅，而是朝北进发，准备先到达泰国北部最大的城市清迈。导游如此安排行程，可能是为让旅游团成员们先感受一下清迈的山清水秀与鸟语花香，感受一下清迈数不胜数的庙宇里那种清静无为的氛围，然后回头再去充满色情的芭堤雅时，经过参禅和鸟语花香熏陶的身心便不至于在那个混浊的世界里陷得不可自拔。坐在朝清迈行驶的大巴上，徐星将导游为何如此安排行程的原因，以一种玩笑的口吻向身边的小赵推理着。坐于后排的老吴，早听导游介绍过芭堤雅的人妖表演与脱衣舞是如何精彩，如何诱人，心里痒痒得早就想去那里观看了，此时便忙凑上前说：

对对对，徐主任分析得有道理。

到达清迈之前，只见路边一座小镇上竖起一块巨大的广告牌，用中英文美术字在上面书写着：战鼠射击俱乐部。正面有一行略微字迹小了一号的广告语：欢迎世界各国游客至此比武献艺。旅游团的大巴便在射击俱乐部门前的广场上停靠了下来。走下车后，导游对旅游团成员们说：

泰国是允许枪支买卖的国家，泰国老百姓为了防身，许多人都成了射击运动的爱好者。泰国百姓观看射击比赛的爱好，丝毫不亚于观看集拳击与格斗各项技能之大成者泰拳的爱好。听说诸位在国内都很少捞到真枪射击的机会，怎么样？今天就不妨来这家战鼠俱乐部过过枪瘾？

众人便欣然跟随导游走进了那一长溜平房，里面还拥有淋浴室、更衣间、咖啡吧等设施并装修得舒适整洁的射击俱乐部。

老吴不愧为复员军人，步枪射击依然保持着很好的准头。

李明珠是凡见新鲜玩意，都不愿错过，也饶有兴趣地和梁思茹一起走到手枪射击区，戴上防震耳罩，随着几声枪响，在前方靶子上留下了成绩不算理想的弹痕。

花曼丽对徐星嘀咕着说：这有啥好玩的？还不是导游想在俱乐部老板手上吃回扣，故意领着我们到这里浪费时间。

徐星淡淡一笑，回答说：花姐，既来之则安之。你看梁总和明珠姐她们不都打得不亦乐乎吗？你不妨也领把手枪去打几发试试？花曼丽不屑地嘴一撇：

哼，女人家的，我才不会像她们那样玩弄男人的把戏！

小赵因为眼睛有些近视，打了几发刚刚撞到靶子的子弹后，便感觉瞄准愈发吃力起来，索性丢了枪，坐到手枪射击区的座位上当起了观众。

从侧面望过去，小赵发现梁思茹那化了淡妆的脸庞，虽掩盖不住因野外制图与工地巡视时被日晒风吹的痕迹，但仍显得那么漂亮。在梁思茹熟练地举起手枪的一瞬间，她的嘴角与脸上的每一根线条里似乎都透露出一股坚定与执着。比之于李明珠那张精心化妆后显得白皙艳丽的脸，小赵暗暗感叹着：梁思茹的漂亮才真正具有超凡脱俗的意味呵……小赵很奇怪于自己平日在单位和梁总也是经常见面的，怎么就未意识到梁思茹颇具女性风采的另一面呢？难道这位工作起来一丝不苟的总工程师，外出旅游时的洒脱和无拘无束竟然使她从相貌上发生了天壤之别的变化？……一个外国小说读多了的年轻人于这番胡思乱想里又开始发晕了……

更令小赵惊讶的是梁思茹的枪法。打出的十发子弹中，除四发射在七八环之间，其余的居然枪枪命中靶心。原来梁思茹在单位从未向同事们提起过，就读清华建筑系时，她曾是学校女子手枪射击队的队员之一，当年为母校夺取全国大学生运动会的团体射击冠军，她默默地付出过许多辛劳和汗水……

在清迈参观了帕辛寺、盼道寺、松德寺等庙宇，又游览了清迈动物园与因他暖山国家公园之后，旅游团便从北往南地向着海滨天堂芭堤雅进发了。

芭堤雅海滩长约三千余米，海水清澈，沙滩沙质细腻柔软。见到眼前这样一个可以尽情享乐的地方，旅游团的成员们无论会游泳的或不会游泳的，都一个个像下饺子似的扑腾到了海水里。

徐星与老吴忍不住好奇，各自租了一副冲浪板，在波谷浪峰中不断地被潮头打进海里，不断地呛着水，又不断地领略着这一他们在国内从未领略过的乐趣。

太阳西沉，天色渐渐暗下来时，本来在海水里畅游着还很欢乐的李明珠忽然感觉自己的心情也像这天色一样变得暗淡了，一种疲乏顿然涌遍全身，她便慢慢地游回浅水区，独自走上沙滩，在一张空着的沙滩椅上躺下了无力的身躯。

躺在沙滩上的李明珠闭目养神，而后又睁开眼睛眺望天际被夕阳折射的颜色复杂的云彩，思忖着远方的老公林浩东是否已被判了刑？在得不到林浩东任何消息的这些日子里，其实大多数时光中，她的心情都是颇为阴沉的。

夜幕降临了，闪烁着各种霓虹灯的芭堤雅市区升腾起一股情欲的气息。娇艳的酒吧女郎不仅卖力地对路过的游客表示欢迎的热情，并且还对两位高鼻梁黄头发的洋人生拉硬拽起来。沿街的店铺和灯光下，不少服装暴露，抑或仅穿着比基尼的站街女，不断地向行人抛来一个个诱惑的媚眼与挑逗的手势。走在这样的街道上，第一次见到这种场景的小赵早已被眼前许多裸露的大腿与高耸的胸脯惹得脸红心跳，一双迷迷瞪瞪的眼睛不知再向哪里注视才好。而老吴则老练地与一位会说中文的站街女搭讪了几句，那满脸的好色恨不能立刻就将这位性感的站街女搂进怀里……

吃罢晚饭，导游按照预先安排的旅游项目，向每位旅游团成员发放了一张今晚观看人妖表演的剧院门票，餐厅里顿时现出一派兴奋与骚动。导游特地郑重其事地说：

这张门票折合三百元人民币，是早就包括在大家的旅游费用之中的。如果大家看完人妖表演之后，还想去看其他什么表演项目的话，本旅游团概不负责，只能麻烦大家自掏腰包啦。

没关系！我们自掏腰包。老吴第一个从餐桌旁站起身，笑着朝导游大声地嚷嚷。

对于泰国人妖的兴起，有一种说法比较可靠。即二次世界大战期间，驻泰国的美军因为召妓，一些有女子愿意从事性服务的家庭多了一项财源，这便惹得家中没有女孩的家庭很是眼红，纷纷将自家的男孩从小变性，做了阉人辅之以雌性激素，使其长大后也能出落一副女人身材而获取美军士兵的嫖资。但这种供需关系一旦失衡之后，多余的变性人只能朝演艺事业发展，这便使今日泰国有了人妖或红艺人表演的庞大市场，颇受各国赴泰国旅游的游客们的青睐与捧场。又因为人妖表演的剧院一般都舞台巨大，舞美设计考究，声光电俱全，加之优美的舞蹈与富有传统特色的泰国音乐的演奏，这便使观看人妖表演几乎成了每个赴泰国旅游团的必备节目。于是结束了晚餐，H市这个旅游小群体里无论男女，都怀着极大的好奇，回到各自房间稍事洗漱之后，便成群结队地朝观看人妖表演的蒂芬尼剧院漫步而去了。

唯有李明珠推说在海边游泳游累了，需要早点休息，便拒绝众人的约请，独自将自己关到了房间里。

人妖表演散场时，先走下舞台的人妖们早已聚集到了剧院门口的大厅里，等候着离去的观众们与他们一同合影留念。按照导游事先交代过的规矩，合影的观众可以触摸变性人已经变得女性般细腻的肌肤，但不能有得寸进尺的非礼行为。并且，每人和人妖一起拍照，事毕必须向你选中的人妖付出约合人民币伍拾元的小费。徐星大概觉得这样的合影很有乐趣，便走出长长一溜的观众群，先选了一位他自认为最美丽的人妖一同拍起照来。花曼丽撞见后哈哈大笑，随徐星其后，也走到那位人妖面前留下了两张合影的照片。再走出剧场时，花曼丽故作威吓地对徐星说：

小徐，你回家可要把照片藏好了，如让你老婆发现，还会以为你在泰国闹了什么绯闻呢！

徐星却不在乎地回答：不怕。她如果哪一天出轨了，我会拿出这张照片对她说：我早就在外面找了一个比你更漂亮的女人！

众人听罢，都一同郎声大笑起来。

果然，老吴看完人妖表演后，甚觉余兴未尽，便在回旅馆的路上，悄悄从人群里将小赵拉到一旁，轻声说：临来前我打听过了，离此地不远还有一家剧场，是一群法国妞来芭堤雅表演裸体舞，我们不妨再去那里一饱眼福如何？

小赵的第一个反应是：门票肯定很贵，便按捺住心头的激动，说：时间不早啦，我们还是回旅馆休息吧。

老吴明白小赵的心思，便拉住小赵的胳膊，说：你这个抠门的货！算了，门票钱我替你出，你究竟去还是不去？

于是小赵现出一副无辜，装作被老吴绑架的模样，其实心里是乐滋滋的，跟随老赵一同去观看了一番令他这辈子大开眼界的西洋景……

从芭堤雅返回曼谷的那个下午，乘着翌日早晨飞回国内之前，导游专程率领旅游团全体参观了泰国国家珠宝中心。看得出，导游的这番安排也是别有一番用意。因为泰国红宝石与哥伦比亚的绿宝石一样，都在世界珠宝业内享有盛名，特别是盖有泰国国家珠宝中心红印的售货发票与收藏证书，绝不会有假，因此一般有些经济条件的游客，来这里参观时都会慷慨解囊，买上一枚红宝石的戒指、一副红宝石的耳环，或者一枚红宝石项链的吊坠，以留下泰国之游的纪念；即便回国后将这些红宝石制成的饰品馈赠亲友，那也绝对算得上高档阔绰的礼物。由此，这位导游也一定会在珠宝中心的老板那里拿到一笔数目可观的佣金了。

走进珠宝中心大厅，望着玻璃橱柜里各种璀璨夺目的宝石，从昨天傍晚开始情绪明显消沉的李明珠，又顿然两眼放光，满脸贪婪地在那些摆满各种珠宝的玻璃橱柜前转悠起来。虽说在马来西亚的金顶走了麦城，皮夹里银联卡的所剩数目已无法使她底气十足，但购买一枚色泽红得既鲜艳又深沉、宝石分量也不算轻的红宝石戒指，还是足以支付的。于是李明珠停止了转悠的脚步，待柜台边那位女售货员取出一枚自己相中的戒指后，便毫不犹豫地刷卡消费了八千多元。恰巧，这个小群体的成员中除小赵一毛不拔之外，此时，其他人也都买了些价格不等的宝石饰品，买罢之后，见李明珠选了这么一枚漂亮且有一定分量的红宝石戒指，便都围拢过来，一起羡慕地欣赏着，并夸赞起李明珠真是识货，有眼力，这样一枚沉甸甸的红宝石戒指带回国内，价格肯定要翻一个跟斗！尤其是老吴，一连声地懊悔着：

嗨，我怎么就看走了眼，给老婆买的戒指抵不上这个一半漂亮呢？

就在这伙人议论着李明珠选中的这枚红宝石戒指时，花曼丽和梁思茹也从远处走了过来。梁思茹只是在珠宝中心的大厅里四处看了看，并未购物，其原因是前年去南美洲自费旅游，她曾在哥伦比亚买了一颗价格不菲的祖母绿，作为回国后赠送即将过门的儿媳妇的见面礼；加之她平日一直对购买多余的珠宝或金银首饰缺乏兴趣，以为追求那种表面上的奢华不过是做给别人看的事情，既耗时又费力，因此这满大厅玻璃橱柜中的争奇斗艳便根本无法使她怦然心动。而花曼丽则刚刚选购了一条价值四万多元的手链，那手链上镶满了十二粒红宝石，每粒红宝石的分量也不见得逊色于李明珠买的那只戒指上的红宝石，于是当花曼丽走进人群，将那根颇显雍容华贵的手链在众人面前炫耀起来时，李明珠的脸色便骤然间变得失了血般苍白，并悄悄地将那枚原本正准备戴到手上的戒指又默默无语地放回了做工考究的戒指礼盒里……

晚上，媚南河旁酒店的餐厅中一片喧闹声与碰杯声。在临别泰国之夜，旅游团各个群体的成员都开怀畅饮，互诉衷情，醉意朦胧并词语含混地交谈着这一路旅行的快乐和友谊。就在这派杯盏狼藉之时，一位肤色黝黑的印度裔酒店侍者匆匆忙忙地奔到了导游面前，用英语对导游小声耳语了一番，导游立刻惊慌失措，未及拿起椅子上的外套，便跟随那位印度裔侍者快步离开了餐厅。

李明珠今晚一开始就一杯接一杯地喝了许多酒。但 H 市这个小群体的餐桌上，除梁思茹还有些记忆，记得李明珠是什么时候离开餐厅的之外，其他人都沉浸在酒意发作的兴奋中，根本就没注意到李明珠已不声不响地离开了他们。起初，梁思茹也以为李明珠只是心情不好，独自回房间休息去了，却万未料到李明珠根本未走回房间，而是径直来到酒店最高一层楼的阳台上。远眺曼谷的满城灯火，在一阵夜风的吹拂中，李明珠觉得自己就是今晚这个世界上最孤独、最落魄的人。一位原本有不少资本可以炫耀的官太太，如今老公即将成为阶下囚，自己在这个人世上趾高气扬还有勇气吗？再说这趟出门旅游，本想散散心的，却诸事不遂心愿，时常遭人奚落与白眼，往后的生活中一定会有多少羞辱正等待着自己……于是李明珠脸上先是露出一种凄楚的笑容，接着是满脸坚定的不再对这个世界有任何留恋的表情，纵身一跃，霎那间便结束了她年方四十五岁的尚还美丽的生命……

归来

由于需要处置李明珠遗体火化等事宜，H市这个旅游群体的其他成员都随同徐星一起改签了归来航班的班次。

N市国际机场的候机厅里，当播音器中响起又一架从曼谷飞来的航班已经在地面降落的播报时，林浩东在两位检察院工作人员的陪同下，走到了国际航班旅客涌出的出口处。

出于人道主义的考虑，检察院方面允许了林浩东来机场接收妻子骨灰盒的请求。

大约过了半个小时，徐星捧着李明珠的骨灰盒走在前面，其他旅游团成员紧随其后，鱼贯而行地到了国际航班的出口处。

徐星郑重其事地将李明珠的骨灰盒交到林浩东手里之后，歉疚地说了一声：林主任，都怪我这次没有完成好领队的任务……

其他人都向林浩东投去一种复杂的似乎不便多表白什么的神色，默默地推上行李箱，头也不回地朝着远处候机厅的大门口走去。

只有走在人群最后的梁思茹走到林浩东身边时，握了握林浩东的手，轻声说：

节哀顺变。

延期举行的开馆仪式

A

洪威学术纪念馆的开馆仪式已延期了两次。

第一次原定在去年十一月，邀请各路嘉宾的请柬已发出去了，但洪威先生突然打来电话，说他刚患了脑梗阻。尽管是轻微的，并不影响他的生活处理与行动自如，征兆也只是洪威先生前几天感觉自己有些嗜睡，睡不够。这便奇怪了，一个老年人怎么会比年轻人还贪睡呢？洪威先生去医院做了一次检查。结果，经过脑 CT 扫描，医生发现洪威先生的片子上有微乎其微的毛细血管破裂。这一来，医院便紧张了。因为像洪威先生这样一位全国哲学界的泰斗，一位经常受到中央领导接见并经常在电视上亮相的公众人物，这家专门接待国宝级专家的首都医院怎么会不对洪威先生的病情如临大敌呢？由此，那位专门对洪威先生负责治疗的医生便再三叮嘱：洪老，你必须卧床休息，静心养病。更不用说那位医生还能为洪威先生乘飞机去上千公里之外的异地他乡参加一个什么开馆仪式，轻易地予以放行。

第二次定在今年春节前夕，请柬也同样发出去了，但市委高书记的秘书通知我们社科联，说是高书记临时接到国家环保总局的指令，请他立即赴京汇报如何加快我们城市环境治理的问题。高书记对于这个开馆仪式一直是很重视的。自从我们社科联被指定为洪威学术纪念馆开馆仪式的承办单位之后，高书记曾多次派他的秘书来督察场馆的布置、经费的落实、嘉宾名单的商议等等。因此，像洪威先生这样从我们家乡走出去的在全国获得影响最大的名人，如果家乡最大的父母官高书记不能亲临现场参加洪威先生的开馆仪式，岂不说明我们这座城市对这件盛事没有表示足够的重视，没有体现出充分的热情？

　　这里需要补充说明一下：洪威先生原先并非是 M 市人，而是 D 县人，D 县一个普通乡村小学教员家庭中成长起来的孩子。1955 年，洪威先生作为 D 县唯一的骄傲考取北京大学哲学系的时候，M 市在九百六十万平方公里的版图上根本还没有自己的影子。M 市最初的雏形，是 D 县东北面一片丘陵地带中的一个盆地：穆家庄镇。上个世纪 30 年代初的某一天，几个日本人来到穆家庄附近的这片丘陵上架起了探测仪，隔着两个不远的山头相互摇摇旗子，再高声喊了一通当地人听不懂的日本话，这里便被探明拥有丰富的铁矿资源。后来，随着日本侵华战争的深入，这里的炼铁株式会社曾为日寇制造枪炮提供了不少原材料。1956 年，新中国政府为大力发展钢铁工业，特地在穆家镇地区设立了 M 市，城市逐渐扩大，愈来愈有现代化气息，于是儿子变老子，D 县便成了 M 市管辖的若干县之中的一个县。但如今钢铁工业不景气了，城市为寻找自己新的 GDP 增长点，便开始在旅游产业的发展上挖空心思地做文章。而旅游产业需要一定的文化资源，这恰恰是建市历史不长的以钢铁兴市的 M 市的短板，怎么办？比如 D 县有李白纪念馆，因为唐代大诗人李白的终老之地便在 D 县。又比如 H 市有褒禅山，宋朝一代名相王安石便在那里写过脍炙人口的《褒禅山记》。再比如毗邻的 W 市有清末著名书画家萧云丛纪念馆，因为民国年间 D 县曾归 W 市管辖，虽然萧云丛出生于 D 县，现在 D 县是 M 市的辖地，萧云丛理应也该是 M 市的名人，但 W 市却再也不肯将萧云丛纪念馆的归属权交给 M 市了。就在这种四周都是文化压迫的危机下，我们社科联主席老周别出心裁，为市政府领导想了一招妙计，说是洪威先生不经常到我们 M 市走亲访友吗？洪威先生的弟弟和妹妹如今不还在 M 市定居吗？加上洪威先生现今是全国极有影响力的文化名人，我们为何不能在 M 市建造一座洪威学术纪念馆呢？市政府领导犹如被我们的周主席醍醐灌顶，霎那间就行动起来了。立即指定发改委立项，国土局选址，规划局做规划，编制办落实人员编制，而我们社科联则担负起馆内全部的装饰与布置。由此，我真该感谢我们的社科联主席老周。由此，我被委任为首届洪威学术纪念馆馆长。

社科联的全称为哲学社会科学界联合会，单位对全市数十个群众性学术团体负有管理使命。除了哲学学会之外，还有数学学会、物理学会、统计学会、经济研究会等等。我是单位里学哲学的科班出身，也是这座城市为数不多的哲学研究人员当中被公认的权威，更是看过我屡屡发表在国家级哲学研究刊物上的论文，被邀请来我们城市办讲座时的洪威先生连声褒奖的事业上的可造之才。但我这个可造之才在单位的仕途并不顺当。全单位近三十号人，却只有着一正两副的处级干部的指标，我们这些搞业务出身的人力图挤进七品芝麻官的队伍，都是蜀道难，难于上青天。有两次机会，眼看两名副主席要退休了，却很快被组织部派来的与学术丝毫无关的人填了坑。眼下倒好，正是洪威学术纪念馆的建立，使我这个当了十几年基础建设科科长的人一下子跳了龙门。因为洪威学术纪念馆被市编制办定为副处级事业单位。领到馆长奉碌的第一天，当我看到自己的工资表上猛然多涨了几百块钱时，立刻心花怒放，所有搞哲学的形而上的思维，那一瞬间就被具体的红烧肉与汽车加油费堵塞得无比充实了。不过话说回来，我这个馆长也不是我们周主席白给的。为了布置好纪念馆，我一次次地往返于北京和 M 市之间，体重掉了五公斤，旅游鞋底磨破了两双。经过和洪威先生口干舌燥地商榷，好不容易将洪威先生发表的所有论文、洪威先生出版的所有论著、洪威先生平生获得所有殊荣的勋章与获奖证书，还有洪威先生在国内外讲学时的视频，及其与中央领导、与无数中外文化名人合影时的照片，都小心翼翼地打包装箱完毕，然后一车车地运往首都机场，又从首都机场一车一车地运往我们 M 市的纪念馆内。只是当我领着一批工作人员经过一段日子的紧张劳作，用各种橱窗、各种声光电的高科技设备，将洪威学术纪念馆布置得焕然一新，充分彰显了洪威先生的学术成就、学术影响、学术道路上的跋涉经历，受到来馆里视察的市委高书记的表扬时，我心里不禁疑惑地想道：所谓文化名人纪念馆，一般都是作古的名人。且不说邻市邻县的李白纪念馆、王安石纪念馆、萧云丛纪念馆，即使远在海外的台湾林语堂纪念馆、美国福克纳纪念馆、荷兰梵高纪念馆，那也都是作古的文化名人啊！难道我们这座城市为着发掘旅游资源，偏要将健在的、活得还很滋润的洪威先生硬生生地把他当作古董处理了吗？

言归正传。

俗话说：好事不过三。同样，烦心的事也不能再有第三回。若这第三次开馆仪式又被什么只有天知道的意外耽搁，我这个当馆长的神经就几乎要崩溃了。当了几个月的馆长，居然连一个开馆仪式都搞不定，我这个馆长在同事和上级领导眼里还会是什么形象？！

第三次定在今年四月中旬，春暖花开的季节。请柬发出去之后，连我的顶头上司老周都心神不定了。仪式正式举办之前的那几天里，老周每天都要把我喊进他的办公室，再三询问会不会又出变故？会不会又遇到难以预测的意外？我也总是按照既定的路数一本正经地回答着：

放心，周主席！洪老在电话里说：为何将开馆的日子选在四月十五号，是因为全国哲学研究会会长张国栋出访德国了，四月十号才归来。洪老虽是全国哲学界的泰斗，但他的学术纪念馆的开馆仪式缺少会长张国栋先生出席，洪老可能觉得面子上过不去。而张会长已经答应出席了，所以等他回北京休整两天后再来也不迟，所以将举办开馆仪式之日定在十五号是最恰当不过的了。

说实话，我尽管对周主席回答得一本正经，但心仍是悬着的，声音里缺乏一种十足的底气。

B

现在回想起来，许多事情的促成都属于机缘。因为洪老是我们家乡 M 市人，也因为洪老真正的出身之地 D 县后来归了 M 市的管辖，洪老便可以称作 M 市人；更因为我是 M 市社科联里唯一学哲学的科班出身，也是唯一和洪老有共同兴趣、共同话题的人，因此洪老每次来 M 市讲学，来 M 市参观，来 M 市走亲访友，我们社科联只要得知信息，主席老周总会派我去接待洪老，命令我一定要安排好洪老回家乡期间的所有吃住行问题。

久而久之，我成了洪老的忘年交。久而久之，我对洪老的脾气秉性、人生经历，甚至包括饮食嗜好等等，也愈发地熟悉起来。

我们 M 市虽然是个人口有两百多万的大城市，但从没建过自己的机场。每次为迎接洪老，我都要带着驾驶员开着单位那辆七成新的帕萨特，驱车去四十公里之外的邻省省会 N 市的江宁机场。四十公里的距离自然不算远。难怪 N 市的百姓都戏称江宁机场是 N 市市政府专门为 M 市百姓选址兴建的。每每在机场出口处，望见洪老推着行李箱由远而近地向我走来，我都会朝那位满头银发的老人举起手兴奋地挥一挥。洪老只要看到了，会立刻笑着扯起他响亮的嗓门高喊道：小齐——那声音里真的是透露着一种见到亲人般的亲切。而我激动得那一瞬间浑身血脉也会迅速地扩张起来。

当然，接待洪老回 M 市私访或公干也并非全是我们社科联的任务。市里凡是能与文化沾点边，能与洪老搭上点关系的单位，比如文化局、档案局、市文学艺术界联合会，都把争相接待洪老作为他们光荣的任务。他们也不止一次地和我们社科联攀比起与洪老的亲近关系。为此，文化局下辖的市图书馆专门开设了洪威学术著作专柜，档案局下辖的市档案馆专门举办了洪威先生学术成就展览，市文联则邀请洪老来 M 市进行了法国哲学家伏尔泰哲理小说的讲学活动。其实，洪威先生尽管对伏尔泰的哲学思想掌握透彻，但对伏尔泰的哲理小说如《老实人》、《查第格》、《如此世界》等，并未有过深入而获得灵感的研究，邀请他开办这样的讲座才真正是让他勉为其难了。不过话说回来，市文联开出八千元的讲课费，这在本世纪初无疑是天价的讲课费，洪威先生哪有不受诱惑之理？

更何况还有市政府接待处。他们对洪老的接待规格显然比我们这些处级单位又高了一筹。并且他们才名副其实地代表着 M 市两百万人民对洪老的盛情欢迎。从上世纪 90 年代初算起，M 市政府在"文化搭台、经济唱戏"的招商引资决策规划下，每年都要举办李白国际诗歌节，洪威先生也每年都会成为 M 市政府的座上宾。这不仅是因为洪老的出生之地 D 县曾是李白的终老之地，更主要是洪老如今已成为 M 市走出去的在全国文化界影响最大的名人，所以洪老虽然不擅长写诗，但每年诗歌节前夕仍然会收到 M 市政府热情洋溢的嘉宾邀请函。也尽管这个国际诗歌节刚举办的头两年里，还有些日本、韩国、东南亚等国家和地区的李白诗歌爱好者或研究者会颇有兴致地前来 M 市吟诗作赋，但连续十多年办下来，其国际性已大打折扣，政府倒贴钱财都招不到几位外宾，怎么办？只能拿本市两所大学的留学生滥竽充数。好在吟诗节日中穿插着不少歌舞表演，那些外国留学生观看具有中国特色的歌舞还是喜笑颜开的，而一旦吟诗开始，便满脸的索然无味了，特别是坐在前排的十多位黑皮肤的留学生，一个个大眼瞪小眼，那表情里透露着一种几乎上当受骗的感觉。于是 M 市的百姓纷纷在市民心声论坛上发帖表示不满了。有人说：以招商为名的诗歌节办了十多年，为何偏不见显著的招商引资的成果？还有人说：既然是在本市举办的诗歌节，为何独独不见有本市任何一位优秀的诗人出席？更有人说：这种劳民伤财的什么节，简直就是糟蹋纳税人贡献的血汗钱！……

为此，市长办公会议专门研究了好几次：这个诗歌节还要不要继续办下去的问题。但研究来研究去都没有结果。因为任何一位新上任的市长都不愿坏了前面市长立下的规矩，都不愿大逆不道地在自己手里砸了这块已具有品牌效应的诗歌节的金字招牌。李白诗歌节的开幕一般在每年秋天，正是蟹肥菊黄的时节，于是洪老便顺理成章地有了机会，每年秋天都能回到家乡品尝他自幼便喜爱吃的螃蟹，直至吃得心满意足。每次，洪老来政府定点宾馆下榻时，在宾馆门口笑脸相迎的都是政府接待处的李处长，一位长得很俊俏的中年女性。那位李处长平日总喜欢穿一身藏青色的西装套裙，那身西装套裙紧绷绷地裹在李处长的躯体上，便将她浑身的曲线勾勒得婀娜而迷人。洪老每次只要见到李处长，脸上都会乐开了花，都会殷勤地请李处长去他房间坐坐，喝喝茶、聊聊天。但李处长是个公务繁忙的人，哪有工夫坐下来听一位学问深奥的老人絮絮叨叨呢？只是在洪老每次离开 M 市之前，她会柔声细语地对洪老说，赠送洪老的几盒冷藏螃蟹将与洪老乘坐的航班同机抵达北京。这便使洪老对李处长更有了好印象，但也使我们这些接待洪老的基层单位望洋兴叹：我们怎么会有政府那样充足的接待经费呢？试想一下吧：那年秋天我们社科联为洪老摆的接风宴，除洪老之外，相关人员共十人，不算高规格的酒水和菜肴，仅每人上了一只石臼湖出产的四两重的九十八元的母蟹，这顿宴席的开销也足以使我们单位全年的招待费瘸去半条腿了。

因为洪老来 M 市有了更多的接待单位，有了更多的官员政要向他献出欢迎的热情，洪老便常会不无得意地对我说：

怎么样，小齐，我现在成你们 M 市的香饽饽了吧？你们城市的市长、书记，哪一个不把我视作来访者中最重要的贵宾呢？

我听着，心里不禁犯起一股醋意：洪老与我是忘年交，与我是有共同学术兴趣的朋友，怎么居然一下子会有那么多人像苍蝇一样地朝他身上扑了过去呢？

但洪老毕竟是知识分子，毕竟是大小宴会不能完全填饱他灵魂的人，于是常在结束各种灯红酒绿的应酬之后，他会打电话来让我去他下榻的宾馆陪他聊聊天，或者下盘棋，以度过那些酒足饭饱的夜晚里剩余的寂寞时光。

我常常奇怪：从上世纪90年代末到本世纪的今天，从洪威先生花甲之年到如今已接近八十高龄的耄耋之年，洪威先生来 M 市出访为何总是形单影只，为何总是不见有他的夫人或者家人陪同呢？俗话说：七十不留宿，八十不留餐，对于洪威先生千里迢迢地乘飞机或坐高铁抵达 M 市，他的家人难道就能完全放心吗？

望着洪威先生脚下的步子变得愈来愈细碎，望着洪威先生当年的灰白头发变成了如今满头的银发，我的这种担忧与好奇也愈发变得不可抑制。

亏得我们社科联主席老周比我更加了解洪老。上个世纪80年代中期，洪威先生在全国哲学界成名之后，老周是本市最早接待洪威先生回家乡走访的基层单位官员之一。老周说：只不过那时候洪老的名气不像今天这么大。只不过那时候洪老回家乡走访也不至于像今天这样会惊动市里的头头脑脑。老周又说：记得有两年，洪老回家乡时身旁还是有一位三十多岁的漂亮女性陪同的，那位漂亮女性是南方某个省政府驻北京办事处的副主任，因为仰慕洪老的才学，便自愿被离婚之后的老男人洪威先生续了弦。再后来，洪老来 M 市时，便再也见不到那位漂亮女性陪同了。据江湖上的传说，那个比洪老小了二十多岁的女人其实并非是仰慕洪老的才学，而是一直觊觎着洪老家里众多的艺术收藏品，于是乘着洪老某次出国讲学的时机，那个漂亮女人便将洪老家中所有值钱的字画和古董都席卷而去，洪老便彻底沦为了一个地地道道的无产者。

我听老周这么一说，便更感到好奇了：嗯，这里面肯定有故事……

是啊，有故事。老周继续说：

原来，洪老当年在北大哲学系读罢研究生，被分配到某个哲学研究所从当副研究员开始，不过是从 D 县乡村有幸进入京城谋生的穷小子。好在洪老年轻时长得帅气，事业上又前途无量，便有缘被京城一位著名收藏家的千金相中了。洪威先生前妻的父亲，也就是洪老的岳丈，往上数好几代都是京城里屈指可数的收藏大家，家中家产万贯自然是毋庸置疑了，因此洪老新婚伊始之后，与前妻曾有过相当长一段恩爱美满的幸福时光。加之洪老此时撰写的论文已不断见诸各种专业报刊，业内便有了声名鹊起的势头。京城里不少大腕级的画家与书家，他们平日手中的作品变现常要仰仗于洪老的岳父大人，这且不说洪老岳丈鉴定书画的目光在市场中口碑甚好，即便他开办的那爿古玩艺术品店也是京城中门面最宽敞、设施最讲究、老字号招牌最响亮的那一家。于是那些大腕级的书画家为了能与洪老岳丈保持良好的商品流通关系，并且进一步发展这种关系，再到洪老岳丈府上登门拜访时，都会摆出一副对洪威先生这位哲学界新秀附庸风雅的姿态，有意将他们的作品也赠送洪老一两幅，还特地在作品上一一题款：洪威先生雅正。

久而久之，洪老居然有了自己渐渐积蓄起来的收藏。

兰馨，有一日，洪老对自己的前妻说：你看，我们是不是要把这些字画送到你爸的店里装裱一下？挂在墙上也好养养眼。不然，老塞在书橱里，日子长了保不准会生虫子。

　　兰馨却字正腔圆地说：这是你的，不是我们的。还是你自己保管为好。再说，家里墙上不已挂过两幅黄永玉的画和沈鹏的字了吗？你非要把墙上填得缺少空间，那就不是养眼，而是眼花缭乱！

　　不料，妻子的话一语中谶。后来，兰馨在与洪威离婚时，十分心平气和地对丈夫说：洪威，你收藏的字画我一张没带走，我带走的只是我爸传给我的几件古董和艺术品。我想这样分手对我们俩财产的分配都显得公平。

　　后来，当然是洪老嫌兰馨人老珠黄了，便瞒着兰馨另寻了新欢。

　　老周继续对我说：小齐，那是在上世纪80年代中期，也不能全怪洪老，那个时期里，很多人认为思想解放了，婚姻也可以解放了。到处是某某教授和自己的女学生发生关系啦，某某研究所所长和女助理研究员风流出轨啦，这种现实不能不说对洪老也会产生心理影响。以至于他被第二任年轻的妻子骗得人财两空之后，虽还有光鲜的表面，晚境却难免不含有几分凄凉啊！

　　在老周结束这段故事时，我忍不住想道：洪老这样睿智的人，怎么会犯如此低级的错误呢？在成为事实婚姻之前，他难道不考虑到必须找一个终生的灵魂伴侣吗？作为哲学界的泰斗，他不应该连这种起码的思维都缺乏啊？……但无论如何，我和老周一样，对于洪老的晚境还是寄予了几分多余的关切和同情。于是常常在走着棋盘上的棋子的时候，我的头脑会忍不住开小差，会突然对洪老问道：

　　洪老，你上次说的那位宁夏大学的教授，你去银川和她见过面了吗？

　　好好下你的棋！这种问题也是你胡茬没变硬的小家伙随

便问的吗？……一般而言，每每谈到这样的话题，洪老开始都会故作严肃，像是要坚决守护他内心一个巨大的秘密。

你看看，你的马腿都被我的相蹩住啦，还往前拱什么拱？洪老只是眼睛盯着棋盘，故意显出一点都不愿理会我的意思。

但我知道，这样的话题在洪老内心不会再憋多久。果然，当我很快将这盘棋下输之后，洪老欠起身子，仰靠到沙发上，叹了口气对我说：

唉，人倒是不错，就是长相太平庸了。

洪老那时刚到古稀之年。实话说，从他五十多岁到七十岁的这段岁月里，从他开始头发还只有星星点点的灰白的时光中，洪老身边不少的同事、领导、朋友都热心为他找过对象，都希望他晚年能够有一个懂得体贴并精心照顾他生活的老伴，甚至还有不少仰慕他名气、理解他学术思想的同行业内的风韵犹存的中年女性纷纷向他主动示爱，但洪老真是挑花了眼，不知谈过多少个，不知经历过多少次约会，他不是嫌人家胖了就是嫌人家瘦了，好似他往后的日子里总会有桃花运出现，总会有一位令他中意的美貌女人奇迹般地站到他面前。直至捱到古稀之年，一切为时已晚，这时候的洪老已丧失了许多他应有的优势和资本。任何一位即使再爱慕你的女人，也不能只奔着你生命所剩不多的光阴去当甘愿伺候你的老妈子啊！这还有一点浪漫吗？还有一丝被怜香惜玉的感觉吗？于是一切为时已晚的洪老不得不放低身段，后来再到M市走访时，会主动请我和老周为他介绍对象，并且说：相貌嘛，过得去就行。其他条件嘛，你们看着衡量就可以了。于是我和老周便为洪老寻找老伴的事情一丝不苟地忙碌起来。但这条件还真不是容易衡量的。老周向洪老介绍了一位单位里五十多岁的保洁工，人还有几分姿色，老伴刚去世。这位大嫂与洪老见了两次面之后，便立刻提出：未来洪老北京的房产必须记在她名下，洪老的子女都不得拥有房产权。洪老虽然对这位女工的姿色有些许动心，但一听这条件，便立马与对方谈崩了。而我则向洪老介绍了一位尚未退休的丧偶多年的中学女教师。洪老说：没问题，只要她愿意来北京，我可以给她找到一所任教的民营学校，工资肯定比你们这里高许多。那位女老师性情温和，心胸豁达，倒也从未问过洪老究竟有多少财产，且从未提出过将来两人的财产如何向各自的子女分配。一般这种只为解决老伴问题的婚姻，谈爱情无疑是奢侈，这位中学女教师明白：只要自己在洪老这位大知识分子面前不显得过分俗气、过分功利，便有机会将两人这样的接触一直走到婚姻的门槛上。但那位女教师最终还是和洪老吹了。其原因是洪老对那位女教师说：你我如果要成家，你必须先来北京，先试婚，先生活一段时间看看双方是否相互适应……这一来，那位女教师当然无法同意了。后来，她再见到我面的时候，眼里噙着泪花对我说：

小齐，我是真心想和他好的，可我没想到他这么一大把年纪了，脑筋怎么还如此开放？若我真的去北京了，万一将来婚姻不成，让我回家后在子女面前如何再抬起头做一个母亲？！

我只好无可奈何地苦笑着回答那位中学女教师：是啊，洪老在北京的文化圈待久了，他可能就是习惯于这么开放的……

总之，洪老如今再来我们 M 市走访，公干与被邀请只是表象，私下里他是确实盼望我和老周再为他寻找一个能够成为他老伴的女人。或者通过他这些年在 M 市结识得愈来愈多的朋友，也就是那些曾被我称为像苍蝇一样的人，都能像我和老周那样为他解决这个问题时所表现得认真负责，一丝不苟。

于是洪老在 M 市相识了更多如我和老周一样能为他在这方面出力的朋友，甚至是热心肠的市府里的头头脑脑。于是更多的其实仅为着与他在文化上攀关系的苍蝇都朝他热烈地围了过去，直至弄得洪老应接不暇，疲惫不堪。

我和老周都失落地觉得洪老渐渐和我们疏远了。只是在洪老来 M 市的业务与我们社科联有关时，或者必须由我们社科联出面接待时，比如眼下，洪威学术纪念馆的布置与装饰基本结束，洪老曾不止一次地从北京飞来检查工作，指导我们他的这张受中央领导接见的照片应该挂到墙上哪个位置，他的这本哲学著作应该按照出版年月顺序在哪个橱窗里陈列，此时老周才会精气神十足地大着嗓门在电话里对我命令道：小齐，赶快去机场！洪老又要来啦！——于是我又带着单位的司机开着那辆七成新的帕萨特，一路疾行地向江宁机场驶去。直至在机场候机大厅出口处的门口，看到满头银发的洪老推着行李朝我由远而近地走来，挥起手仍那么亲切那么熟悉地向我高声喊道：小齐！——那一瞬间，我依旧激动得浑身血脉又迅速地扩张开来……

我得承认，洪老是个有魅力的人。他的魅力于我而言，是他身上没有一点官架子。按理说，他身为全国哲学界最权威的刊物《哲学天地》的主编，好歹也是个正厅级干部了，论级别与我们 M 市市长平起平坐，但与他推心置腹交流起来，比与我平日为工作上的事情想见市长一面要容易得多。虽然我每次代表单位接待他时使出九牛二虎之力，但他领情、感恩，我每次去北京出差到他府上拜访时，他都要热情地留我在他家中吃饭，说：北京城太大，你来看我一次路上肯定要花大半天时间，就不如多坐片刻陪我聊聊天。并且一定要吩咐他家里的保姆多做两个菜，或者吩咐保姆一定要去他家小区附近的烤鸭店端一盆烤鸭回来。虽然那家店不是"全聚德"的名号，但那皮脆肉嫩的烤鸭仍吃得我满嘴流油。

久而久之，凡是在 M 市接待过洪老的单位领导，去北京出差时都会去洪老府上拜访，都会受到洪老在家中设便宴的招待，也一定会品尝到洪老吩咐保姆要去小区附近烤鸭店端回来的皮脆肉嫩的烤鸭。

只是洪老有一次失策了，因为他不明底细地接待了我们 M 市一位姓朱的旅游局副局长。那位朱副局长是个美丽风骚的中年女性。洪老这辈子吃最大的亏，便是常在这样的女性面前放松了警惕。那位朱副局长说：洪老，您是知道的，我们 M 市的临江公园是国家四 A 级景区。公园的山上有一座望江亭，属于宋代的古迹，但望江亭上由大书法家黄庭坚题字的牌匾早在"文革"中被破"四旧"焚毁了，您看，能不能在北京找一位大名鼎鼎的书法家，重新为您家乡的望江亭书写一块牌匾？我知道，您是全国声望最高的文化名人，在首都文化界人脉极广，找一位这样的书法家对您来说可能不是什么难事……当时，朱副局长与洪老说着这番话的时候，就是与洪老肩挨肩地坐在洪老家客厅里那张咖啡色的真皮长沙发上的。由于挨得太近，洪老几乎能感觉到朱副局长圆润的肩头散发出的体温，并且还闻到了朱副局长丰满的躯体里沁出的一股淡淡的香水气息，于是洪老便立刻智乱神迷了，便毫不犹豫地答应了朱副局长这一殷切的恳求。

当然，事后洪老为自己这般毫不犹豫的答应而懊悔万分。因为在九十年代的京城里找一位大腕级的书法家题字是必须付费的，洪老总不至于刚闻到一个女人身上的香水味道，便倒贴钱财为 M 市的旅游事业白白地做一番贡献吧？思来想去，洪老只能硬着头皮去找了一位许多年前关系还算密切的书法家，论名气也属于沈鹏那种级别的。许多年前，那位姓米的书法家，据传是米芾的后代，曾经努力地钻研哲学，经常写些哲学论文向洪老投稿。洪老那时还不是《哲学天地》的主编，只是个普通编辑，因为喜欢米姓书法家的字，便接连向主编推荐其稿子，最终居然都在刊物上刊登出来了。这一来二往，两人便成了朋友。那位米姓书法家经常向洪老讨教哲学问题，洪老也经常与米姓书法家切磋书法艺术，两人的关系很是热络了一段时间。但当年并非今天，今天洪老虽是全国哲学界的泰斗，而米姓书法家也已在书法界被众人尊称为米老，早就是当代中国书法界鼎鼎有名的人物了。况且书法能够卖钱，能够拥有市场，能够成为价值不菲的商品，可你洪老那一肚皮学问又能挣几个稿费呢？尽管当年米姓书法家向编辑洪威投稿时，曾称呼洪威为洪老师的，但今天这位学生还能买老师的面子吗？洪老深知在商品经济大潮泛滥的今天，自己的经济地位与米老相比无疑有了天壤之别。

果然，米老见到洪老时，先寒暄一番，重叙当年的友情之后，便直言不讳地说：

老洪，这事难办啊！……

米老此时已不再称呼洪老为老师了，只是紧皱眉头，叹了口气说：

实不相瞒，我的印章全被老伴锁在大衣橱的抽屉里，而抽屉钥匙又被她每日拴在裤腰带上。若给你写的"望江亭"没盖上我的印章，你即使拿回去也没法向贵家乡的旅游局交差啊！

原来，米老的老伴就是怕米老白给朋友写字，白送人情，换不来钱，没法给家里创收，便牢牢掌控了米老印章的钥匙。有一次，一位很有级别的中央首长因为出国访问，需要将米老的书法作为馈赠外国友人的礼品，那位首长的秘书便给米老打来电话。米老被逼急了，只得瞅准机会，在老伴午睡前喝的一杯白开水里下了一片安眠药，才算偷出印章，圆满地完成了首长出国访问前交代的任务。但后来事情还是败露了，后来米老老伴再也不需要米老献殷勤地在她午睡前端上一杯白开水……

听米老说到这，洪老明白再也无法以重叙友情换来米老的书法真迹了，便只好小心翼翼地询问：

那你说"望江亭"三个字，每个字你大概需要多少钱的润笔费？

米老回答：按市场价，我这三个字应该每个字收一万元。看在朋友的份上，我就给你打个对折吧，每个字五千元。但绝对不能价格再低了，否则，我就没脸面回家向老伴交代了！

洪老只能按此价格与米老完成交易。

只是当洪老将米老写有"望江亭"的那张宣纸，用特快专递寄给我们 M 市旅游局的朱副局长之后，洪老很长日子都没有收到自己垫付的那一万五千元钱。洪老内心便很有些愤愤不平，自己好心好意为家乡旅游事业两肋插刀，怎么竟然会落到这种尴尬的结局？洪老想：打电话催朱副局长吧，自己这样一个被家乡视作在全国影响最大的文化名人，未免显得小气，但不催吧，这一万五千元还是好几个月的工资积蓄呢！

后来，热锅上的蚂蚁一样的洪老被迫给朱副局长拨通了电话。朱副局长在电话里用她那嗲兮兮的声音说：

洪老，我不是不给你汇钱啊，我一直等着你的发票呢。我们有财务规定，收不到你的发票，我怎么有理由给你汇钱呢？

洪老一听，是真正地发火了。朱副局长那种嗲兮兮的声音终于再也没有使他心头发痒，骨头发酥：

发票？什么发票？你这个小官僚连起码的市场潜规则都不懂，还有资格跑到北京城里来求人办事吗？

但尽管洪老在电话里火气很盛，嗓门很爆，却还是迟迟未见那一万五千元打回他的银行卡上来。直到翌年秋天，洪老又成为被市政府邀请的嘉宾，再次来 M 市观光诗歌节并品尝着家乡特有的石臼湖螃蟹时，在宴席上向市长耳语着告了朱副局长一状，于是他垫付了一年半时间以上的这笔一万五千元的遗留问题才真正得到迅速解决。

当然，我为工作上的事情多次出差北京到洪老府上登门拜访，是从未像那位姓朱的风骚女人一样对洪老有过任何坑害的。我为自己与洪老的友情感到自豪，我为自己与洪老的关系中更多地是来自于学术上的志趣而问心无愧。

C

但近两年来，我和洪老的关系似乎出现了细小的裂痕。尽管我还会去机场热情地为他迎来送往，还会去他下榻的宾馆里陪他聊天、陪他下棋，但这种裂痕不是能用肉眼看见的，也不是能用语言描述的，只属于彼此心灵上那种微妙的感觉。

随着专业上的话题聊天愈发深入，我发现洪老的专业素养基本上就是在古典哲学的终结者黑格尔那里画了句号。凡是古典哲学领域所有大师的思想与作品，他都能谈得如数家珍，谈得头头是道与津津有味，而一旦进入现代哲学领域，他的记忆力与理解力仿佛都出现了严重的偏差。比如谈到福柯，他会说：那不就是个研究性史和官能享受的人嘛，他的作品怎么能成为哲学的经典？再谈到哈耶克，他会不耐烦地说：那是个经济学家，硬要贩卖那套政治哲学和社会哲学的理论，纯粹就是无稽之谈！至于说到维特根斯坦的时候，洪老脸上的表情里几乎有了一种轻蔑，说：维特根斯坦扭曲了研究哲学的逻辑，他所崇尚的语言学与哲学根本就不会发生关系！……于是这时候，我再也按捺不住对洪老的不满了，只得加重语气反驳他说：

不错，维特根斯坦的哲学确实主要是研究语言，但他是想通过自己的研究揭示当人们交流时，或者在表达自己的境况中到底发生了什么。因为语言是人类思想的流露，是整个文明的基础，所以他认为哲学的本质只能在语言中寻找。正是从这层意义上，他消解了传统形而上学的唯一本质，为哲学找到了新的发展方向。

听着我的反驳，洪老的脸上流露出几分茫然。望着他这种茫然，我浮想联翩：这么简单的道理，国内那些哲学研究所比吴老年轻了一辈，甚至是年轻两辈的研究员，几乎都弄得一清二楚，而唯独他这个哲学界的泰斗，怎么和我的谈话就会如此南辕北辙呢？

尤其是后来为着推荐一篇朋友的稿子，我对洪老产生了更大的不满。

按理说，凭着洪老在哲学界的威望和影响，虽然他如今已从《哲学天地》主编的岗位上退下来了，但他的部下，部下的部下，都前赴后继地走上了《哲学天地》主编的岗位。所以我认定自己身边那位朋友写的一篇很有见地的论文：《关于哈耶克政治哲学在市场经济中的支配作用》，只要洪老打个电话，恳切地关照几句，那篇论文毫无疑问地会在这家国内首屈一指的刊物上予以亮相。但洪老偏偏不肯帮这个忙，还一本正经地对我说：

小齐，你可千万别被友情蒙住了眼睛。我呢，就更不能拿我们俩之间的友谊做交易。像这种观点经不住推敲的论文，你怎么能随便向我推荐呢？

我顿然无言以对。

不料，一年后，这篇论文随同两篇分量更大的论文，接二连三地在全球更权威的《剑桥哲学》上披露，霎那间，国内的同行都不得不朝我这位朋友投来异乎寻常的关注。也就是在一年后，我们 M 市诗歌节期间，洪老又以文化名人的身份成为我们 M 市政府的贵宾，在他又打电话让我深夜去宾馆陪他聊天之际，我再次向他提起了这篇论文。我说：

洪老，面对这颗必然升起的新星，如果我们国内哲学界当年主动些，抢先摁下发射的按钮，我们是否更会引起国外同行的尊敬？

洪老一愣，像是开始根本想不起我这位朋友的名字，更遑论这篇论文的标题了。经过我的反复提醒，他才大大咧咧地满不在乎地说：

嗨，不就是到海外发两篇论文吗？有多大的了不起？就能保证他今后成为有影响的哲学家吗？就能一定构筑起他自己独特的思想体系吗？就能保证他的论文在全国哲学论文评奖中获得大奖吗？

获大奖是洪老很重要的学术评价标准。这不仅因为是他自己这辈子获得过很多次大奖，并且他目前还担任着全国哲学论文评奖委员会主任。他的言下之意就是：哼，你那位朋友再能耐，不还是得从我手里这面筛子上筛过吗？

听着洪老这番满不在乎的说法，我的脑海里又浮想联翩了，居然想起有一晚他和我聊天时，曾大大咧咧地对我说道：你认识高书记吗？你认识王市长吗？你认识李市长吗？你认识……他们现在哪一个不都和我成了推杯换盏的朋友？……

D

　　就在这篇小说行将结束的时候，我不得不遗憾地告诉我的读者们：洪威学术纪念馆的开馆日期再次遇到了搁浅。其原因是洪老原先认为必须出席开馆仪式的全国哲学研究总会会长的张国栋先生，由于临时需要接待国外学者代表团来中国访问，无法如期从北京赶来，洪老只得主动放弃了这次开馆仪式本来所具有的美好安排。在洪老根深蒂固的意识里，缺了全国哲学界最高领导的出席，这样的开馆仪式无论如何都不再显得光鲜圆满。

　　让我们另择开馆仪式的吉日吧。只是天知道，在下次开馆仪式举行之前，又会有什么突然降临的不测风云？……